XIANGCUN QINGHUAI

乡村情怀

陈国清 著

中国言实出版社

图书在版编目（CIP）数据

乡村情怀 / 陈国清著． -- 北京 ： 中国言实出版社，
2019.11

ISBN 978-7-5171-3214-1

Ⅰ．①乡… Ⅱ．①陈… Ⅲ．①长篇小说－中国－当代

Ⅳ．① I247.5

中国版本图书馆 CIP 数据核字（2019）第 223327 号

出 版 人　王昕朋
总 监 制　朱艳华
责任编辑　史会美
责任校对　代青霞
责任印刷　佟贵兆
封面设计　树上微出版

出版发行　中国言实出版社
　　　　　地　址：北京市朝阳区北苑路 180 号加利大厦 5 号楼 105 室
　　　　　邮　编：100101
　　　　　编辑部：北京市海淀区北太平庄路甲 1 号
　　　　　邮　编：100088
　　　　　电　话：64924853（总编室）　　　64924716（发行部）
　　　　　网　址：www.zgyscbs.cn
　　　　　E-mial:zgyscbs@263.net
经　　销　新华书店
印　　刷　武汉市卓源印务有限公司
版　　次　2020 年 1 月第 1 版　　2020 年 1 月第 1 次印刷
规　　格　710 毫米 ×1000 毫米　　1/16　　21 印张
字　　数　245 千字
定　　价　89.00 元　　ISBN 978-7-5171-3214-1

第一章

　　谌亚荣一接到市委组织部的通知，第二天就报到了。

　　乡政府是二十世纪五十年代初修建的，据说中华人民共和国刚成立时，拆了两座庙，一座是白庙子（建于唐朝武则天在位期间），另一座是铜鼓岭庙（建于明代洪武年间），两座庙拆了，才修起了瓦木结构两层楼的乡政府大院。大院总共有十六七个房间，除办公室和乡伙食堂外，只有十四五个房间了。在五十到七十年代还算宽敞，但到了八九十年代，人员增多便不够用了。一部分外乡人员有寝室，而本乡的，或本部门的，都是两人共住一个房间。

　　乡政府呈"丁"字形，在场正中。从中间大门进去，是一间约六十平方米大的长方形屋子。大门左右两边各有一间寝室。屋的对面一个敞门，挨着敞门左边是政府办公室，右边是乡政府伙食堂。敞门的外边有一个约三米多宽的露天巷道。巷道下面是一条半米深、五十厘米宽的阴沟。阴沟里是从厨房里出来的潲水，每天必须要打扫，三五天还要用生石灰消毒。敞门外挨着墙壁是几十个石梯步，石梯步走到头是一座小石拱桥，石拱桥那边是一个小院，这边是政府工作人员宿舍。小院左右各有两个小石狮，石狮黄白参半，龇牙咧嘴，圆鼓鼓的，花花绿绿，脏兮兮的，既不像狮子，又不像狗熊，怪难看的。小院落正面有两间屋，一间是档案室，一间是民政办公室，里面的文柜和办公室文件都码放得整整齐齐。两室上面吊着顶棚。顶棚凹凸不平，上面结满了蜘蛛网。小院左边是一个寝室，右边是一个小会议室，寝室和小会议室上面都没有吊顶棚，屋顶各安了几片亮瓦，所以两间屋显得格外明亮。宿舍这边，楼上大小有十来间屋，分两边，一边是书记、乡长、副书记、副乡长、武装部部长、财政所所长和民政所所长的寝室，另一边是所有工作人员住的。谌书记被安排在离楼梯间不远、比较大的一间屋子里。

这个房间空气好，光线较强。从前面的窗子向外看去是半壁青山，在半山腰处的石缝里，生长着一棵珍稀古柏。古柏树冠一半干了，一半是活的。干了的树枝瘦骨嶙峋，铁骨铮铮。活着的枝叶茂盛，青翠欲滴，展示出勃勃生机。树干疙疙瘩瘩，千疮百孔，伤痕累累，下面虬根盘节。这棵树就像一个风烛残年、饱经风霜而又不失威严的哨兵，站在那里守卫着苍茫而荒凉的山岗，据说已有七八百岁了。古柏的下面是一个缓坡，坡上是一片巨大的松树和樟树，树龄也在百年以上。前几年拉高压线砍了几棵大树，现在还堆放在那里。由于位置的特殊和建筑的需要，坡的左边修了广播站，右边修了礼堂。当谌书记看着那些被砍伐了堆放得横七竖八，还冒着松油的巨大树木时，感到十分痛心！

接着几个乡干部就给他搬东西，收拾屋子。

不一会儿，他们就给他搭好了床，摆上了桌椅和一些办公用品。

一切安排就绪，谌书记向他们道了谢，大家就回寝室休息了。

下午他到乡干部房间走了一遍。

他发现大部分房子均有破损，有几间甚至还成了危房。

谌书记走到楼下，想把整个场走一遍。他从场的这头走到那头，从上街走到下街。当他走到下街时，遇到广播站席站长。席站长叫席从阳，本乡人。他身材高大，国字脸，二十世纪六十年代的中学生，七十年代初参加工作。他能说会写，人既精明又能干，但他一辈子就只当了一个广播站站长。

在他当广播站站长以前，先后当过邮递员、林业员、水利员等。七十年代末各乡成立广播站，他又到了广播站。除他以外，还招聘了一个年轻的播音员。八十年代末，根据中央文件精神，机关事业单位提倡大力创办经济实体。阆中市五马乡广播站有个叫廖茂生的人，他多方筹资，办起了五金、副食门市部和饲料加工厂，年销售额达几百万元，年创纯利润四五十万元，向国家缴税十多万元，解决就业人员十多个，因此，他成了乡镇机关事业单位创办经济实体的领头羊，年年被评为先进集体和先进个人。后来他就成了地区先进、省先进、全国先进。全国乡镇广播站都要向五马乡广播站学习，向廖茂生同志学习。席站长曾多次到五马乡参观学习，学习回来没多久就办起了经济实体。

席站长把谌书记带到了广播站。广播站是独门独院，外面用围墙圈着，围墙里面贴着墙边有小盆粗的三棵松树，三棵树长得几乎一模一样。广播站的房子共两层，下面是办公室和工作人员的寝室，上面是机房和播音室。席站长直接把谌书记带到了二楼。机房的机器是非常新式的，播音室陈设较为豪华。

"这房子已经修了四年，全乡老百姓只筹集了三万元，建修广播站就用了十八万多，其余的钱都是创办经济实体来的。"他自豪地说，"这播音机是去年买的，花了两万八千多元，老百姓只筹集了一半，另一半也是办经济实体的钱。"

"广播站是党委和政府的喉舌，创办经济实体，是为了更好地办好广播站，席站长，你们这样做很好呀！"

"感谢谌书记的夸奖！"

看完广播站，谌书记准备到小学和初中部去看看。

小学部的校长姓康，叫康德文，年近五旬，高高的个子，黑黑瘦瘦，他在这个学校已经当了十多年的校长了。

谌书记到了学校，康校长在办公室里，见是谌书记（谌书记与康校长早在区上就认识），连忙放下手中的工作，惊喜地问："谌书记，您调这个乡来了？"

"是呀，怎么，不欢迎？"谌书记调侃地说。

"欢迎，欢迎，热烈欢迎！您一来，荆子乡的教育就有希望了！"康校长边说边给他搬凳子。

一阵寒暄后，谌书记开门见山地说："康校长，我想看一看学校！"

康校长激动地说："那好，您跟我来吧！"

说着康校长就把谌书记带到学校。

乡小学校是五十年代初修建的土木结构房子，全校八个教室，五个年级。八个教室中就有三个是危房，有的是年久失修，有的拆了东墙补西墙。教师的寝室与政府机关工作人员的没有两样——多数是两个教师住一间屋。除了寝室不够外，教师也严重不足。下午他又到了初中部，初中部的情况比小学部好不了多少。初中部是一九八七年修建的，虽然占地十多亩，但修得不规范，教室、教研室、老师寝室、学生寝室、师生食堂等混杂在一起。教学设备不齐，教师严重短缺，学生缺少活动场地，连操场都没有，学生上体育课或课间操，只能在校园内活动。

康校长带着谌书记把小学、初中看完了又回到他的办公室。谌书记拿出笔记本，康校长详细介绍着两所学校的情况。"荆子乡是个偏远山区，加之条件差，很少有好教师来。就是来了，最多待上一年半载便想方设法要离开，要么往城里考，要么找关系调走。"康校长正说着，突然"轰隆，轰隆"响起震耳欲聋的炮声。炮声过后，才几秒钟，突然一块约升子口大的石头砸烂顶棚，不偏不倚地从谌书记的头顶上掉落下来。说时迟，那时快，他急中生智地钻到了办公桌下面。好险啊，石头掉下来把办公桌砸了个粉碎，谌书记却毫发未伤，不过却也惊吓出一身冷汗。

"是哪里在放炮？"康校长惊恐地扶起谌书记问。

随后整个学校一片哗然。

在离学校约两公里的何家湾里，养路队的人在放片石，头一炮炸药装少了，没有把石头放下来，第二次想多加点。药一加多，威力就大，加之石头硬，放出来的石头就像风吹落叶，仙女散花一样地飞了起来。

学校教导主任找到养路队，并把刚才的情形向养路队队长说了。

队长姓邱，叫邱阳，四十岁左右。养路队有六人，他负责荆子到千佛段的公路养护。

荆千路修建于七十年代初，穿了三座山，过了两个公社地界，全长十五公里，修了五年才修通。尽管这条路修得异常艰辛，但全乡只贯穿了三个村，且三个村中，只有一个村受益面积较大，其余两个村只挂了个边边。全县七十一个乡镇，还有五个乡镇的公路没有交给国家养护，这五个乡镇，其中就有荆子乡。历届政府，曾多次找县上领导，跑交通局，都没有着落。一九八九年，本乡一个人在地区当养路段段长，想为家乡做点贡献，第一次回来，可是乡里没人接待，就走了。第二次回来，乡里用一碗面条招待他，他认为家乡人没有把他看重，后来公路的事也就黄了。从二十世纪七十年代至八十年代，公路分给了各个村养护。每年农历十一月，乡上根据村离乡政府远近、人口的多少，把路分到村，村里又分到社，社里又分到组。在春节前，全乡男女老少全盘动员，要修半个多月的路才过春节。不过，这样养护有很大的弊病，一旦夏季来临，雨水就多，雨水一多就冲坏了公路，公路坏了，全乡的农用物资就运不进来，粮食和农用产品也运不出去。从一九九一年起，乡里就再不把路分到各村，由乡里统一养护，全乡人民筹资，招标承包下去。通过招标，邱阳中标了。邱阳承包后年年叫苦，说是路线长，承包金额低了，公路难以养护。今年更特别，七、八两个月雨水比哪年都多，公路被冲坏了不少。乡里见此情况，在原来的基础上又增加了两万元。前几天，邱阳拿那钱在派出所买回了炸药、雷管、导火线用来打片石。

听说石头差点打着新调来的党委谌书记，邱队长吓得脸色苍白，一时不知所措，惶恐不安。晚上，他忐忑地找到谌书记说明原因。

"你这个队长是怎么当的？"谌书记严肃地说，"离这里不远处就是学校，把学生打了怎么办？你负得起这个责任吗？"

谌书记狠狠地批评了他，邱队长脸上火辣辣的，低着头，说："谌书记，您批评得对，今后放炮时我们一定注意！"

谌书记见他主动认错，又看他是个老实人，才没有发更大的火。

过后，谌书记就问了公路的情况。邱队长便详细地把全乡的公路情况做了汇报。

━第二章━

　　谌书记来荆子乡一个多月了。一个多月以来，他除了在市里开了三次会、乡里开了两次会外，其余时间，与乡里几位领导到各个村走了一遍。不下去不知道，下去一看，简直吓一跳：荆子乡比他想象的还要贫穷，还要落后，尤其是没有通公路的五个村。他大概了解了一下，这些没有通公路的村，绝大多数村社干部和群众盼望修公路的心情如久旱盼甘露！谌书记把一段时间的工作交给其他领导，他要亲自到不通公路的几个村了解详细情况，为下一步修路做好准备。

　　十月份的一天，他与青年干事苏干出发了。

　　苏干与谌书记高矮差不多，长得很帅，不过很瘦。他是个招聘干部，主抓共青团工作。他来这个乡已经两年了，因乡里没有妇女干部，组织上又叫他兼管妇女工作。他聪明、能干、谦虚、吃苦耐劳。

　　他们走访的第一个村叫麻石垭村。麻石垭村村委会就坐落在苟家梁半山腰里。麻石垭，顾名思义，是以这里的麻碎石甚多、奇特、坚硬而得名。

村委会往上走是狮子乡的苏家垭，苏家垭挨着天穆观。天穆观靠近龙吟山。天穆观、龙吟山都是远近闻名的大山，海拔都在七八百米以上。麻石垭村村委会往下走约三四华里是朱喀斯河。朱喀斯河河岸有几块约五到十亩以上的大田，就是在那几块田里，曾兴过场，至于哪个朝代，记不清了。据说比荆子场兴得早，取名叫回龙场，后遭洪水冲毁了，就再也没有兴起过。从大路下来是一座明代石桥。桥长二十米，宽二米五，有五个桥墩。朱喀斯河这边是麻石垭村，那边归铜鼓岭村。麻石垭村左面是一、二社；右面是六、七社；左下面是三、九社；前面直到桥河是四、五社；右下面是八、九社。麻石垭村除了三、四、八三个社挨近河下有少量的水田外，上面几个社都缺水，属于典型的旱山村。为解决全村人畜饮水和农业灌溉问题，二十世纪六十年代在麻石垭修了一个人造湖。湖的形状像葫芦，面积近十亩，水深两三米。湖里的水一年四季波光粼粼，湖光山色甚是迷人。

谌书记、小苏看着迷人的湖水，满口称赞。他与小苏在湖堤上走了一圈，才依依不舍地离开，去找村支书、村主任。

村支书叫蒲清六，住在八社。他年过五旬，瘦高个，是当了二十多年的老干部。

村主任姓黄，名代非，比支书年龄小得多。他中等个子，敦实的身材，剪着平头，一双大眼炯炯有神。

"谌书记，您好！"蒲书记、黄主任分别握住谌书记的手热情地说。

"你俩辛苦了！"谌书记亲切地说。

蒲支书说，他们村一千五百六十三人，五百三十一户，九个农业合作社，海拔四百多米，过去是全乡最突出的旱山村，水库修好后虽然解决了一部分村民的用水问题，但仅是一部分而已，全村村民用水问题还是没有得到根本解决。九个农业合作社，除挨近河下的一个社和中游的两个社有水源保障外，另外六个社全是靠天吃饭。全村人均纯收入还不到六百元。集体生产那些年，九个社就有三个社全靠救济过日子。

改革开放这么多年了，还是没有从根本上改变落后面貌，原因只有一个：不通公路！老百姓整日面朝黄土背朝天辛勤地劳作，就是交公粮、卖肥猪、买化肥，都要到六七公里远的地方才能办成。老百姓的日子很苦，其中一个社就有八个光杆，取名"八大司令"社。

"八大司令"社，远近有名，社又大，二百五十多人，有家室的青壮年很少到外面去打工，他们一走，"八大司令"就会去他们家骚扰。因此，凡是没有在家的男人无不提防着家里的妻子遭到骚扰。有一个从部队里回来在外乡工作的乡干部，妻子在家种责任田。他一个星期回家一次，每次回去，妻子都抱怨，说："你没在家时，晚上总是有人在窗外晃动，时不时还敲门，吓得我通夜睡不着觉。"男人听了很气愤，对妻子说："你放心，我给你弄支猎枪放在家里，有了它，他们就不敢来了！"那些年国家还没有对猎枪实行统一管理，找铁匠打或买，随便都可以弄到手，火药、铁沙子也能买到。不多久，他真的从铁匠那里打好猎枪，又在其他人那里买来火药和铁沙子。他教会了妻子打枪。妻子学会了，随时把枪装着弹药放在卧室床后面。一个星期天，读高中的儿子从学校里回来了，他也知道爸爸弄了把猎枪是用来干什么的。家里有枪，儿子自然喜欢。他父亲教他母亲学打枪，他也在一边看，父母没在家时，他就偷偷地装上铁沙子和火药在屋后练习打枪。有一天天刚黑时窗外有两个人影在晃动，接着就有人敲门。母亲在灶房里做饭，儿子以为是那些骚扰的人，警觉地从他父母卧室的床后面拿出猎枪，对着门，扣动扳机，"砰"的一枪。随着就听到门外"哎哟哎哟"的呻吟声。母亲听到枪声，从灶房里跑出来，儿子拿着还在冒烟的猎枪，傻乎乎地站在那里。母亲急忙拉开电灯把门开开，原来是社长和收电费的。农业生产忙，白天没时间收电费，只有晚上才有时间。其他户都收了，就是她家还没有。他们社"八大司令"骚扰单身女人的事众所周知。收电费的一个人不好到她家去，为了避嫌，就把社长喊上了。收电费的抱着腿，缩成一团，痛苦地在地上打着滚，不停地呻吟着！社长蹲着也在那里呻吟。母亲赶忙找人将二人送到医院。还好，二人没有伤到要害处。收电费的伤着了两条腿，要不是他拿着厚实的皮包挡在前面，加之下面穿得厚，他的下身也许就成了蜂窝眼。皮包把下身挡住了，腿杆没什么挡，腿杆上有六七颗铁沙子。社长跟在他后面，其他地方没有伤着，只是左手上有四五颗铁沙子。收电费的和社长医疗费花去了一万多元，这钱全由这家人支付。

这个社的现状是穷，大家都穷，老是守着自己的那点责任田和贫寒的家不放。

谌书记、青年干事小苏和村上两位同志马不停蹄地把全村九个社都走了个遍。

太阳快要落山了，听说二社有一个特困户，家中有两人瘫痪，他们便又匆匆赶去，重点了解情况。

特困户叫何焕先，曾在村上当过干部，一九八一年退休，住在中塝上，独门独院，三间草房，与汽车大小没有区别。他家五口人。

他是一九七九年得的风湿病，看过许多医生，都无效，一九九二年瘫痪，现已有两年多了。

谌书记他们一到何家，只见一把陈旧的老式椅子上，仰坐着一位老人，他衣服破烂，手痉挛着，头发花白，橘红色的方形脸上微带浮肿，两眉直竖，双目呆滞，身上还颤抖个不停。他没有穿袜子，一双破胶鞋打了多处补丁。

"老何，这是新调来的党委书记谌亚荣同志，到我们村检查工作，顺便看你来啦！"他耳朵聋，黄主任大声地给他介绍说。

谌书记主动去握着何焕先的手，亲切地问："老何，你身体怎么样？"

半天何焕先才回过神来，目光呆滞地看着谌书记回答："谌书记，你们真好，还舍得抽出时间来看我这一家，我已经是油尽灯枯不中用的人了！"

"你说哪里话呀，你有病，不能动，我们来看看你是应该的！"谌书记说。

正在这时，在外打猪草的何家媳妇回来了。

何家媳妇叫汪丽蓉，还不到三十岁，娘家是邻近乡二村人，离这里不远。她矮矮的身材，长得很丰满，椭圆形脸蛋，淡淡的柳叶眉下一双丹凤眼，好似塘清河里的水，清澈明亮。她面带微笑，好像人世间任何忧愁烦恼都与她无关。

见家里来了这么多人，她显得很紧张，连忙放下背篓，说是到屋里去拿烟。她家里太穷了，根本就没有钱买烟。

"丽蓉，我们几个都不抽烟，你就不要找了！"蒲支书说。

家里找不到烟，她很尴尬，热情地和他们打了个招呼，又说去泡茶。

开水有一壶，可是没有茶叶呀！她急中生智，把干酸菜泡在了盅里，交给了蒲支书，然后走进了丈夫的屋。

何焕先非常吃力地蠕动了一下身子。见媳妇走了，介绍起了他家的情况。

他说，他今年六十一岁，老伴姓刘，也快满六十了，膝下有两个儿子，大儿子叫何林，今年三十一岁，有一孙子在读小学三年级。小儿子在苍溪县元坝镇当了上门女婿。不幸的是大儿子何林，在一次交公粮时搭拖拉机，从上面摔下来，三百多斤的粮食压在了他身上，腰椎骨当场就压断了。由于交通不便，第三天才找人抬到区医院。区医院不接收，几经周折才送到县医院。遗憾的是，时间太晚，失去了抢救的最佳时期，后来便瘫痪了。可怜的他，那年才二十七岁。儿子瘫痪了，这对一个农村家庭来说是极为不幸的。为给儿子医治腰伤，家里已经花去两万多元了，欠了一屁股债。儿子瘫痪了，他与老伴整天地哭，媳妇也哭，真是叫天天不应，喊地地不灵！为了寻找一线希望，他在外行乞一年多，讨得两千多元，乡、村、社给他解决了五百元，争取扶贫贷款两千五百元，又把儿子送去了医院，然而，最后等到的仍然是失望。儿子成了瘫子，媳妇留不留得住呢？孙子那么小，自己又有多年的风湿病，这家不就完了吗？俗话说，福不双降，祸不单行。就在儿子瘫痪的第三年，也就是一九九二年，他因风湿入筋，瘫痪在床。一家五口人，就有两个劳动力瘫痪在床上，孙子又那么小，两个女人艰难地支撑着这个家。

"谌书记，你问蒲书记、黄主任，我家虽然这么困难，每年的农业税和集体的上缴提留款是搞清楚了的！"老何刚强地说。

老何说完，浮肿的脸上流露出了一丝自豪感。

谌书记的心，早就被何家的不幸遭遇震住了，被他的精神感动了。

"你家现在的经济状况呢？"谌书记亲切而温和地问。

"我家现在的经济状况还算可以，"老何慢条斯理地说，"一是我老伴和媳妇搞家庭副业，我们家一年除宰杀一头年猪外，还卖五头肥猪，养殖了两头母猪，光猪身上的收入就有三千来块，这是我家的主要经济来源。第二，我会篾匠手艺。在瘫痪中，我教会了儿子，现在儿子也会编篾了，什么簸箕、筲箕、凿箕、筛子之类的，我与儿子一天各编一个，一个能值三五元，当天我的老伴和媳妇就拿到市场上去卖。我家现在每年还可以还两千元的债。"

听完了老何的讲述，谌书记又到了他儿子的屋里。只见一个眉目清秀的年轻人躺在床上，床架上摆了一摞书，有农业方面的，医学方面的，也有文学方面的。苏联作家奥斯特洛夫斯基的《钢铁是怎样炼成的》放在最显眼的位置。窄小的屋子，左侧边放了一些篾具和已经编织好了的筛子、簸箕、筲箕……即使是屋子里有许多成品和半成品的篾具，但都放得各是各，很整齐。

何林身子不能动，但手和上半身挺灵活，头脑反应敏捷，从外表看，根本看不出是一个瘫痪在床的人。这与父亲面容浮肿，反应呆滞，形成鲜明的对比。

"小何，乡上谌书记看你来了！"蒲支书说。

小何赶紧打招呼，让座。

谌书记赞许地说："小何，看了你们一家，我很感动，你坚强，你爹也坚强，你母亲是一个勤劳善良的好母亲，你的妻子是一个难得贤惠的好妻子，有这么好的一家人，还愁有过不了的难关和克服不了的困难？困难是暂时的，日子会像芝麻开花一样一天一天地好起来！"

听了谌书记的话，何林感激地点了下头，热泪潸然而下。

"感谢谌书记腾出时间专程来看我父亲和我！"他对谌书记说，"父亲的鼓励、母亲的慈爱是一个方面，其实使我能够活下来的动力是我妻子！"

见丈夫夸她，丽蓉脸上露出了美丽而欣慰的笑容。

汪丽蓉说，丈夫被诊断为终生瘫痪时，丈夫的心碎了，她的心也碎了，也就没有打算再跟他一起生活下去。丈夫瘫痪的第三年，那时孩子才六岁，刚上完幼儿园，读一年级，她便准备带着孩子以外出打工的名义离家出走。但恰在这时，公公风湿病突然严重，整天卧床不起，于是她犹豫了。拖延了几天，她准备等公公的病好转后再走。可是，一等再等，老人的病始终不见好转，只能吃，就是下不了床。经医生诊断：风湿入筋。公公瘫痪了，再也起不来了。灾难又一次降临在了她家，她不知所措了。

何林一听到父亲也瘫痪了，人顿时就吓瘫软了，见此情景，再也没有勇气活下去了。他认为他活着就是个累赘，必须早点结束自己的生命，以减轻自己的痛苦，减轻家里的负担。

何林写好遗书，几次自尽都未成功。头一次，他割断了手上的动脉血管，被妻子丽蓉发现了，没有死成；第二次上吊，又被母亲发现了……

善良的丽蓉被触动了，她想，只要她一走，从此就可以摆脱眼前的一切烦恼，因为她还年轻，又漂亮，即使自己有个孩子，再找个好婆家，那也是轻而易举的事。然而，只要她一走，这个家就算完了：丈夫会因她的离开去寻短见，公公会因儿子亡故病情加重……

为了两条生命，为了这个家，她没有走，她下定了决心，就是带着儿子乞讨，也要养活丈夫和老人！

她精心地照顾好丈夫，与婆婆十分辛勤地维持着这个家。他们一家团结一心，共渡难关，战胜疾病！一年过去了，两年过去了，在各级政府的关照下，他们家的经济条件逐渐有了好转。

听了何林夫妇的讲述后，谌书记深受感动，称赞丽蓉是好人，是何家的好媳妇，并鼓励何林要像保尔·柯察金那样坚强！

谌书记、小苏、蒲支书和黄主任准备走了。

走时谌书记把一百元钱交给何焕先，他怎么也不肯收，再三推辞，最后还是收了。

何焕先把一百元钱接在手上，眼里噙着泪水，拉住谌书记的手说："谌书记，我家不幸，感谢党和政府的帮助，这一百元，就暂时保管在这里，等到村上做公益性事业，如修学校、公路等，我就把这一百元捐上。要是这里早通了路，我的儿子也不会背着公粮到很远的路上去搭拖拉机。即使是我儿子那次跌了，如果公路通了，请来救护车，医治及时，他也不会瘫痪，我本人也不会因儿子瘫痪搞成现在这个样子！"

谌书记牢牢记住了老何的话，眼睛湿润了。他对村上蒲支书、黄主任说："你们村里要把老何一家当作特困户来对待，三缴提留可以给他父子免了，另外，我回乡上后，找民政想点办法。"他又对老何说："老何，你是好样的，不仅是你，你一家都是好样的！我刚才对你儿子也说过，困难是暂时的，日子会一天天地好起来！"

老何感激地点了点头。

他们离开了何家，摸黑走进了黄主任家。

下了整天的队，谌书记很劳累，脚也打起了多处泡，向黄主任的妻子要了一盆滚热的水，洗了脸，泡了脚，吃了晚饭，就与小苏睡了。

要是在以往，如今天他们所看到的、了解的和听到的，他是怎么也睡不着的。但这一天真的是太累了，他一躺下就睡着了，但梦里，时不时地出现何焕先父子俩瘫痪在床上的情景……

谌书记第二天清晨起得很早。他起床时，黄主任的妻子已经在做饭了。

农村的早晨空气清新极了，一些不知名的鸟雀在屋子周围的树枝间叽叽喳喳叫个不休。男人们扛着锄头走向了田野；女人们在家做饭，到处炊烟袅袅；年老的人牵着牛儿在田坝里放牛，牛儿吃着青青的嫩草；小学生背着书包蹦蹦跳跳地走向了学校……

黄主任家是一个凿箕口房子。家里的庭院搞得不错：周围有桃树、李树、杏树、橘树、梨树、枇杷树等，就是不成规模。果园里鸡鸭成群。

谌书记正看着黄主任家搞的庭院经济，蒲支书带着一人来了，这个人是梨子种植专业户黎忠富。

黎老板五十多岁，穿得与一般人不同，腰里别着传呼机与手机。他很有经济头脑，六十年代的高中生。那时，由于家庭成分不好，连一个民办教师都没捞到手。农业生产那些年，因有文化，脑袋瓜好使，生产队给他安排了一些技术活儿，如制造土化肥、土农药、种植蘑菇，等等。改革开放后，他就像出了笼的鸟儿飞向了天空，浅水的鱼儿游到了大海。天高任鸟飞，海阔凭鱼跃。他扬眉吐气，大显身手，做生意，跑运输，赚了不少钱。一九九〇年，承包了两个社的果园，共计三十多亩，期限三十年。他承包后，在苍溪县的龙山请了技术员，除了第一年赚了点钱，连续三年都亏本。一九九一年的秋季，收梨子那几个月，几乎没有几天是晴天。黎老板在苍溪联系了一个重庆老板。老板开来了三辆大卡车，接连就是十多天秋雨。一树树、一片片压弯了枝的雪梨，眼看就要变成大把大把的钞票了，可就是请不到多少劳动力往公路上运，虽然请了二十多个，但是一天连摘带运才两三趟，根本就解决不了问题。重庆老板等不住，只拉了一车，另两辆开着空车回去的，从此以后，就再也没有来了。过后拉不出去的雪梨，一大半烂在了树下，连猪都不吃。那年，黎老板整整亏了三万多。他仰天长叹：交通不通，即使有天大的本事，英雄也是无用武之地！中午他还在城里跑生意，赶回来时天已黑了。听说新调来的谌书记在他们村了解工作，就想来看看是不是有关村上修路的事。

蒲支书把他介绍给了谌书记。谌书记握住黎老板的手，笑着对他说："农村就需要你这样的人才！"

"谢谢谌书记的夸奖，我今天老早跑来，想打听一下，我们村的公路哪年哪月才修？"他直视着谌书记，眼里带着期盼，"您要给我一个明确的回答，如果再不修路，我那三十多亩果园只好撂荒了！"

他说得很干脆，使在场的蒲支书、黄主任感到惭愧！

不过，这叫他们村上也没办法。从乡上通到他们村，要经过两个村的地界，本村先不说，光是外村协商困难就很大。

谌书记见他俩为难的样子，没有与任何人商量，便果断而坚决地说："村上的公路，坚决要修，至于什么时候，等我把全乡还有四个没有通公路的村走完了，然后做决定！"

谌书记话虽不多，但一字一句都有分量。蒲支书今年五十三岁了，当了二十多年的村干部，还从来没有遇到这么大的事当场拍板的党委书记。

黎老板见谌书记对村上的公路当场拍板，心里乐滋滋的，笑着对谌书记、村支书和村主任说："要是三年内把村上的公路修通了，我给你们立块功德碑！"

"我们不要什么功德碑，这是我们当干部应尽的职责，你只要把梨园管理好，搞出效益来，把专业户这块牌子树起来，带动更多的人富裕起来，这才是我们当干部所希望的！"谌书记说。

"到修路时，还望你黎老板资助点儿哟！"黄主任调侃地说。

"只要修公路，我黎某敢保证，拿出两千元来让村里拿去买炸药、雷管、导火线。"黎老板爽快地说。

谌书记把村上二位叫到一块儿，对他们说："至于修公路的事，你们村上做好思想准备，预先在这方面造一些舆论。"说完就叫苏干带路去了另外一个村。

第三章

　　谌书记到的第二个村叫铜鼓岭村，这个村与乡政府只隔一条河，从乡政府过石板桥爬两三百米高的大石坎，爬完坡，向前走五六百米就是村委会。

　　谌书记、小苏路过六社一家农户院坝时，那家正在出殡。一女一男两个孩子，女孩十一二岁，男孩八九岁。女孩举着引魂幡走在前面，男孩顶着灵牌紧跟其后，姐弟俩一路哭哭啼啼。男孩后面是抬棺材的，棺材后面是死者的亲戚，他们戴着孝帕，悲痛欲绝。亲戚后面是送葬的，他们抬着灵房子，举着花圈、葬布。抬棺材的是八个汉子，又称"八仙"。其中"一仙"喊："天上亮晃晃！"

　　"七仙"回答："地下水塘塘！"

　　一仙又喊："大路朝天！"

　　七仙回答："各走一边！"

　　当过一个沟沟时，一仙喊："下面是条沟！"

　　七仙回答："两脚往拢收！"

　　上坡了，一仙喊："你在前面拉！"

七仙回答："我在后面推！"

当坡爬完了，一仙又喊："平原大坝！"

七仙回答："杵子放下！"

八个人齐刷刷地把杵子打在抬杆上。八仙走，女孩和男孩跟着走，八仙停，他俩也停，一路总是哭哭啼啼、凄凄惨惨的。随着"噼噼啪啪"的鞭炮声和"咿咿呀呀"的唢呐声以及"咚咚咚，咚咚咚"的锣鼓声，棺材被抬到一个荒坡地，风水先生与另两人在那里挖墓坑。墓坑已经挖好了，风水先生在坑前打一根荆桩，看了看时间，见时间到了，风水先生发话了。这时"噼噼啪啪"一阵鞭炮声后，风水先生放了些草纸，叫八仙把棺材放在坑里。棺材放好后，风水先生用铅锤在荆桩前面把棺材照了照，看棺材的中心点与荆桩是不是在一条线上，如果不在一条线上，就叫八仙用杵子将棺材移到一条线上。棺材一放正，风水先生就向棺材上抛撒五谷，据说抛撒五谷后人才有吃有穿。抛撒五谷时，凡是死者的后人都要牵起衣角来接，接得越多越好。五谷抛撒了就填土。

正要填土时，一个四十来岁的女人哭天抢地地跑来，扑在棺材上，双手击着棺材哭喊道："树安，你就这样走了，留下我们孤儿寡母，以后的日子咋过呀！"

她这一哭，两个孩子也抱着棺材哭着喊爸。

风水先生连忙叫死者的亲戚们把大人和孩子拉走，说："眼泪流在棺材上不好。"

亲戚们就把娘儿仨拉走了。

谌书记、小苏在侧边看得眼泪长流。谌书记问一位老大爷："老大爷，死者叫什么名字？得什么病死的？"

老大爷看了看谌书记、小苏，从他们的相貌和穿着上猜到问话的不是普通人。

"死者姓唐，叫唐树安。"老大爷笑了笑回答说，"曾经修建过襄渝铁路，在修襄渝铁路时还是风箱班班长。回来得矽肺病很多年了，经常咳嗽，病恹恹的，因家里贫穷，没钱买药，营养也跟不上。前天早上他出去挖红薯，吃早饭时背了半背红薯回来，咳嗽不止，就断了气。唐树安死了，我们队里跟他一起去的另外一人，活不了多久也要见阎王啰！"

"老大爷，这另一个人姓什么，叫什么名字？"谌书记问。

"我说的这人姓史，叫史进生，他在修襄渝铁路以前曾经当过八年铁道兵，担任过班长。修襄渝铁路后任副连长、排长。"老大爷说。

谌书记认为，这些人为祖国的建设，奉献了青春年华，党和人民应该牢记他们，可他们得了职业病，却没有人来过问、来关心他们。

"这些人的现状，难道上级党委就不知道吗？"小苏问谌书记。

"也可能知道，国家财政困难拿不出钱来，也可能不知道。"谌书记无可奈何地说。

谌书记告别了老大爷与小苏，向村委会走去。

谌书记走到村上，村上正在开村社干部和全体党员代表大会。村上干部见谌书记来了，都出来迎接。谌书记随和地与大家握手。

村支书、村主任都姓陈。支书叫陈岩，村主任叫陈彦，一个五十来岁，一个还不到四十岁。支书是干了二十多年的老干部，村主任是从部队里复员回来的，已经当了两届村主任。

他俩一一与谌书记握过手。陈支书问："谌书记，你俩从哪里来？"

"从麻石垭村来。"谌书记说。

谌书记将他与小苏在路上看到出丧的事向他俩说了。

"唐树安的去世，我俩也很悲痛！"陈主任说。

陈支书、陈主任在一个小办公室里向谌书记汇报了村上的情况。

铜鼓岭村是一个纯农业村，以种植水稻、玉米、小麦、红苕为主，经济作物是油菜、花生。养殖业主要是生猪。这里土地肥沃，光照充足。各社都有几口大堰，除一社和三社外，天再旱都能满栽满插旱涝保收。一九八八年，一位高级干部（是这个村参加革命出去的）一次探家回来，见家乡落后，想为家乡人民创点收，就找省农科院，准备在这里发展五百亩优质柚。专家组来考察了三次，土质、气候、环境都很好，最后还是放弃了，原因是不通公路。

铜鼓岭村与乡政府一步之遥，乡初中部就在铜鼓岭村七社的上地上，还有几个社挨近河下，是塘清河上游。

塘清河从上游到下游足有十华里长。从上游往下说：左边是铜鼓岭村，右边有麻石垭村和烽火台村一部分。中游是荆子场，也就是铁壶观村一社，对面是铜鼓岭村、飞蛾坪村、私大寨村。铜鼓岭村与望垭镇的东溪沟村相连，荆子乡最近的乡镇就是望垭镇，与荆子乡相隔还不到六公里。如果铜鼓岭村公路通了，不仅可以连接私大寨村，还可以到望垭镇、仪陇老木乡、观紫镇、观音镇等，就因为隔了一条塘清河……

"要是我们这里通了公路，那五百亩优质柚在这里种植，我们村就不是现在这个样了，说不定早过上小康生活了！"陈支书说。

"有的说隔河如隔山，依我看，岂止是隔山，简直是阻碍了我们这里几年、几十年的发展机遇！"陈主任说。

"我们这里有一家在外打工的农户，花了五万多元修了一栋楼房，仅用人搬运材料就花去了四五千元，另几家想修，见运杂费太贵了，也就放弃了。"陈支书说。

工作汇报完后，谌书记、青年干事小苏参加了村上召开的村社干部和党员代表会议。

这个村共有党员三十九名，有的外出务工，有的年老卧床不起，到会的只有二十七名。这些党员，年龄普遍偏大，最大的有八十多岁，最小的也在四十岁以上。

"看来农村党员的后备力量很薄弱，要多培养一些青年入党，要让那些带头致富的能手加入党组织，以增加党的新鲜血液！"谌书记说。

今天村上开会，主要研究村社财务公开问题。会上人们争论得很激烈，一直开到下午三点多。会上提出了许多问题，如有些社长不称职、上面的政策群众不知道、义务工开支不合理、几年都不公开一次账、个别干部有挪用贪污行为，等等。这些问题，谌书记都一一地记在了本子上。铜鼓岭村提出的这些问题，可以说是农村近几年来普遍存在的问题，带有共性。

吃午饭了，谌书记问他们村参加建修襄渝铁路的巴山民工有多少个？死了多少？健在的有多少？正在病中的有多少？

陈支书、陈主任统计了一下：他们村参加建修襄渝铁路的巴山民工十四人，已经死了四人，五人在病中。

谌书记听了这个数字感到很震惊，他对陈支书、陈主任说："会后我们去慰问慰问死者唐树安的家属，顺便去看看在病中的史进生。"

中午饭是附近一家农户准备的。他们这个村，党员干部开会中午要吃一顿饭，农村开会人来得晚，一般都在十点半以后会才开得起来，等到人来齐了又晌午了。农村条件差，开一次会很不容易，要解决不少问题，所以中午要安排一顿伙食。伙食很简单：一碗干饭，一碗萝卜炖肉。

陈支书见谌书记是乡上领导，又初次来他们村上，实在不容易，早就在另一家安排了伙食。

听说要把他和小苏安排在另一家，谌书记认为是在搞特殊，无论如何也不去，他要与这里的党员干部一起用餐。

党员干部见谌书记与他们一起用餐，非常高兴。七十五岁高龄的原村支书陈朝居，曾参加过童子团，属流落红军，五十年代当过乡干部，六十年代回村当支书，七十年代退休。虽然退休多年，但他仍然保持着一个共产党员的先进性，党员学习从来不缺席，也不迟到不早退，村上要是做什么事，他都积极支持。

老支书在主人家那里要了半斤白酒，说是要与谌书记碰个杯，别的没什么，他说他在有生之年，要亲眼看到谌书记把塘清河的桥架起，飞蛾坪村、私大寨村和铜鼓岭村三个村的公路修通。

谌书记见老前辈来敬酒，叫陈支书在主人家打了三斤白酒，他不仅要与老支书喝酒，还要与在场的所有党员干部碰杯。他与老书记喝了，举起杯子对大家说："在座的所有党员干部、代表同志们，今天借主人家一杯水酒，我对着乡亲们表个态：如果这一届党委政府班子，不把塘清河的桥架起来，不把五个村的公路修通，我谌亚荣就白当这个书记了！"

下午村上还要继续开会，谌书记向全体党员干部告了别，就与陈支书、陈主任到死者唐树安的家里去了。

谌书记、小苏、陈支书和陈主任到了死者唐树安的家里，客人还没有走。他们队里一个人问："陈书记、陈主任，你们吃饭没有？"

陈支书、陈主任不约而同地回答说："吃了。"

陈支书直接就把谌书记、小苏带到了死者家属面前。

死者的妻子和两个孩子都还沉浸在悲伤中。谌书记、小苏走进屋，找了个凳子坐了下来。

"王菊华，这是乡上的党委书记谌亚荣同志！"陈支书说。

陈支书话音一落，谌书记从身上拿出来五百元钱递到她面前说："王菊华，我们不知道你家老唐得病，他突然去世，我们也很悲痛，今天我与小苏才知道，没有多的，这五百元你收下吧！"

王菊华没有接谌书记手上的钱，只是哭。

陈支书替她从谌书记手中接过钱，把钱放在桌子上，并与陈主任安慰着她。

王菊华说，她与唐树安是在去建修襄渝铁路以前认识的。他十六岁就去修襄渝铁路了，在将近三年的修路中，他俩几乎每月通两封信，有时还不止。唐树安工作忙没时间回信，但她照样写，近三年来，她给他写了一百多封信。三年襄渝铁路修好了，唐树安把一百多封信保管得好好的，全部带了回来。

王菊华伤心地说着，把一个陈旧的皮箱拿了出来。她慢慢打开箱子，里面全是信，有厚白纸信封、有牛皮纸信封，还有彩色信封。无论是厚白纸、牛皮纸，还是彩色信封，由于年代久远，都变成了黄色。她指着箱子说："这些信是我俩爱情的见证！三年襄渝铁路修好了，树安回来了，一回来我们就结了婚，第二个孩子才一岁时他就得了病。树安得了病后，什么活儿都没法干，里里外外都是我一人，日子过得好苦呀，现在丢下我和两个孩子走了……"

陈支书、陈主任看着箱子。谌书记把皮箱扣上。他们的心情都异常沉重，对唐树安英年早逝无比悲痛。谌书记说："党和人民是不会忘记他的！唐树安同志已经走了，你要坚强起来，带好两个孩子，日子会慢慢好起来的，今后有什么困难就找我们党委政府！"

王菊华咬着牙，点了点头，趴在桌子上又呜呜地哭了起来。

谌书记、小苏、陈支书和陈主任再次安慰着，等她平静下来向她告别，走出了屋。

史进生住在一个大院子里。院子住了五六户人，人们都出去干活了，关门闭户的。陈支书、陈主任径直把谌书记带到史进生的家。

陈支书对着门喊："老史在家吗？"

门"吱呀"一声开了。

"谁呢？"

开门的人骨瘦如柴，满脸类似麻子的绿点点，戴着一个军用旧棉帽，披着一件旧军大衣，双手捧着一个烘笼，面带笑容，不停地咳嗽着。

"党委谌亚荣书记和青年干事小苏同志看您来了！"陈支书介绍说。

"老史，您好！"谌书记伸出手。

史进生忙把烘笼放下，与谌书记握手。史进生的手瘦骨嶙峋，也是与脸上一样的绿点点。他与谌书记握了手，抱起烘笼又咳了起来。

陈支书、陈主任在屋里端着凳子请谌书记和小苏坐。

史进生坐在竹椅上，咳嗽过后大口喘起气来。

谌书记看着他那虚弱的身体，非常同情他，与他拉了一会儿家常，问："老史，听说您曾在修建襄渝铁路时在我们乡担任副连长、排长，当时我们乡去了多少人？已经去世了多少？病了多少？现在健在的大约还有多少？"

史进生见谌书记问这些，眼睛一亮，心想：巴山民工已经回来二十多年了，死的死，病的病，从来没有哪位领导过问过、关心过，这个姓谌的倒问起此事来了。

"谌书记，您问的这件事，说起来伤心呀！"他说，"我从部队里回来的第二年，也就是一九六九年，响应党的号召，参加了襄渝铁路的建修工作。一个公社为一个连，县为一个团，地区为一个师。当时我们公社去了一百二十六人，荆子乡编为二十六连，我任副连长、三排排长，连长是一个姓李的武装部长担任。二十六连承担的任务是非常艰巨的，三百多米的隧道全是石山。那里的石头像墨一样黑，摸起来很细腻，一层一层的，厚的有五寸，薄的有一指，脆而硬。三百米的隧道我们连打了一年多。在一次爆破中，我去排哑炮，不幸炮响了，被埋在隧道里。经过战友们一天一夜连续奋战，我被抢救了出来。战友们把我从乱石中抬出来时，已是血肉模糊，奄奄一息了。我被救活过来后，就送到了大医院。从身上取出了一百多块小石子。你们看，我这脸上、手上、腿上，这些绿色的花花点点，就是石渣子打的。我在医院里住了三个月，身上的伤一好，又继续带领全连战友打洞。我们连三年几乎全是钻洞子打隧道，天天与粉尘打交道，不得矽肺病那才怪哩！我们回来前十年没有发觉，可是十年后就陆续有了，估计全乡有二三十人死了，一半以上得了这病。我是六年前得的。可能你们也看到了，前天死去的唐树安，今天上午下葬的，他是十年前得的矽肺病。他曾是风箱班班长，荣获过一次一等功，两次三等功。他的突然去世，我很悲痛！"

"老史，您为党和人民做了那么多，有什么想法？"谌书记问。

"我都是快要死的人了，还有什么想法？感谢谌书记在百忙中来看我！"

谌书记对面前这位老退伍军人、巴山民工，在病魔缠身时都不向国家伸手的高贵品质，肃然起敬起来！

走时，谌书记叫他好好养病。

他们从史进生家里出来后，谌书记与小苏回乡上，陈支书、陈主任回村委会。

谌书记、小苏还没有走多远，就听过路的人说，一社有人被马蜂蜇得很惨，陈支书、陈主任以及开会的党员干部正往那里赶。

谌书记听到这话，就对小苏说："我们也去看看！"

小苏知道一社的路，于是他与谌书记向一社走去。

陈支书、陈主任他们比谌书记、小苏先到一社。谌书记到了那里，看到那里挤了很多人，他们说，被马蜂蜇得严重的已经被村民们背或抬到医院里去了，轻的自己走到医院去的。

陈支书追问原因，一个村民说，下午三点多，一个八九岁的孩子在山上放牛，站在一棵有马蜂的大树下用石块去打蜂巢。小孩儿一石打在蜂巢上，把蜂巢打了一个洞，于是成千上万的马蜂便倾巢而出。见马蜂来了，小孩儿就躲起来了。小孩儿躲了，可是牛却躲不了，几百只蜂开始攻击牛，牛被蜂蜇了，疯狂地乱跑，边跑边哞哞地叫着。见牛跑了，小孩儿去追赶牛，才跑出十多步远，筛子大的一团蜂扑向了他，上百只马蜂蜇他的头和脸，小孩儿用手护住头脸，蜂又去蜇他的手，蜇得小孩儿在地上打滚，边滚边叫喊着。一团蜂蜇了牛，牛就拼命地跑，当跑到一块冬水田时，一下跳进了冬水田里，在田里打滚，只听得田里的水哗哗地响，这才摆脱了马蜂的袭击。马蜂不但蜇了小孩儿和牛，还把在离马蜂树下一二百米的地里挖红薯的十多个村民也给蜇了。有的只被蜇了一两下，有的几十下。在十多人中，有两个女人、一个男人被蜇得最惨，头上、脸上、手上、脚上全都是，四人包括那个小孩儿，已出现了脸部浮肿、呼吸急促的症状，村民们见状，赶紧把他们送到医院里去了。

党员干部都看马蜂去了，谌书记叫他们注意安全，不要被马蜂蜇了，同时对陈支书说，在没有把握的情况下，不要轻易去捣毁蜂巢，以避免再次造成人员受伤。

谌书记回乡上卫生院去看被马蜂蜇了的村民。陈支书、陈主任也一道去了乡卫生院。

乡卫生院院长姓邓，叫邓明诚，四十岁上下。邓院长说，卫生院条件有限，只有较轻的能治，严重的治不了。谌书记听了这话，叫人去找车，将四个被蜇得严重的人送往区卫生院，然后吩咐乡卫生院的医生，对七八个轻伤病人进行医治。当时乡上根本就没有车在家——全乡只有两辆私人汽车，三台手扶拖拉机。两辆汽车在外跑运输，三台拖拉机，一台坏了，一台在城里工地上，一台在城里运种子还没有回来。

时间不等人，时间就是生命！谌书记派所有在乡的干部，将四个垂危病人用简易滑竿火速送到区卫生院。然而，因耽误时间过长，错过了最佳抢救时间，四个病人刚抬到区医院，就有两人因严重肾衰竭而死亡，两小时后，又一人死亡。

放牛娃的父亲在广州打工，只有母亲在家。孩子的母亲是个聋哑人，近四十岁才生的他，与丈夫好不容易才把孩子拉扯大。孩子被马蜂蜇了，她还不知道，当时她不在家。聋哑女听说孩子被蜂蜇死了，一下就晕倒不省人事了，抢救了半天才把她抢救过来，醒来后，她哇哇地叫着，双手在空中乱抓着，情绪激动，医生想尽了所有办法都没让她安静下来。她精神失常了。谌书记和在场的乡亲们见此情形，都为聋哑女人失去孩子而悲痛不已。

因交通不便，抢救不及时，马蜂夺去了四条人命。谌书记以政府的名义，分别给他们的家人发了一千元的慰问金，同时还动员铜鼓岭村的党员干部，捐资捐款，投工投劳，帮助那几户把红薯挖回来，将小春麦子油菜种上，要求村上派专人护理聋哑女人的生活。

谌书记一回到乡上，就找民政所把全乡参加修建襄渝铁路的巴山民工统计起来。统计的情况：一九六九年，荆子乡人民积极响应党的号召，有一百二十六人参加襄渝铁路建设，在三年修建襄渝铁路中五人殉职，七人伤残。活着的一百二十一人，截至一九九四年十月二十日，已有二十六人死亡。谌书记要求民政所用一月的时间，给死亡了的二十六人的家属（除唐树安外），每人发放五百元慰问金，已得矽肺病的，每人也发放五百元的慰问金（在给巴山民工矽肺病人发放慰问金的同时，也给何焕先一家发放了五百元的困难补助金）。

紧接着，谌书记召开了各村党支部书记、村主任会议，动员全乡村社干部，组织群众将路边、田间地头等人员经常出入的地方的所有马蜂窝全部捣毁。除此以外，还通报了该乡巴山民工的情况，号召全乡人民都要关爱他们。

第四章

就在全乡消灭马蜂的第四天，谌书记与苏干又到了铜鼓岭村。谌书记与村上支书、主任、社长、老支书及部分党员代表，查看了荆望公路线路。上午查看公路，下午谌书记、青年干事小苏到了私大寨村。

私大寨几百年前是一个山寨，至今都还有拆庙子时遗留下来的基石和砌寨门的条石。这里地势开阔，上面有数十个大小不等、深浅不一、形态各异的堰塘。堰塘里的水湛蓝湛蓝，清亮亮的，从高处太阳坝里看，就像几块闪闪发亮的蓝宝石，虽然地处高山，但水源十分充足。私大寨西南是巍峨的三宝山，北边与仪陇的鸡公山相望，东边与仪陇的张家山相连，私大寨与张家山交会处是灵观庙，灵观庙侧面约五百米处是飞蛾坪。右从三宝山的王家大石坝，下到三叉河；左起灵观庙下到粉房田沟，整个半壁山都属私大寨村。私大寨方圆两平方公里，海拔约六七百米，上面有三四百亩田地，大小二十多个堰塘。一般年景都能旱涝保收，除非遇到大旱年。三百多亩田地中，望垭镇的广教寺村就有两百多亩，剩余的一百多亩才属于这个村。

农业生产时，办过茶场，茶叶质量优良，销路好，远近闻名，现在那些田边地头还生长着不少茶树。九十年代，有人承包土地栽上了桑树。

谌书记到了私大寨村支书家里时，天已经黑了。这个村百分之八九十都姓涂，支书也姓涂，叫涂兴恒，年近四十，看起来挺有精神，他身材高大，黝黑的皮肤，剪着平头，浓浓的剑眉下，镶嵌着一对炯炯有神的大眼。短发里，掺杂着根根白发。穿着也较简朴，蓝色的秋衣外面，套着朱色半新旧毛衣，黄色裤子，裤子两膝处已经补了补丁，脚上是旧胶鞋，没有穿袜子。左腿的裤脚是挽起的。他扛着一把明亮亮的锄头，不慌不忙地向家里走去，不难看出，他是做包产地收工回家了。

涂支书一看，是谌书记、青年干事苏干，惊讶地说："哎呀，谌书记、小苏同志，是你们呀，怎么走黑呢，快到屋里坐！"

"是呀，走黑了。我们今天才从铜鼓岭村过来，怎么，不欢迎？"谌书记笑着，边说边和青年干事苏干向涂支书家里走去。

"欢迎，欢迎！稀客，稀客！"涂支书忙放下锄头，十分热情地给谌书记、小苏端凳倒茶。

涂支书是挨近村委会住的，村小学也在这里。他住的这个位置上面是三社，下面是六社，左边是一、二社，右边是四、五社。整个村分三道坎。第一道坎，从三宝山王家大石坝到私大寨，是一、三社，与垭口镇的三宝山村、广教寺村和白庙子村相邻。一、三社有一百多亩土地。农业生产时，大队里搞园艺场，一百多亩地全部种植了茶叶，改革开放后，毁了茶树，种了粮食。前些年，市上为了扩大养蚕业，给各乡镇下达了大面积种植桑树任务，乡上又给村下达。乡上见私大寨村那里适合种桑树，把全乡一半栽桑任务下达给了该村，不过乡上给了许多优惠政策。那一百多亩种植桑树任务最先是承包给蚕站一个姓苟的，姓苟的又承包给了一个叫莫玉的木匠。第二道坎，飞蛾坪村一社（庄子山）和铜鼓岭村一社接界，是五社、四社和二社的一部分。第三道坎，从飞蛾坪一社（庄子山）、铜鼓岭村七社，到飞蛾坪五社下粉房田沟，是五社一部分和六社全部。村委会就坐落在二社的一个挺嘴上。

涂支书家里的房子是一个三合头，住了两户人家，另一户是他哥。涂支书住在左边，他哥住在右边。两家房子都不宽敞，连猪牛圈在内只有四间，两家房子修建得几乎一模一样。

涂支书家里现有五口人，儿子正在读高中，小的是个女孩儿，才读小学一年级，除他和妻子外，还有一个近八十岁的老母亲。家里家具还是八十年代的，看来他家还比较清贫。

不一会儿，涂支书把村主任、村副主任叫来了。

村主任叫涂兴阅，清瘦，中等偏上个儿，五十多岁。他看上去老练精干，子女均已成家，儿子、媳妇都在广州打工，收入可观，在全村村干部中，就数他家最富裕。儿子、媳妇打算在场镇上或城市里买房子，他不同意。他说，哪里都不好，只有老家才好，老家是个风水宝地，住着清静、舒适。儿子、媳妇拗不过他，由父亲去安排，前几年就准备修楼房，烧了十多万块砖，因离公路远，本村不通公路，其他建筑材料搬不来，正愁着哩！

村副主任叫涂家渝，比支书小几岁。曾当过兵，退伍后，当过生产队队长。他做事果断、公道，不拘小节，党性强，群众基础好，家中妻子能干，有一个正在读初中的可爱女儿，家里负担轻，过着自由自在、丰衣足食的悠闲日子。

天黑了，涂支书的老母亲开着灯，准备做饭，这时涂支书的妻子回来了。

妻子背回了一大背篓猪草，见家里来了客人，不管认不认识，连忙打招呼，问丈夫给客人递烟倒开水没有。说罢，就放下背篓跟老母亲做饭去了。

涂支书给谌书记介绍说，他妻子姓何，勤劳、贤惠。

妻子把丈夫叫了过去，随后鸡圈里的鸡在叫。

谌书记知道这是主人在捉鸡，准备着他们的晚饭。谌书记立即走了过去，阻拦了他们杀鸡待客，叫他们随便煮点红苕稀饭，有泡咸菜下饭就行了。

没有杀成鸡，拿不出好吃的来招待谌书记，夫妇俩很过意不去。妻子做了两盘韭菜炒鸡蛋、一盘松花皮蛋、一盘花生米和几个泡咸菜。

吃饭时，涂支书把他哥喊来了。涂支书的哥与他长得几乎一模一样。涂支书的哥叫涂兴双，腿有点跛，曾参加过珍宝岛战役，立过三等功。他那次立功是随部队在夜间巡逻时不慎落进冰窟窿。东北天气冷，最冷时气温下降到零下四十多度。珍宝岛没有军医院，要到几十公里外才有，虽然当时进行了妥善处理，及时送到军医院，但因天气太冷，腿还是出了问题。退伍回来，民政局给他安排工作，因没文化，又没有他适合的工作，只好回来了。回来后，他思想进步，生产积极，群众推选他当了生产队队长。他已经当了十多年队长了。

"谌书记不要我们杀鸡，又没有割肉，我们只好用粗茶淡饭来招待你们！"没有好菜招待，妻子十分惭愧地说。

"这不就是很好的菜吗？"谌书记大口地吃着，"只要方便，我们以后还要经常来麻烦妹子你哩！"

吃了晚饭，涂支书、村主任和副主任谈了私大寨村的基本情况。

私大寨村耕地面积有六百九十三亩，七百三十七人，三百六十四户，人均纯收入六百八十五元，由于受山高自然条件的影响，是全乡最小，也是最贫穷的一个村。

私大寨从三宝山的王家大石坝，到河下的粉房田沟，海拔七百八十米，除粉房田沟二十多亩水田和五社大堰能灌溉三四十亩外，整个村都缺水。山高缺水的程度，远比麻石垭严重，属于典型的旱山村。

私大寨村土地瘠薄，一二台土不多，三四台土占了很大的面积，都是处在瘠薄的山林里。集体生产那些年，六个社中就有四个社是吃国家救济粮，就是改革开放这么多年了，乡上每年的救济粮和救灾款都少不了。

这个村穷是出了名的，一九九一年安电，全乡十三个村完成了十一个村，剩下了两个村，其中一个村就是私大寨村。农户比较集中的村，人均只需八十到一百元，可是他们这个村人均一百元怎么也算不拢：人口少，户数稀，线路跨度大。经核算，人均少不了一百二十元，还不包括其他杂费和生活费。

听说要一百二十元，其他村只需八十到一百元，怎么做群众工作都做不通，村里人多次找电力公司和乡政府，每户少了十五元。

人均一百零五元，乡上、村上做了大量细致而耐心的工作，群众才勉强同意。

"群众工作做通了，却苦了我们村上三位同志！"涂支书无限感慨地说。

涂支书说，他们仁十多次到仪陇县城进材料，都是走着去，自带干粮，从来没有进过一次馆子，晚上住宿，多数住的是两三元一夜的旅社。

"为了安电，我们三位是风里来雨里去，吃尽了苦头，为老百姓节约了一万多元，现在想起安电的事，还心有余悸！"涂主任说。

"现在老百姓还埋不埋怨安电？"谌书记问。

"埋怨？我想，再也没有那么不通事理的人了。"涂支书得意地笑着说。

"要是现在修公路，老百姓支不支持？"谌书记问。

"修公路？"涂支书惊讶地问，"怎么，我们村能通公路？"

"难道说你们村就不能通公路？"谌书记语重心长地说，"电通、水通、路通，这是农村必须达到的最基本的条件！"

涂支书静静地看着谌书记，好像在说：这不是在开玩笑吧！

是啊，涂支书怀疑的不是没有道理：私大寨村地处全乡最高位置，是全乡最小的一个村，也是全乡最偏僻、最贫穷的一个村，修公路，谈何容易！

涂支书想了半天，他说："村上如果要通公路，可以按以下方案：过塘清河，在铜鼓岭村七社许家嘴接，不过要占七社的土地和柴山，在三叉河一条支流上架一座小拱桥，上红碑嘴，然后过飞蛾坪村一社（庄子山），和本村五、四、二这三个社，最后到村委会。但修这条路非常艰巨！有三大难关：一是过两个村地界，土地柴山不好解决；二是红碑嘴，红碑嘴是个悬崖，也是上九节第一道坎，难度极大；三是穿坟山，穿坟山要迁十多座老坟，不迁也行，直接砍山压在下面。但最难的是一、二。"

那天晚上，谌书记、小苏、村上四个同志谈到深夜十二点。

第二天早上，谌书记对涂支书说，他要到私大寨去看看养蚕大户莫玉。

吃了早饭，涂支书带着谌书记、小苏到了私大寨。私大寨天高地阔。谌书记到了私大寨，他所看到的是蓝天白云下一片开阔的土地上，生长着一大片绿油油的桑园，养蚕大户莫玉与他的妻子以及几个农妇正在桑园里除草。

"莫师傅，谌书记看你来了！"涂支书说。

莫玉听见涂支书喊他，抬头看去，又看见一个高大魁梧、气宇轩昂的中年男子和一个高个儿的英俊青年。年轻的认识，是青年干事苏干，中年男子他不认识。他放下手中的活儿，向他们走来。

莫玉长得清瘦，年龄也不过三十出头。他剪着平头，俊秀的脸蛋儿，戴着一副金丝边框近视眼睛。

"这是新调来我乡的党委书记谌亚荣同志，"涂支书又对谌书记说，"他就是在我们村承包三十亩桑园的养蚕大户莫老板，莫玉！"

"莫老板您好！"

"谌书记您好！"

谌书记伸出手要与莫老板握手，莫老板拘束地缩了回去，他说他手上有泥巴不干净。

他们在地埂的草上坐了下来。

谌书记问了莫老板承包桑园养蚕效益。莫玉说，他原来是做家具生意的，两年前是从一个姓苟的老板那里接的手。一接过来就遇上了金融危机。这三十多亩桑园，毛茧可以卖上十多万元，除去请人施肥、除草、修枝、治虫、摘桑叶、喂蚕、消毒、捡老蚕、卖茧等一切开支外，还有利润两万元，如果蚕消毒工作没搞好，死蚕严重，一年下来不仅赚不了钱，而且还要亏本。谌书记问他目前最大的困难是什么。他说，目前最大的困难是交通。他请人运肥、卖茧，仅这两项一年就给人工钱两万多元，要是路通了，用车子运肥卖茧，一年最多开支三四千元。他说苟老板做不下去的主要原因就是交通不便，如果一直不修公路，他也做不下去了。

"我与小苏这次下来就是了解村上修公路的事。"谌书记说。

听说要修公路，把个莫玉乐得手舞足蹈。他说："如果公路修通了，我再在这里承包五十亩地，全部栽上密植桑。"

谌书记看了莫玉承包的桑园，与他交谈了一个多小时，又把私大寨大部分看了一下，涂支书带路，顺着山梁就与苏干向飞蛾坪村走去。在私大寨村与飞蛾坪村交界处，涂支书与谌书记和小苏分手。

第五章

　　谌书记、苏干正要向飞蛾坪走去，半路上却遇上了康校长。康校长见是谌书记老远就在打招呼。康校长说他要去飞蛾坪村看一个叫常月的女老师。他说，常月是一个非常优秀的教师，患了脑瘤，在成都华西医院动了手术，现在回来了，想去看看。

　　谌书记听康校长说去飞蛾坪看一位女教师，便对康校长说："我与小苏也去飞蛾坪村，那我们一道去吧！"

　　康校长听谌书记也去，很高兴。

　　走了约四十多分钟，到了常月教师的家。常月没在家，听人说她丈夫把她扶到学校里去了。同时还听到了一个不好的信息，说是常月已经双目失明，什么也看不见了。听了这话，谌书记、康校长、小苏心里都很不是滋味。

　　听说常老师在学校，康校长、谌书记和小苏又到了学校。

　　飞蛾坪小学建立在一个挺嘴上，与私大寨门对门，不过地势没有私大寨高。小学前面是齐展展的陡坎，陡坎下面是粉坊田沟。粉坊田沟一年四季多半时间被雾罩着，阴沉沉的。后面和右面是一片坟茔，阴森森的，操场上三根高压线电杆，风一吹，电线就发出"喔喔，哗啦啦……"阴森可怕的怪声，风越大，声音越可怕。

他们一走近学校，学校里就传来了一阵哭声。

康校长、谌书记和小苏向学校里面走去。只见在一间教室里，六七十个学生，围着一个三四十岁的漂亮女人伤心地哭着。

不说也知道，被学生们围着的正是常月老师。

常老师坐在一把藤椅上，微笑着不停地跟同学们说："没关系，我眼睛看不见了，耳朵还能听，你们每个人的声音我还是能听得出来！"

常老师越说，孩子们的哭声就越大。站在教室门前的两个男人，一个是白发苍苍的老人，另外一个是英俊的中年男子。白发苍苍的那个老人，是即将要退休的徐老师，中年男子是常老师的丈夫老马马少民。徐老师老泪横流，老马也是泪流满面。

徐老师见康校长来了，他不认识谌书记和小苏，默默地走到康校长面前，说："康校长，你们来了！"

"是的，我们来了！"康校长对徐老师说，"这位是我们乡刚调来不久的党委书记谌亚荣同志。这位是青年干事苏干。"

康校长把谌书记和苏干介绍给了徐老师。见康校长来了，老马也走上前跟康校长打招呼。

徐老师见康校长、谌书记他们来了，叫同学们离开。同学们很听话，敛住哭声，抽抽搭搭地擦着眼泪陆续默默地离开了。

同学们走后，康校长、谌书记和小苏向常老师走去。

常老师坐在那里仍然面带微笑，不过，她失明的眼里充满了泪水。

"常老师，我与乡上刚调来不久的党委书记谌亚荣同志和青年干事苏干同志来看您了！"康校长说。

"康校长、谌书记，我双目失明，再也不能教书了！"常老师说着，像小孩子一样抽泣起来。

在场的康校长、谌书记和苏干也流下泪来。

"常老师，您很优秀，这二十年来，您为党的教育事业做出了贡献，给全体老师做出了榜样，在此，我表示深深的感谢！"说罢，康校长向她深深地鞠了一躬。

康校长说完后，谌书记安慰她要好好养病，并告诉她有什么困难就提出来，乡上能解决的都会尽力解决。

常老师听康校长、谌书记这么一说，破涕为笑，银盘似的脸上泛起了红晕。

常老师家里的困难，她不好意思提出来，倒是站在她身后的丈夫提了出来。老马愁眉苦脸地说，为给妻子看病，已经花去了三万多元，除了六千元是家里的外，绝大多数钱是向亲朋好友借的和在信用社贷的。老马还说，他家两个孩子，一个在读高中，一个在读初中，读高中的那个，明年就要参加高考了，家里两个老人又体弱多病。

谌书记对老马说，困难是暂时的，常老师为党的教育事业做出了贡献，党和人民是不会忘记的。谌书记说，他回乡上找民政所解决一部分，动员机关干部募捐点，谌书记还建议康校长动员全校师生给常老师募捐一部分。

康校长说，谌书记这个建议很好。

眼看就到了中午，康校长、谌书记和苏干正要走，老马说，徐老师已经把中午饭准备好了。

康校长对谌书记说:"那我们就吃了午饭走。"

中午饭是红苕干饭,腊油炒泡菜叶子汤,午饭很简单。虽然生活简单,但康校长、谌书记和苏干却吃得津津有味。

用这么简单的饭菜来招待客人,常老师很过意不去。

吃了午饭,常老师与康校长、谌书记他们闲聊着。在聊的过程中,常老师谈了她当教师和她与老马的爱情故事,以及这次得病的情况。

她说,她父母养了四个都是女儿,没有儿子,她是老大。四姐妹中只有她读了高中,三个妹妹要么读了初中,要么读了小学,因家里困难就没读了。她十八岁高中毕业。高中一毕业,就在大队里任团支部书记,做青年工作,搞文艺宣传。在大队里,她因人才出众,来给她介绍对象的不计其数,有的是干部,有的是工人,有的是军官,有的是士兵,也有是农民的,条件都还不错,在这些人中,她看上了两个。

正当她要与对象会面时,父母说,要把她留在家里招上门女婿。

在那以前,她父母只是说把三个妹妹其中的一个留在家里,根本没说把她留在家里。她问父母,父母说:四个女子中,就是你读的书多,有指望些,不留你留谁呢?

听说是当上门女婿,那些条件好的,没有一个上她家的门。大约过了一两年,一天早上,她正在田里割稻子,大队妇女主任从公社开会回来路过,说:"常月,区上在招考民办教师,你怎么不去?"

"我不知道呀!"

她听说区上在招考民办教师,二话没说,从田里爬起来,洗了脚,提着鞋子就往家里跑。在家里换了衣服,稍微打扮了一下,连早饭都没来得及吃就赶到了区上。

到了区上，已经考了一个小时了。考试安排的是一天时间，上午一堂，下午一堂。她顾不得什么，就去找招生办主任。正好招生办主任在办公室。常月把没有听到通知的情况向招生办主任说了，招生办主任很同情，匆忙拿了一张表叫她填了。填了表，招生办主任给她拿了一套考试卷。上午只有那么一点时间，答了一部分题监考老师就催交卷了。下午她考得还不错。

两周后，通知下来了，她考上了。

她被分到村小教书。这个村两间教室三个年级，原来也是两个老师，除了徐老师外，另一个老师调走了，那个老师一走，她就顶了上来。

就在常月考上民办教师不久，远方的一个亲戚介绍对象来了。他说，他们那里有一家姓马的，家里五弟兄，给她介绍的是老二马少民，在辽宁海城当兵，二十多岁，已经当兵三年了。马少民父亲说，只要女方条件好，他家老二愿意去当上门女婿，说着就把两张照片交给了她。她把两张照片拿来一看，一张是半身照，一张是全身照，照片上的军人，高高的，帅帅的，两条浓浓的剑眉非常好看，照片上的小伙子就像电影《柳堡的故事》里的李班长。她心里油然对马少民产生了爱恋之情，便将自己的两张照片交给了介绍人。半个月后，她收到了马少民的一封来信。字是用钢笔写的。字写得遒劲、流利。信上说，他看了照片后很满意，随后马少民就把部队里的生活情况向她做了介绍。很快她就回了信。之后便接二连三地收到了马少民的来信，信上说，他很爱她。她也就接二连三地给马少民写回信，她说，她也爱他。

她到村小后，教三四年级的所有课程，整天忙得不亦乐乎。使她感到伤脑筋的是，她接的两个班数学成绩在全校排倒数一二名。学生成绩差，没其他办法，只好给学生从头补起。她连星期天都空出来给学生补课。经过一学期的努力，终于有了收获，期末考试，两个班，由倒数一二名，到了中等排名。第二年，一个班毕业考试，居然考了前四名。从那以后，她所教班级的成绩，一年比一年考得好，她也就年年被评为先进教师。

常月说，就是辛苦点，包括星期天补课都无所谓，最使她感到困难的是晚上的孤独和害怕。在她刚来村小教书不久，徐老师得了肠胃炎，学校一时没有老师来接替，她只好一个人上四个班的课，上午上两个班，下午上两个班。白天有学生陪伴倒无所谓，可是到了晚上就惨了。学校在一个挺嘴上，后面是一片坟地，坟地里的萤火虫，就像天上的星星一样多，时明时暗，飞来飞去，飞上飞下的。学校边悬崖的大树上猫头鹰隔一阵子"咯咯……"地叫，声音时而长，时而短，时而高，时而低。操场上的三根高压电线，风吹着"呜呜"的声音，时而大，时而小，时而强，时而弱，听了令人毛骨悚然。

一天晚上，她把自己在学校里的情况写信告诉了男友。两周后在部队里的马少民请探亲假回来了。马少民，比照片上长得还英俊。

马少民的突然到来使她既惊又喜。当马少民见到她时，很不安。这个不安不是别的，是因为她长得既漂亮又有知识，还是个教师，而他是个一字不识的大老粗，地地道道的文盲。那么，马少民在部队里写给她的信又是怎么一回事？原来寄给她的信是马少民找战友帮他写的。

这次探亲马少民没有说他没文化。

马少民请了一个半月的假，在家里总共待了不到三天，有三十天是在村小里与她度过的。村小学学生一般中午自己拿米和咸菜，要蒸一次饭。徐老师没病之前，常月与徐老师换来换去，还忙得过来。徐老师一病倒，她教书都忙不过来，中午那顿饭只好不蒸，把学生放了。自从马少民来了，她便叫马少民帮学生蒸一顿中午饭。马少民在部队里当炊事员，做饭是他最拿手的活。马少民见学生们生活苦，为了改善学生们的生活，自己掏腰包，买来菜、粉面、油、盐、醋、葱花，烧了一大锅汤。中午饭时，一个学生一大勺，学生们吃得津津有味。中午她和马少民与孩子们一起吃。早上和晚上，她备课，马少民就做可口的饭菜。他俩每顿都吃得好，每天都过得很愉快，可以说，那段时间，是他俩一生过得最繁忙，也是最快乐、最幸福的日子。

一个多月的假期很快就要结束了，她很舍不得离开他。马少民到了部队，仍然找人给她写信，一直到退伍。

马少民退伍一回来他俩就结了婚，同时给她家当了上门女婿，那时她才知道，马少民是一个连信都写不来的文盲。但这并不影响他俩的爱情。

她教书，马少民就在学校给学生做中午饭，早晚他又给她和徐老师做饭。除了给学生、她和徐老师做饭外，其他时间他就种村上给学校分的校园用地。学校放假了，他们就一道回到她家给岳父岳母收种包产地。

他俩结婚的第二年就生了个男孩。一晃八年过去了，她由民办教师转为公办教师。学校领导见她教学有功，在村小艰苦，想把她调到条件好一点的乡小。可她却不愿意。她说，虽然乡小比村小条件好些，但她不愿意走。不愿走的原因，一是她离不开那里的学生，那些学生都是她从一年级接手的，每个学生的学习状况、家庭情况她是最清楚的。二是她离不开那里的乡亲们。三是离不开多年与她一起教书、父亲般慈爱又善良的徐老师。四是离不开关心她且又能做一手好饭菜的丈夫。学校领导见她不愿意走，也就没有勉强。

不知不觉又过了七八年，儿子都上高中了，那是一九九三年的开春，有一天，她正在给孩子们上课，突然感到头痛，接连几天都是那样，说是感冒吧，去看医生，又不是，医生叫她到大医院去检查。大约又过了一个月，她向学校请了假，学校安排别的老师来接替她的课，丈夫这才陪着她到县人民医院去检查。经查，她得的是脑瘤。这简直是晴天霹雳！丈夫听到这个噩耗后，差点吓昏了，但他没有把这个噩耗告诉她。但从丈夫的神情中，她已知道了自己的病情。县医院只能做其他肿瘤手术，不能做脑瘤手术，他们便暂时回来了，准备到华西医院。

在华西医院做手术要三四万，家里不足一万元，没办法，只好到信用社贷，找亲戚朋友去借。东凑西借好不容易才凑齐了四万元，到华西医院做手术时却遇到了麻烦，有一根神经在肿瘤上，那根神经是视力神经，不割就不能做手术，割了双目就要失明。为了活命，只好割了。从此她的双眼就失明了。

常月抱着丈夫，泣不成声地说："少民，我今后什么也看不见了！"

少民紧紧地抱着她也哭了，安慰着她说："没关系，你失去了双眼，还有耳能听，嘴能说，头脑能想事，还有感官……除此以外还有我！我会照顾你一辈子！"

听了这话，她哭得更伤心了。

一个月后她回来了。

得知她回来了，康校长来看她了，并拿了两千元慰问金。不仅如此，村上在经济极其困难的情况下，也拿了八百元出来。乡亲们听说她动了大手术，有钱的拿钱，没钱的把家里的鸡、鸭、鹅送给她。上面教育部门听她得了脑瘤，从教育专项经费中挤出来一部分。所有这些，还是解决不了问题。

他们一家为资金发愁着。

常月已有两个多月没见到她的学生了，她很想念他们，一天，她对丈夫说："少民，我想到学校去看看学生！"

"好，你想到哪里，我就带你到哪里！"少民说。

学生们听说她来看他们了，齐刷刷地跑出教室。当学生们知道她看不见时，"哇"的一声不约而同地哭了起来。她见同学们对自己那么喜爱，激动的泪水像断了线的珠子簌簌地流了出来，但她马上就控制住了，脸上现出了灿烂的笑容，她想，她不能把痛苦的一面带给孩子们。她能听出她所教的每个孩子的声音。

康乡长、谌书记和苏干到了学校正看到这个情景。

康校长、谌书记和苏干听了常老师的讲述，都为常月得了这个病感到难过，与此同时，都为她为了党的教育事业做出的贡献而感到自豪！

"常老师您好好养病，"谌书记说，"您为党和人民的教育事业做出了贡献，党和人民是不会忘记的，我回乡上在民政所想点办法，动员机关干部捐一点，再在上面争取一点。老马，常老师在教育上的成绩，有她的功劳，也有你的一部分功劳。现在常老师眼睛看不见了，生活起居不方便，都需要你来照顾。"

"没问题，请谌书记放心！"马少民说。

"感谢谌书记的关心，我们家老马会照顾好我的！"常老师说。

谌书记、苏干和康校长告别了常老师夫妇。

康校长回了学校，谌书记、苏干到了村上。

村支书姓高，名国新，年近花甲。村主任姓熊，叫熊建华，是一个瘦高个子的中年男子。

听说是谌书记来了，高支书和熊主任都起身向他问候。

"你们对村上修路有信心吗？我与小苏到你们村来，就是专门想听听你们对修公路的想法。"谌书记开门见山地说。

"信心当然是足的，以前'两委'班子规划过，可分三条路线走。"熊主任说。

高支书将三条公路路线说了出来。第一条路线：从铁壶观村一社和二社交界铁潮湾处架一座桥。桥架起后到达铁壶观村七社边界，过铁壶观村六、七社，然后再到飞蛾坪村二、三、五三个社，最后到村上。第二条路线：桥架起后，上铁壶观村七社上塝，分岔，上席家垭。不过席家垭全是整石山，修起来困难。如果砍了石山，公路直接上飞蛾坪村地界。通过铁壶观村五社上塝到达该村六社，过七社交界处，下五社，过飞蛾坪，然后到村委会。第三条路线：私大寨公路修通后，直接在私大寨村一社接，经过该村七社边界，从灵观庙下来砍坡，到七社中塝，过六社，然后到达村委会。不过这条线路修的意义不大，贯穿的社和农户太少，路程太远，将来三条公路都修通了，才可以利用。

"我认为，修第二条路的意义大。第三条路线等今后发展好了再说。"熊主任说。

"我也同意熊主任的看法。不过，无论走第一条路线，还是走

第二条，都要在铁潮湾架桥。"高支书说。

"架桥可是难事啊！"熊主任说。

"谌书记，我们村修公路面临的是两大难题：一是架桥的资金；二是要经过铁壶观村的土地、柴山，涉及赔偿问题，这些事不好解决！"高支书说。

"我想，最大的困难是资金，至于要占铁壶观村的土地，这个好解决。过别的村地界他们不是也在受益吗？全乡所有公路经过的地界，过哪个村社，就由哪个村社负责调解。"谌书记说。

"只要谌书记这么说，我们修路就有把握了！"熊主任说。

谌书记、苏干当晚住宿在高支书家里。

谌书记与高支书谈了大半夜关于修公路的事。

第二天，除了村上干部外，另外还请了村上几位德高望重的社员代表，把三条路线都仔细地察看了，最后确定走第二条路线。

经过测量，公路过席家垭，要砍高二十多米、宽六至八米、长六十多米的石山。修铁潮湾桥，需资金十八至二十万。

这条路线长约三点七公里。

第六章

　　谌书记、苏干从飞蛾坪村回到乡上，将常老师得脑瘤的情况与乡上几个领导交换了意见。谌书记建议，乡上几个领导也同意，在民政上解决了两千元，从教育经费中拿出了三千元，动员机关干部和职工捐了两千多元，共计七千多元。谌书记本人就捐了两百元。康校长从办公经费中拿出了一千五百元，全校教职员工捐了三千多元，共计五千多元，乡上和学校加起来共计一万两千多元，由青年干事苏干送到了常老师家中。

　　谌书记在市上接连开了三天会。

　　开完会他连家都没回就到了乡上。到乡上还不到半个小时，一个约四十岁，个子稍高，长得比较英俊，额上有酒杯大的两个包，头上流着血，身上里面的毛线衣撕扯烂了，外面的衣服也撕扯成了几片，一只脚有鞋，一只脚没有，只是穿着袜子，裤子和鞋袜上净是泥浆，邋里邋遢的男人，哭丧着脸，可怜兮兮地来到谌书记面前。

　　谌书记认识这个人，他叫韩辉，乡农机站站长兼社办厂厂长，人们习惯叫他韩厂长。韩辉哭着说："谌书记，我被人打了！"

"谁这么大的胆，敢打你？"谌书记问。

"胡文逵。"

"哪个胡文逵？"

"我就是胡文逵！"一个洪亮的声音传来，把谌书记惊了一跳，人还没到，声音却先到了。

谌书记朝着声音传来处看去，从下面健步上来了一个年龄约六十岁，中等个子，身穿褪了色的旧军装，微胖，光头，大脸，大鼻，大嘴，稀眉大眼的人。

谌书记对他并不陌生。

"是我打的！"他昂首阔步、气冲斗牛地走到谌书记面前说，"谌书记，您说韩厂长该不该打，他把全乡人民修的水电站给卖了！"

"这是改革的需要。"韩厂长理直气壮地说。

"放屁！"胡文逵瞪着一双大眼，紧握着拳头又想打人。

"你要干什么？到了这里还想打人？"谌书记大声地呵斥着。

胡文逵见谌书记威严的样子，收回了拳头。

"究竟是怎么一回事，你俩把事情的经过谈一谈吧。"

"谌书记，我们到现场去看！"胡文逵说。

"到现场就到现场，我还怕你不成？"韩厂长不甘示弱地说。

"你们说到现场，那就到现场。"谌书记也说。

谌书记叫来了苏干，叫他把治安员喊上。

治安员姓华，名刚，比苏干大几岁，高大英俊，高中毕业，当过兵，是前几年乡上招聘的治安员。

谌书记与华刚、苏干跟着胡文逵和韩厂长到了水电站。

水电站在塘清河下游，河这边是铁壶观村二、三、八社，三个社属孔家塝，河那边是铁壶观村六社的李家湾、阳大坎村六社的肖家湾，水电站就建在李家湾、肖家湾之间，离乡政府不到两公里，谌书记他们二十分钟就到了。

一到那里，只见一道约一百五十米长的月亮弯形瀑布，像银带似的落下十多米的河坝，发出震耳欲聋的声音，甚是壮观！河堤上是一路高约半米的上百个石墩，石墩一直通到发电房。石墩与石墩之间的距离只有一尺见方，河面上的水就从石墩与石墩间的空隙流下去。河里的水少时，水就从石墩的根部流过。河里的水大时，水就从石墩的中间或顶部流去，自然就形成了瀑布。如果遇到起洪水，从堤上流下去的洪流更加气势磅礴。

这正是十月间，河里的水不大不小，因此水只是在石墩的半腰，即使是这样，河里水的流速还是很快，水从石墩间的空隙穿过，下去就形成了瀑布。这边的人要到那边去都要从石墩上过去，胆小的或患有高血压的是不敢在上面走动的。

谌书记走在石墩上面，河面的水通过石墩在往下淌，感到头晕眼花。

"来水电站这边打米磨面的都要从上面过。"韩厂长说。

谌书记感慨地说："这里的老百姓太苦了！"

过了堤坝，上几十级石步梯就到了水电站。水电站建于二十世纪五十年代，开初发过电，不知什么原因，后来改成了加工坊。谌书记他们一走进去，只见里面摆满了农户用夹背和蛇皮袋背挑来加工的稻谷和小麦。机器和零件上面满是灰尘，从闸门上放出来的水冲击着机器的飞轮，由于水的作用，飞轮旋转着，带动着轴承，机器发出"嗒嗒"的响声，把屋里一尺见方、两寸厚的楼板震得隆隆响，就连说话的声音都听不见。

谌书记他们出来了。

韩厂长贴在谌书记耳边说："有一两个星期没有加工了。"

"不加工，老百姓生活怎么办？"谌书记问。

"用牛在磨子上推，碾子上碾，没有磨子和碾子的就背到七八里外的地方去加工。谌书记，您看到的是小部分，前些天加工坊前前后后里里外外全是放满了的，有许多等不住就背走了。"

"为什么是这样呢？"谌书记问。

"姓韩的他要把全乡人修的水电站卖给私人。"胡文逵又怒火中烧地说。

"这是九十年代，不是五六十年代。"韩厂长冲着他说。

韩厂长、胡文逵谁也不让谁地边说边来到了一个农户家里。

韩厂长不再与胡文逵争执，转头对谌书记说："这家就是买水电站的肖老板。"

话音刚一落，从屋里走出来一个大个子、红胡子的中年男人。

韩厂长对那男人说："老肖，这就是刚调来不久的谌亚荣书记。"

谌书记与肖老板握了下手，随后肖老板就拿出香烟请谌书记、韩厂长抽。

谌书记、苏干不抽烟，韩厂长、华治安员接了，胡文逵拒绝了。

接着肖老板又分别给每个人倒了杯茶。

大家坐下后，谌书记就请韩厂长把卖水电站的经过和胡文逵不准卖水电站的理由谈一谈。

韩厂长说，荆子乡乡办企业，是五十年代创办的，虽办有酒厂、木材加工厂、商店、水电站、农机站等，但由于债务重重，多年来资不抵债，举步维艰。正因为这样，才进行改革，重新组合。根据上面文件精神，对社办企业进行了大规模的拍卖。拍卖的这些钱，一是解决下岗职工的养老保险，二是还债，三是重新组合。社办厂先后对管辖的几个单位进行了拍卖，进展得都比较顺利。可是，在拍卖水电站时却遭到了社办厂职工胡文逵的坚决反对。

"谌书记，我胡文逵苦呀……"说着胡文逵像小孩似的哭了起来。

胡文逵的哭声，引起了谌书记的回忆。

水电站从一九五八年开始动工，修了七八年才修起来。那时胡文逵高中刚毕业，公社修水电站要成立青年突击队，他就报名参加了。突击队一般都由男女青年组成。因他积极，又有文化，脑袋瓜儿灵活，鬼点子多，一进去就担任了一个小组长。在担任小组长期间，胡文逵吃苦耐劳，起早摸黑，处处走在别人前头，上面部署的任务提前完成，第二年被指挥部任命为突击队队长。男青年参加突击队，女青年就加入铁姑娘队。铁姑娘队是由未婚女子和已婚女子组成。铁姑娘队队长叫刘海霞，是个少妇，长相好，高高大大的，会说能干。别看她是个女的，打石头，抢大锤，抬石头，喊号子，甚至钻子淬火都在行，是少有的女能人，是其他女子所不能及的。指挥部经常把他俩召去开会布置任务，他俩来来往往便产生了情愫。可刘海霞已经结婚，孩子已经三岁了。她丈夫是这个公社的人，从部队转业回来被安排在成都某汽车运输公司开车。

胡文逵担任青年突击队队长，有一年夏天的中午，大伙儿正吃了午饭休息，突然天空布满乌云，狂风大作，接着便噼噼啪啪下起雨点来。见大雨要来，他带领着突击队的几十个青年先到了水坝工地，此时刘海霞带着十几个铁姑娘也来了。水坝上有数十吨水泥，当时公社还没有通车，那些水泥，都是他们青年突击队和铁姑娘们从三四十华里外的地方一袋一袋背回来的，如果被雨淋了、水冲了，损失就大了。男女青年一到水坝，他俩就指挥着把水泥往安全的地方搬运。经过大家如火如荼、你追我赶、拼死拼活地干，很快就把那十多吨水泥搬运完了。雨下起来了，没法开工，大家陆续回了家。

突击队成员和铁姑娘们走了，但他俩不能走，还要看工地，水坝上还有一些工具没有捡完。于是他俩又去捡工具。此时雨越下越大，雷电交加，瞬间河里的水暴涨，不一会儿就淹了水坝。他俩还没有把工具捡完，见大水来了，只好放弃了。他俩累得上气不接下气，淋得像落汤鸡似的。水坝淹了回不去了，他俩就到河坡上的一个石岩洞里躲了起来。洞里空旷干燥，又四周无人，外面的雨瓢泼似的下着，山水哗哗地淌着，就在那里，因天公作美，成就了他俩的风流事。

后来，刘海霞怀孕了，她把怀孕的事告诉了他，胡文逵简直给吓坏了。那时区和公社都还没有刮宫引产这门技术，有也只是在县城。刘海霞的肚子越来越大了，在刘海霞再三催促下，胡文逵走后门办了一个假证明，谎称他与刘海霞是夫妻关系。胡文逵诚惶诚恐，悄悄地把刘海霞带到县城。到了县医院，医生检查，胎儿大了，不能引产，要想打胎，只能剖腹手术。在手术中，为了达到长期与她好下去的目的，又不使其怀孕，他瞒着刘海霞，对医生说，他俩已经有两个孩子了，现在不想要孩子，要医生给她做结扎手术，于是医生就给她做了输卵管结扎手术。刘海霞还不知道。手术好了，他俩又继续来往，一年后，刘海霞的丈夫回来了。

丈夫在与她过性生活时，见她肚子上有痕迹，就问她：你肚子上是怎么回事？她支支吾吾，说是阑尾炎做了手术。其实丈夫一回来就听到了她的一些绯闻，又见她肚子上的痕迹，便引起了他的怀疑。在丈夫的再三逼问下，她说了实话。又过了两年，头一个孩子都五六岁了还未见她怀上。不说是丈夫，连她本人都开始怀疑。于是他俩就到大医院去检查，检查的结果是输卵管结扎了，两口子当时就气晕了。后来两口子就把胡文逵告上了法庭，被判刑三年。

待蹲了三年监狱回来，胡文逵什么都不是了。

三年困难时期，水电站停工了。一九六四年，原来的书记调走了，又调了一个来，水电站再次上马了。胡文逵被生产队派去做工。在工地上，他给领导提出了很多好的建议，党委书记见他是个人才，破格提拔他当了修建水电站工程的指挥长。水电站一九六六年建成。

胡文逵四十岁才结婚，娶的是个略有智力障碍的女子，女子嫁给他时才二十岁。

当时的书记看胡文逵修建水电站有功，便直接把他安排在公社社办厂工作，负责管理水电站。

胡文逵娶了智障女，她连续给他生了两个孩子，不过，两个孩子都带残疾，老大是个男孩，脑瘫，老二是个女孩，智障。

胡文逵就靠在社办厂的工资，艰难维持一家四口人的生活。

"我不是不同意卖水电站，拍卖了我就没工作了。没了工作就没收入，我一家人的生活也就没了着落。"胡文逵愤愤地说，"姓韩的把水电站卖给了肖老板，肖老板来拿钥匙，我就是不交！"

韩厂长愁眉苦脸地站在那里任凭他数落，也不说话。

那天要不是有人拉架，不知他要把韩厂长打成啥样。韩厂长从地上爬起来，浑身是伤，二话没说，狼狈地、灰溜溜地、怒气冲冲地就跑去找谌书记了。

"谌书记，姓韩的把水电站卖了我咋活啊！"胡文逮说着伤心起来，眼泪也流了出来说，"不信您到我家去看看！"

谌书记觉得这个人很有故事，耐人寻味。心想：去看看，了解了解情况也是应该的。于是，就叫韩厂长到肖老板那里去把身上洗了，借一套肖老板的衣服换上，一道到胡文逮家去看看。

翻了两道坎，过了三道弯就到了胡文逮的家。胡文逮的家坐北朝南，有四间茅草屋，另外还有一个偏棚的猪牛圈。有一间屋墙的垛子已经出现了倾斜。

谌书记他们一到胡家，就见猪牛圈门前，一个似傻非傻的女人，割了半背篓草，手里拿着镰刀，正在给牛添草，边添草边看着谌书记他们。门槛上坐着一个大头的矮子，见来了几个陌生人，胆怯、好奇地看着，其中一间屋的门前站着一个傻乎乎的女子。

谌书记看了这一家，心里就是一怔：荆子乡竟然还有这么穷的人家！

胡文逮一到家就给谌书记他们端凳了。他端了三条矮凳子出来，有两条搭端正了，另一条由于地势不平，怎么放也放不端正。谌书记见状，拿过他手上的凳子，放在院坝里坐了下来。

"老胡，你也找凳子坐下来！"谌书记看了他家状况后，和颜悦色地说。

胡文逮在屋里找了三条凳子出来，就再也没有凳子了，见墙角下有个笤帚，便把笤帚拿过来当垫子，坐在了院坝里的一块石头上，耷拉着脑袋抽着闷烟。

谌书记与胡文逮展开了对话。

"你家几口人？"

"四口。"胡文逵低声地回答道。

"你两个孩子都读过书吗？"

"他们都是残疾，没有读过书。"

"你除了在水电站打米磨面外，还有其他收入吗？"

"没有。"

"你今年多少岁？"

"快花甲了。"

"那你该退休了？"

"乡办厂没有退休这种说法。"

谌书记问韩厂长："你把水电站卖了，他怎么安排？"

"这叫我有啥子办法？"韩厂长茫然地看着谌书记。

"他是你的职工呀！"谌书记生气了，问，"你了解他家的情况吗？"

"了解。"

"你到他家来过吗？"

韩厂长没有说话。

"你是不是党员？"

"是。"韩厂长脸红红地，半天才回答道。

谌书记没有再问了，脸上的表情非常严肃，房里房外的空气好像一下子凝结了似的。过了约五分钟，坐在门槛上的脑瘫儿子嘿嘿地傻笑着，站在门外的傻女儿也嘻嘻地笑了起来。

胡文逵见两个孩子捣乱，吼道："曲曲，囡囡，都到屋里去！"

听到父亲的吆喝，两个孩子乖乖地到屋里去了。

"你把老胡的问题解决好了后再说卖水电站的话。"谌书记接着刚才的话说。

"可是卖水电站的合同都与肖老板签订好了！"

"这没关系，我们一会儿去找肖老板就是了。"

在离开胡文逵家时，谌书记安慰说："你的问题乡上会解决好的，你好好照管家里，日子会一天一天地好起来的！"说完他竟落下泪来。

听谌书记这么一说，胡文逵低着头哭了起来。

谌书记带着韩厂长和乡上的人返回到了肖老板家。谌书记把胡文逵一家的情况向肖老板说了后，叫他解除合同。肖老板初期怎么说都不同意，但经谌书记、华治安、苏干以及韩厂长再三说好话，最后他还是同意了。

韩厂长接过合同后，在信用社取了款，退还给了肖老板三万元卖水电站的钱。

第七章

　　最后一个没有通公路的村是龙成沟村。龙成沟村四面环山，东护山梁，西马桑坪，北大柏山，南印镇山，中间像一个盆。从韩坡垭一条大路下来到村委会，上半截是龙成沟村的四、五、六社，下半截是一、二、三社。村民赶荆子场、千佛场、仪陇县的先锋场就要走这条路，这是通往外面的主要途径，其次才是赶石滩场、千佛场和马鞍场。村委会下面有条小河，贯穿一社全境，流进石滩镇蓝罐河。乡敬老院就在这个村一社。敬老院原来是吴姓大地主的豪宅。村委会坐落在盆地的中间。龙成沟村六个社，全是上等肥沃的良田。六个社中，几乎每个社都有土地在坝里。坝里的地势平坦，周围是层层梯田，在十三个村中，生产条件最好的就要数这个村了。农业学大寨那些年，其他村社条件差的，改田改土——改小田为大田，薄地为厚地，他们没有土改，每个社在中榜修了一口大堰，就是天再干都能旱涝保收。不过，最令人忧心的是赶场上下不方便。赶荆子场是十余华里，最远的一社十四华里；赶千佛场九华里；赶石滩场坐船只有六七华里，走路要十三华里；赶马鞍场，除二、三社八华里外，其他几个社也有十多华里；赶仪陇先锋场，要翻越荆子山，来回要十一二华里。这些都是小事，让人感到最恼火的是农户要出售肥猪、买化肥交公粮、卖农副产品等要到韩坡垭才能办到。除四、五社离韩坡垭近外，其余社最近也要走五六华里，同时还要爬坡上坎。

龙成沟村修公路，唯一的一条路也只有从韩坡垭下来，其他地方由于地势原因不能修路。

谌书记从市上开完了会，隔了几天才与青年干事苏干到了龙成沟村。

一到龙成沟村他就想到乡敬老院去看看。敬老院在龙成沟村一社。

敬老院坐北朝南，像枪形，一共有二十多个房间，据说姓吴的大地主把房子修起后，只住了不到二十年就解放了。解放后，没收了地主的财产。最初乡上还在这里办过几年公，后来做了敬老院，一直到现在。

敬老院院长姓孙，名琼芳，近六十岁了，清瘦的身材，矮小的个儿。她从小就给姓吴的一家当童养媳。十四岁就嫁了人。孙院长没有生育，中华人民共和国刚成立时丈夫就死了，再也没有改嫁。五十多岁时收养了一个男孩，现在还在读初中。她在这个敬老院里当了二十多年的院长。她精明能干，善良贤惠。其他敬老院是越办越差，进去的人多，出去的人也多。荆子乡敬老院是越办越红火，进去的人多，出来的人少。二十多年来，她把一个敬老院搞得有声有色，每年被市、地区民政局乃至省民政厅评为先进敬老院。与此同时，她也就被各级政府和主管部门评为先进个人。

孙院长说，现在敬老院里有十七个五保户，十一个男的，六个女的，最大的七十六岁，最小的五十八岁。十七个五保户中，相当一部分是残疾人。原来乡上给敬老院留了七八亩土地，这些土地都利用起来了，绝大多数种了粮食，少部分种了蔬菜，每年要产三四千斤细粮，一千多斤粗粮，一万多斤蔬菜，喂三四头肥猪，能解决半年口粮，肉食和蔬菜能自给。孙院长根据敬老院老人的身体状况，不同程度地给他们分了工。有劳动力的就种庄稼，体弱的或妇女就养猪、做饭。没有劳动力，既无法搞生产劳动又无法养猪做饭的，就打扫卫生。他们基本上每个人都有自己的事做。除此之外还规定一个月理一次发，每个人一个星期或半个月必须洗一次澡，半个月剪一次指甲，一个月学习两次，经常开展娱乐活动，如下象棋、打扑克等，老人们过得都很开心、快乐、幸福。

"孙院长，您辛苦了，我看了很受感动！"谌书记对孙院长说。

谌书记问孙院长敬老院还有什么要求。她说："要说要求，需要办的事可多哩。一是交通不便，这些老人想赶个集市走不出去；二是这些老人年老体弱多病，需增加点医药费用，同时没有医生，看病难；三是有的村社由于交通不便，给五保户的口粮迟迟没有送到，等等。"

孙院长提出的这些问题，谌书记都一一地记在了本子上。谌书记与小苏正准备要走，村上的支书来了。

支书姓杨，名廷才，高个子，头发花白，满脸的核桃纹。杨支书并不知道谌书记今天要到他们村来，是半路上一个赶场的社员跟他说的。

"谌书记、苏干事，你们辛苦啦！"杨支书气喘吁吁地走到谌书记面前说。

"我们来有一件重要的事情，"谌书记说，"就是想听一听你们村修公路的事。我们乡十三个行政村，还有五个村没有通公路，也包括你们村在内。那四个村，前段时间我与小苏都走了一遍，他们对修公路的热情很高，今天来你们村想了解下情况。"

"谌书记，你们来我们村，我们非常高兴，尤其是规划修公路这件事！只要那四个村能修通，我们也不例外能修通，困难我们不怕，感到伤脑筋的是要过大柏山村一社的地界，涉及土地和柴山！"杨支书为难地说。

"修公路过其他村地界，不仅是你们村，其他村也有类似情况，乡上要统一出文件，你们不必担心。"谌书记解释说。

"只要把跨村的土地和柴山这两个问题解决了，我们就放心了！"杨支书高兴地说。

他们一行人到了村委会。

村委会实际上是个村小学校。有四个班，一年级一个班，二年级一个班，三年级一个班，五年级还不到一个班，只有十九个学生。有两个教师，其中的一个民办教师姓张，他父亲在这个村当了二十多年的支部书记，他退休后，就由杨廷才担任。

他们到了村上，村主任刘沛修和退休的张支书也在村上。刘主任五十多岁，为人淳朴、实诚、忠厚。除他与张支书外，还有村上的六个社长。他们在清理收缴的农业税、上缴提留款。

刘主任见谌书记突然到了他们村上，感到特别意外和惊喜！惊喜的是：乡上一把手来了！由于他们村离乡上远，交通不便，乡上领导很少到村上来。前几天赶场，听其他村说，谌书记任这届党委书记，要修通五个村的公路。今天他们是不是为此事来的？

"谌书记，欢迎你们到我们村来检查工作！"实诚的刘主任激动地说。

"谌书记不是来检查工作，是来落实村上修公路的事！"青年干事小苏说。

"真是太好了，我们龙成沟村最最需要的就是修一条公路！"退休张支书抢先握住谌书记的手，激动地说，"我当了二十多年支书，没有完成这个心愿，在杨书记这一届，有谌书记等党委政府领导的鼎力支持，我想是不会落空的！"

"只要大家有决心，我们没有办不成的事！"谌书记说。

听说乡上谌书记来了，两位民办教师特意给学生放了假，来见谌书记他们，其中就有退休张支书的儿子张治忠老师。

张老师中等个儿，他是七十年代高中生，在这个村任教师已经十多年了。

"我们这里很多学生十多岁了，连汽车都未见过，如果公路修到我们村，在通车那一天，我一定要组织所有学生载歌载舞，举行一个欢庆仪式。"张老师对谌书记说。

当乡、村、社干部正在热烈地谈论修公路的事时，突然从外面闯进一个人来。他像虾一样地弓着背，衣服破旧，披头散发，不知是女是男，穿着一双露出脚趾的黄色破旧胶鞋，手里拄了一根五尺多长的斑竹，他是刘远平。

刘远平近六十岁了，是一个断了腰的人，属于二级残疾，住在四社。那么，他的腰是怎么断的呢？这还要从头说起。

二十多年前，村上办了一个商店，商店就办在现在的村委会。一天晚上，商店被盗，有人怀疑是刘远平干的。那天晚上，他去与相好的约会，正偷偷摸摸往回走，恰好遇到从大队开会回来的时任民兵连长的杨支书。连长问他这一晚去哪里了，他支支吾吾答不上来。队里的商店被盗，民兵连长怀疑是他干的，便把他抓了起来，对他严刑逼供，一个民兵打断了他的腰杆。由于当时交通不便，又找不到人往医院里送，在家里待了半月之久，家里人这才找当地接骨的赤脚医生医治，不过残疾已落下。成了残疾，他只能爬着走路。事隔三年后，盗贼在偷其他商店时被抓，公安人员在审讯时，盗贼无意中交代出了偷龙成沟村商店的事。此时，他们村上才知道搞错了，冤枉了刘远平。可是为时已晚，村上向刘远平赔礼道歉。

冤案得以昭雪，然而，残疾已成事实！

刘远平的冤枉致残，给他本人和家庭带来了不幸。他那时已是两个孩子的父亲了，年龄还不到三十岁，家庭失去了劳动力，一家妻儿老小还得靠他来养活。他想来想去，认定这样的结果是由村上造成的。

他没有粮吃找村上，没有钱用找村上，没有衣穿找村上，房子漏了也找村上……头几年村上还管、还理他家的事，但时间一长，干部换了，就没有人理了。村上没有人理，他就去找乡上。前几年，乡上每到逢年过节都要给他拿出资金来解决。可他是个难缠的人，除了以上那些找乡上外，甚至儿子找不着对象也要找干部。他说，要不是冤枉致残，他会是个健全的人，能背能挑，什么都能做，家里会搞富裕起来，修房子给儿子娶媳妇。他残疾了，什么都不能做，因此，家里一贫如洗，不找干部找谁呢？他这些想法与那些年在村上一模一样。乡政府照顾的是全乡困难群众，困难的家庭不止他一户。乡上给他解决了几次，看他总纠缠着就不给他解决了，于是他就找领导。一次、二次、三次……凡是来荆子乡工作过的正副职干部，他都找过。如果乡上不给解决，他便死活赖在办公室不走，因此，没有哪位领导不躲着他。

他今天是来找杨支书的。这段时间，他家喂养了一头肥猪，本来上月就该卖了，可是就是找不到人往韩坡垭抬，只能继续喂下去。但家里的粮食不多了，不喂吧，猪要脱膘。听广播通知，明日韩坡垭的食品站又要收猪了，他要让杨支书明日帮他找几个人把猪抬到韩坡垭。

刘远平一走到村委会，听说新调来的党委书记谌亚荣到了他们村上，他便把脚一跺，背上的包一摸，头一拍，眉头一皱，主意出来了：耍赖，找谌书记！

刘远平一走进村会议室，见乡上的、村上的、社上的干部都在那里，他便来劲儿了，显得十分可怜。这里面所有人他都认识，就是不认识谌书记。他见那儿有个高高的、气宇轩昂的陌生人，就认定是谌书记！于是，他连滚带爬来到谌书记面前，哀求道："谌书记呀！我这个人没法活了呀！"

谌书记见神不知鬼不觉面前跪下一个驼背的人来，真有点丈二和尚摸不着头脑了。

"老刘，远平啊，你这是干什么？有话起来慢慢说，快起来！"小苏赶紧把他扶起来。

小苏把刘远平搀起来，让他坐在凳子上。他怎么也不坐，劝了半天，他才在一个社长面前侧身坐下，边看着谌书记边喋喋不休地说着。

谌书记问是怎么回事。小苏把谌书记拉到了一边，原原本本把刘远平的情况向谌书记说了。谌书记听了他的情况，非常同情。

这时杨支书叫他们社的社长明日派两个人去帮他家把肥猪抬到韩坡垭。

刘远平见社里给他派人卖猪也就没有再耍赖了。过后，他就与谌书记、小苏闲谈着。

中午杨支书把午饭安排在学校里，也留刘驼背在这里与谌书记、小苏一起吃午饭。

在吃饭时，刘驼背听说村上要修公路，路线要过他房前，他非常高兴，倒了满满的大杯酒，来到谌书记面前给谌书记敬酒。

"谌书记，听说你们今天是来落实修公路的事，我特意来敬您一杯酒。只要公路修成了，我对天发誓，从此以后，我刘驼背再也不找你们村上、乡上的麻烦了！"说着他就哭了起来。他泣不成声地说，"我刘驼背冤呀，苦呀！我这个弓腰驼背养一家人不容易呀！当然，这几十年来，我给村上、乡上干部找了不少麻烦，我也是被逼无奈呀！背，我是无办法；担，我更无能力，化肥买不回来，公粮交不出去，肥猪卖不出去，只要公路修通了，这一切问题就都解决了，只要一解决，我刘驼背再也不找你们干部的麻烦了！"

"老刘，你的情况刚才小苏同志跟我说了，我非常同情你，在此，我代表乡党委向你道歉，并表示亲切地问候！你的困难，只要有党委政府，我们一定要给你解决！至于修公路的事，我在这里向你承诺，"说着他把杯子举得高高的，大声对在场的所有人说，"只要我谌亚荣在荆子乡一天，就要带领大家修通这五个村的公路！"说罢，一饮而尽。

吃完午饭，大概是三点多了，谌书记他们先把刘驼背送回了家，然后与乡、村、社干部一同去查看这条公路的走向。

　　他们通过反复查看：从韩坡垭下来，过大别山四社边境（约一公里）下龙成沟村的四、五、六，三个社，最后才到村上，整个路程有三公里多。大的坡坎有两处，一处是大别山村，从韩坡垭下来，要砍山高约五到七米，宽七至九米，长五十米。第二处是从大别山村一社到龙成沟五社交界转弯处，大约要砍高四到五米，宽八九米，长三十米的陡坡。从全乡五个村的公路情况来看，这个村的难度最小。

　　这条路在谌书记来之前，他们已经组织"两委"班子人员、各社社长、党员和村民代表看过多次，只等乡上来落实。

　　谌书记看了这条路线，也觉得可行。

第八章

谌书记、青年干事苏干，头天从龙成沟村回来，第二天吃了早饭正准备下村，马桑坪村的支书找到乡上。支书姓罗，叫罗光柱，已经过了半百之年。他高高的黑瘦个，脸上有麻子。

"谌书记，不好了，我们村有五头耕牛被盗了。"罗支书说。

紧接着，被盗的户主也找到乡上来了，其中两户老百姓见了谌书记便急得哭了起来。

谌书记急忙来到办公室。办公室主任是个年轻、漂亮、高挑个儿的女同志，姓杨，名雪，是个大学生。谌书记进来时，她正好打完洗脸水从厨房走进来，还没有梳妆打扮。

"杨主任，马桑坪村耕牛被盗了，你立即向派出所汇报，就说我谌亚荣在那里等他们！"谌书记说。

"好，我马上去！"杨主任放下洗脸盆就给派出所打电话。

谌书记给杨主任交代了，又去找驾驶员柴师傅。柴师傅叫柴希良，在部队当过兵，退伍回来后在社上当过八年社长，一九九〇经谌书记介绍在区上开小车，一九九二年转为国家工勤人员。谌书记调到荆子乡，他也随小车跟谌书记来了。

谌书记叫柴师傅把治安室的小华、青年干事小苏喊上。

小车上坐了满满的一车人，包括罗支书、被盗牛的农户。

柴师傅开着小车向业乐场马桑坪村方向开去。

马桑坪村是荆子乡最远的一个村，离乡政府二十多华里。

蓝观河是沟溪河的一个支流。沟溪河沿途有河溪、扶农、石滩、千佛等十多个乡镇，约一百公里的范围，后来被列入国家生态自然保护区。蔚蓝色的蓝观河，像一条玉带似的围绕着马桑坪。石滩镇的石滩水库，就建在蓝观河上，是阆中境内最大的水利工程，从七十年代初就在建修，到九十年代才完工。

马桑坪地形好，历代出现过不少大人物，久远的不说，仅清代就出了两个进士，十多个秀才。中华人民共和国成立前出了一个姓吴的团长（龙成沟村一部分土地曾经是他的，敬老院是他的房子），新中国成立初期又出了一个吴子景（曾任过某国大使）。只是六七十年代没有出过大人物，但参加工作的却不少，如当干部的、教师、工人等。恢复高考后，出了多名大学生，其中一个姓吴的孩子还上了清华大学，现在在美国留学。

马桑坪地形虽好，但却像一个孤岛。它离乡政府十五六华里；离石滩场十二三华里，同时还要过一条蓝观河；离千佛场十七华里，不仅要过河，还要爬几里路的坡。

马桑坪村六个社，除一、二、三，三个社，其余四、五、六三个社，蓝观河沿岸都有土地和柴山，石滩水库修好后淹没了一部分。六社河下的打儿岩与千佛红豆子村接界，四、五、六，三个社都临近业乐场。业乐场下半截属于马桑坪村，上半截属于大柏山村。

车子开到碑垭子时就没法走了。前几天下了几次雨，路上坑坑洼洼的，业乐至荆子的公路没人养护，经常是烂路。天晴还勉强能过车，如果下雨，或下雨过后几天都没法通车了。

柴师傅试了几次，车磙子陷进了坑里，他只好加大油门。油门加大，还是不行，见车磙子越陷越深，他停了下来，无可奈何地摇了摇头，摆了摆手，叹了口气，说："谌书记，你们下来吧，车子走不了了！"

谌书记他们下了车。碑垭子离马桑坪村还有近十里路。这段路是千荆路（千佛至荆子）通车后第八年修的。修起后有五个村受益，分别是：渔溪沟村、荆子山村、龙成沟村、大柏山村和马桑坪村。五个村受益最多的是荆子山村，其次是大柏山村、马桑坪村，渔溪沟村只挂了一个边边，而龙成沟村连边都没挂着。不过，这比到荆子场去乘车、买化肥、卖肥猪近多了。

这条路经常都是烂路，没有几个时候是好的。

谌书记他们下来走了一会儿，路上的坑一个比一个大，一个比一个深。小坑没有水，而大坑里满是积水。大约走了两公里多路，遇见了一个从业乐场方向用摩托车托运母猪的小伙子。

小伙子把母猪用背架子绑在摩托车上，过一个大坑时，摩托车大半陷进了泥坑里，猪浑身都是稀泥，真的像泥母猪似的，要不是猪"哼唧、哼唧"地叫，还以为他拉运的是别的东西。他穿着筒靴，上面全是稀泥，不仅如此，他的裤子上、身上，乃至手上、脸上也是粘的稀泥。车子陷在了那里，他已经是精疲力竭了，站在一边无助又无奈地叹着气。

谌书记他们见此情景，二话没说，挽起袖子，脱下鞋袜就帮他推摩托。

　　小伙子坐在上面开，他们几人齐心协力在后面推，两下就把摩托车从稀泥坑里弄了出来。

　　谌书记他们把车弄出来，小伙子真是感激不尽，连忙从上衣兜里拿出香烟来。谌书记他们都不抽烟。小伙子见他们不抽烟，怪过意不去，连连说："谢谢！谢谢！"

　　谌书记他们把那青年送走后，继续往前走。谌书记边走边感叹，交通不便，给老百姓的生产、生活带来多大的困苦呀！

　　谌书记他们刚走到业乐场，千佛派出所就到了。

　　所长姓任，叫任小虎，是一个四十多岁的中年男子。他长着稍高的个子，结实的身体。他十个手指，只有六个，左手只有大拇指在，其余四指都没了。谌书记知道，三年前，任所长在区上管商贸和安全，有一次，他在检查交通安全时，一个拖拉机驾驶员喝得醉醺醺的，车上挤了满满的一车人，正加大马力朝村道上开去。就在前不久，从千佛至阆中一个姓邵的驾驶员，父子俩经营一辆中巴客车，因超载，过五马乡老虎嘴时，坠下一百五十多米的悬崖，车上连驾驶员在内造成二十九人全部遇难。任所长想，类似的事故，再也不能出现了，于是，他驾驶着军用三轮车紧追不舍，在一个山梁上才追上。追上后，任所长叫驾驶员停下车，喊车上的人下来。可驾驶员不听招呼，没有安全意识，更没有法律意识，仍然我行我素，根本就没把他放在眼里，车上的人还在不停地骂任所长，说他没事干才管这些不该管的事。驾驶员见老百姓为他撑腰，加大油门继续往前冲。前面三四百米就是下坡路了，路面极差，坡陡路窄，同时路边还是万丈悬崖。还未下坡时，任所长停下摩托，一个箭步上去，踩在拖拉机的踏板上，一手抓住皮带轮不放。可是由于机器在飞快地运转着，他的左手五个手指被皮带轮带进去了，瞬间就有四个手指齐嚓嚓地被皮带轮压断了。此时，拖拉机驾驶员才感到事情的严重性，急忙把车停下来。车上的人也都看呆了！任所长四个指头一断，血流如注。他是军人出身，野外自救能力强。他从拖拉机上下来，脱下外套，再脱下衬衣，左手拿着衬衣，用牙将衬衣撕成条子，将布条紧紧地缠住手腕，使血不致大量流出来。十指连心，任所长感到钻心地痛，痛得他满头大汗！

此时，拖拉机驾驶员吓得六神无主！任所长喝令他："你还站在那里干什么？还不赶快把我送进医院！"

拖拉机驾驶员见任所长吼他，半天才缓过神来。他万分惊恐地走到任所长面前，低下头惭愧地对任所长说："任所长，我错了！"

"你这个时候才知道错了？如果我不把你制止住，这一车的人要是掉下了悬崖，断的就不是我任某几个手指头，那将是十多条人命！"他对着那十几个人，严肃地说，"搭拖拉机非常危险，难道你们把生命当儿戏吗？"

那些人目瞪口呆地看着他。

拖拉机驾驶员把任所长拉到当地医院。由于当地医疗条件有限，他的四根手指没有接起，便残废了。不过，那个拖拉机驾驶员受到了严厉的惩罚。

谌书记与任所长见面后，相互打了招呼。连任所长在内一共来了五个民警。

谌书记问任所长，其他车子没法来，他们的车是怎么开来的。任所长说，为了加强边远山区的治安管理，局里给他们所里专门配了一辆越野车。越野车有两个发动机，前进后退都得力，很适合山区路况不好的路段行驶。

任所长把车停在业乐场，与谌书记他们一起到了事发地点。

他们先到了一社。村上的主任、社长都在那里。主任姓党，叫党代先，已过了不惑之年。

党主任、社长与谌书记他们握了握手。一社被盗了两头牛，一头水牛和一头黄牛，是姓何的两弟兄的。一头牛往往是五六家人在共同饲养，一月在这个户，下月又到另一户。农闲时推磨碾米，农忙时耕田耙地。那个队总共才七头牛，七八十亩水旱田。且七头牛，只有五头能使用，另两头，一头老了，一头还没有调教好。牛被盗了，来年的春耕生产就成了问题。

一社老百姓听说刚调来不久的谌书记和派出所任所长来队里查盗牛案，男女老少都来了。

谌书记安慰了几家被盗的牛户后，就问他们的生产、生活等情况。任所长详细地问了何家两兄弟牛被盗的时间、地点，以及最近有没有外人到他们家里来过。

他们说，没有。

一社调查完到了二社。二社是在挺嘴上，二社与三社交界有一条直通沟溪河的梯坎路。此路古老，有一段从石山上开凿的梯步，脚印凹槽有五寸深，从那些凹槽可以看出，这条路少说也有八百至一千年了。上千步石梯步，也是业乐、荆子、观音、望垭等地赶石滩口场的必经之路。在石滩水库没修之前，蓝观河里有一座五个墩子长约十五米、宽二米五的石板桥。静谧的蓝观河水碧绿如玉，河水快要漫桥了，人走在上面还有些害怕。石滩水库修好后，把石墩桥淹没了有五米深。现在蓝观河里早没桥了，来往过河的是几只木船。

二社牛被盗的是一个叫黄彩华，是位被人们习惯称为"黄菜花"

的寡妇。"黄菜花"住在下蓝观河大路的左边。"黄菜花"很风流，十九岁就嫁到王家。头三年没有生育，第四年给王家生了一对龙凤胎，过后就再也没有生育了。两个孩子满五岁时，丈夫就去世了。丈夫死了还未"烧百期"，她就找了第二任丈夫。第二任丈夫很能干，既能种一手好庄稼，又会做生意。然而，不幸的是，刚到她家满百天，就得急病去世了。一年后她又找了第三任丈夫，可是，第三任丈夫还未到半年，在半崖坡上一个小台台上搬疙瘩，疙瘩落了，台台上的土松了，连疙瘩和土与人落下去摔死了。

"黄菜花"还不到三十岁就死了三个丈夫，从此以后，就再也没有哪个男人敢上她的门了。然而，生活还得继续。第三任丈夫死的次年，"黄菜花"娘家就给她牵了一头小水牯牛来。一岁找兽医阉割了，两岁时娘家来人就把牛调教好了，三年后就能大耕大使了。

娘家来人把牛调教好后就交给她了。但她只会使牛推磨碾米，不会用它耕田耙地。耕田耙地她要请人或央人。一般耕田耙地，都是男人干的，很少有女人干。那些耕田的男人没有几个找她要工钱。但给她耕田的男人不会白耕，是想着她的美貌的。第一次给她耕田的是一个五十多岁的男人，强行与她发生了性关系。第二次，是一个年轻的社长，给她耕了不到一个上午，社长回去打幺台，二人就好上了。可是当他俩正抱成一团亲热时，社长壮得像熊似的妻子突然闯进屋来，张牙舞爪，龇牙咧嘴，破口大骂，大打出手，社长提着裤子灰溜溜地跑回去了，田也不耕了。第二天"黄菜花"又找别人耕田。

那些耕田的男人，没其他想法，就想她那个人。而黄彩华为了那个家，为了把两个孩子抚养成人，只能靠青春容颜和美貌取悦男人。正因为如此，她在社里的名声很糟。晓得她是一个寡妇，本人长得又好看，一些有夫之妇，无论如何也不让丈夫给她耕田。本社找不到，她就到其他社去找。其他社与本社那些人一样，你想他的工夫，他就想你的身子。

"黄菜花"不仅做了自家的包产地，还做了别人的包产地。她除了用自己的身体换工夫外，还用牛换工夫。她的牛饲养得很好，谁要是用她的牛，用一天，换一天工。农忙时，牛很紧张，水关在田里等着要耕，这时候，"黄花菜"就说：我有牛，你去耕，到时候你帮我插一天秧，或打一天谷。那些人唯唯诺诺。因此，那头牛给她带来了说不完的好处。

牛被盗了，她怎能不难过呢！

"黄菜花"的牛被盗了她伤心地在屋里痛哭了一场。

罗支书把谌书记、任所长他们带到她家里去时，她眼睛还是红肿的。

"黄彩华，乡上的谌书记、派出所任所长来调查你家牛被盗的事了！"罗支书说。

谌书记、任所长突然到她家，她一时慌乱得不知所措。她迈着矫健的碎步，笑容满面地给他们端凳子、取烟、倒茶。

黄彩华家是土木结构的瓦房，有四间屋，除灶房外，几间屋都是打了顶棚的，不仅如此，每间屋里都是粉水了的，其中两间屋里还是席梦思床。房里房外扫得干干净净，桌椅板凳，灶房里的坛坛罐罐，抹得一尘不染。清缝石板院坝，钻路条石阶沿。院坝边一丛月瑰开得正艳，阵阵清风送来月瑰花的浓香。不难看出，黄彩华不仅爱美，而且还是一个能干而勤快的女人。

任所长向她问了牛被盗的情况，谌书记一句话都没说。走时，黄彩华用期待的眼神目送着谌书记、任所长他们。

接着谌书记他们又到了三社。三社有一半土地面积，全部柴山在蓝观河岸和坡上。石滩水库没修以前，蓝观河边有近二十亩土地，十多亩柴山，石滩水库修好后，那些土地和柴山全被淹没了。被淹没土地的农户找村上，村上就找乡上，乡上找市上。找了无数次才按淹没面积减免了农业税。

"你们村有几个社多少面积被水淹没了？"谌书记走在路上，看着淹没了两米多深，还依稀看得见被水淹没了的大片土地和柴山问身边的罗支书。

"我们村有三个社，三十八点四亩土地被石滩水库的水淹没，三个社中，三社被淹面积最大。"罗支书说。

走了十多分钟，便来到了被盗了牛的另一农户家里。

这家被盗牛的农户姓杨，叫杨泽利，是一个开豆腐坊的，同时也是一个老上访户。他家豆腐推得好，远近有名，谌书记在区上时，经常看到伙食团买他的豆腐。

一个三合头房子，坐落在平坦的椅子形塆里，下面约一百米处，是宽宽的、湛蓝湛蓝的蓝观河，蓝观河河面如镜。河对面被水淹没了的草坪上十多只白鹤在那里觅食，河面上三五只野鸭，时而露出水面，时而潜在水里。房后面一股山泉"哗哗"地在往下淌。杨家就是用这股山泉推的豆腐。

谌书记、任所长他们一走进屋里，一个五十来岁，断手、微胖、脸上有拇指大的一块黑疤的男子从屋里走了出来。见是罗支书、党主任带着谌书记、任所长来到他家里，他的眼泪便簌簌地流了下来。

他说，修石滩水库，他家七个人的庄稼就淹没了三个人的。水把庄稼淹没了，没有土地种庄稼，就推豆腐做生意，做生意非常艰难，赶石滩场，来去都要坐船，赶千佛场十多里，赶荆子场更远。为了一家人的生计，不得不东奔西走，早出晚归，可是现在两头牛被盗了，没了牛，庄稼没种的，生意没法做，一家怎么过呀。

"老杨，不要着急，谌书记、任所长他们，不就正在追查吗？"罗支书说。

谌书记、任所长他们进了屋。杨泽利的房子右边是几排猪牛间，左边是两个大敞房屋，是豆腐坊。谌书记、任所长一走进去，只见一个三十来岁的男子正汗流浃背地推着石磨，一个少妇时不时地往磨眼里舀黄豆和水。

"那是我儿子和儿媳。"杨泽利说，"前天泡的黄豆，今天一早起来驾牛推磨，牛就不在了。牛被盗了，只能人来推！"

他还说，他家是两头牛，一头水牛、一头黄牛，水牛用来耕地，黄牛是专门用来推豆腐的。

任所长问了老杨一些情况，谌书记安慰他说，石滩水库淹没了他家土地问题，他要找上面解决。两头牛被盗，任所长正在调查。

几户丢牛人家调查完后，任所长又听了一些群众反映，其他地方没有发现线索，只是在往蓝观河的路上发现了一些牛的脚印，任所长推测，牛被盗贼用船渡过了蓝观河。

任所长他们还要继续查案。谌书记把小华留下来协助任所长他们破案，他带着小苏走了。

第九章

罗支书、党主任把谌书记、苏干送到业乐场就回去了。

谌书记、苏干走到下场，一群人正在嘻嘻哈哈地看热闹。他俩走进人群一看，一个约四十多岁，只穿着一件乳白色绒衣的女人在那里骂街，骂得非常粗鲁，有些话简直不堪入耳，人们坐在很远处看热闹。在她身边有一个铁匠铺，铁匠铺的炉灶烂了，风箱也破了，二锤、钳子落在地上，用来打铁的煤炭撒得满地都是，淬火的水桶漏了一个窟窿，冒着热气的水还在往外流。那些打好了的锄头、弯刀、镰刀等，东一个西一个，横七竖八，到处都是。用来打锄头的弹簧钢板，被丢进了一个粪塘里。铁匠铺的后面，站着一个魁梧、满脸络腮胡、浑身都是炭灰的中年男子。他耷拉着脑袋，一言不发地在那里抽着闷烟。离他不远处一个中年女人边哭边数落着什么，不难看出，这一男一女是打铁的夫妇。

谌书记、苏干走进了人群。

见是两个工作人员来了，那女的躲着人，转身就跑了。

"怎么回事？"谌书记问大家。

"贾兰珍不要人家打铁，在这里撒泼。"其中一个群众说。

"打铁的那人姓什么？她为什么不要人家打铁？"谌书记问。

"打铁的那人姓王，叫王朝阳，人们习惯叫他王铁匠，不是我们这里的人，是护山乡的，已在这里打了四五年铁，他打得好好的，不料贾兰珍又招来了一个铁匠，说是她的亲戚，想把他撵走。"

"岂有此理！"谌书记说，"看那女人的状态似乎像精神不正常？"

"什么精神不正常，她就是这么横蛮不讲理。"

"有这么横蛮不讲理的人吗？"青年干事苏干问。

"贾兰珍的横蛮不仅在我们村，在我们业乐场也是出了名的。"另一个群众说。

"难道干部就不管吗？"谌书记问。

"管？哼，"一个群众气愤地说，"我们的干部才不管哩，他们也不敢得罪她。"

"贾兰珍是哪个村，哪个社的？"谌书记问。

"她是大柏山村七社人，就住在场口上。"一个群众说。

有人认识青年干事小苏，但不认识谌书记。

"苏干事，难道你们乡里就不管吗？"另一个群众问。

"我给你们介绍一下，这就是刚调来不久的党委书记谌亚荣同志。"苏干说。

"我们肯定要管！不管她是长红毛的，还是长白毛的，共产党都要管到底！"谌书记义正词严地说。

王铁匠听说是这个乡的党委书记来了，走出铁匠铺，来到谌书记面前，哀求地说："谌书记，您得给我做主呀！我在这里已经打了四五年铁了，我在马桑坪的地界上，她是大柏山村的，竟跑来把我的铁铺砸了，岂有此理！"

"一会儿把村上的干部找来，我们了解一下情况，如果真的是她欺行霸市，无理取闹，把你的铁匠铺砸了，一是要她负民事侵权责任，二是要她赔偿经济损失，砸你多少，赔偿多少，不管她有多凶，有多恶，党委政府都会给你撑腰，你不要怕！"谌书记对小苏说，"小苏，你去把大柏山村的支书和村主任找来。"又对在场的群众说，"麻烦你们一下，你们哪位去喊一下罗支书？"

谌书记话音刚落，就有一人说："我去叫罗书记！"

二人走后，谌书记就问起他们的生产生活情况来。

大柏山村干部来了。支书姓董，叫董知书，村主任姓谢，叫谢度，他俩年龄都在四十岁左右。董支书稍矮点、瘦点，村主任比较高，比较胖。

支书、主任见到谌书记，真是喜出望外。董支书边与谌书记握手边十分热情地问谌书记什么时候到的。谌书记说，马桑坪村三个社的几家农户牛被盗了，随便走到这里来的。接着主任与谌书记握了手。

"贾兰珍是你们村的？"谌书记问。

"是我们村的。"董支书回答。

"她跑到别的村来把人家的铁匠铺砸了，你们应该管一管！"谌书记说着就把他俩带到了铁匠铺。

这时苏干把马桑坪村的罗支书也叫来了。

"王铁匠是在你们村上开的铁匠铺，他在这里打铁，方便了周边老百姓。"谌书记非常气愤地说，"别人开得好好的，她贾兰珍亲戚来了，就不准别人开铁匠铺，这是什么道理？这是土匪行为！强盗行为！"

两个村的村干部见谌书记发了火，又看了看被砸了的铁匠铺，都感到很愤慨。

然而，董支书他们村里对贾兰珍也没有办法，一提起她，村社干部就感到头痛。

董支书说，贾兰珍是他们村七社人，丈夫姓伍，与贾兰珍是一个社的。那年土地分给每户，他在当社长。一个社的土地有远近、有好坏、有水田和旱地之分。场附近有三亩多土地。社上根据这些土地，先找党员代表搭配好，不然就分不下去。经过七八个党员代表十多天的不懈努力，终于把土地搭配均匀了。场附近的土地分给了场上的四户人，包括贾兰珍一家。三亩多土地四户人分，贾兰珍一家最多。绝大多数社员都没意见，可是贾兰珍却不同意，场附近的她全要。土地分是分了，然而她经常寻衅滋事，另外几家去耕种时，她总是百般骚扰搞破坏，那三户与她发生了冲突。其中一户，见贾兰珍不讲理，把她的门牙打落了两颗。这下可不得了，她跑到别人家里又是砸锅又是摔碗的，还睡在别人家赖着不走，最后派出所出面才把她叫走的。过后贾兰珍仍然找别人的麻烦。那些人不想与她纠缠都退了出来。社里无奈，又只好把土地重新搭配，在搭配的过程中，把另外三家的土地又分给了她。后来村里需要在那里征用一块地修村委会，经过无数次的协商，最后村上用三十平方米的面积才换了她十平方米。

第二件事是，有一年，贾兰珍跟丈夫吵架，夫妻俩在言语中都有些伤人，公公伍老头看不过，拿起扁担照着儿子、媳妇各打了几下。这下可了不得了。那是农历二月，天气还有些寒冷。家里正请人平秧田，公公伍老头把她打了，她连哭带骂地说："老头子，你只有打儿子的权利，哪有打媳妇的权利？！媳妇又不是你养的，我叫你有手打不好收场！"说罢，从家里跑到田边。田里泼的全是大粪，她也不嫌脏、不嫌臭，便跳进田里有两尺多深冰冷的污泥里，连泥带屎滚了一身，然后边哭边跑回去，在公公的铺上打了几个滚，恶狠狠哭着骂道："我叫你这个老东西打我！我叫你这个老东西打我！"这还不解气，又从柜子、箱子里翻出被面、枕巾、衣服等，拿起就擦身上的稀泥和屎尿。折腾了半天，跑回屋里，脱了身上满是稀泥还带着屎尿的湿衣服，爬到床上，扯过被子蒙头便睡，三天不吃不喝，她这一闹，把一个历来以家风为重老实巴交的伍老头气吐了血，在家卧床三个多月。

第三件事，贾兰珍名声在外，臭名远扬，左邻右舍，村头村尾都在说她的不是。有一年夏天，正遇天旱。一天，四五个女人在一棵榕树下纳鞋底乘凉，她们正在你一言、我一语地闲谈贾兰珍如何蛮横不讲理。凑巧，贾兰珍牵着一头大水牛路过。见大家都在说她的坏话，她便把牛放了。旁边是一家人辛辛苦苦从很远的地方挑水浇灌的一片绿油油正在开花结荚的四季豆。牛大口大口地吃着四季豆，她就在地上打起滚号啕大哭起来，边哭边骂，还寻死觅活的，见不远处有一个老水井，爬到井边，"扑通"一声跳了下去。这下可把那几个女人吓坏了，放下手中的鞋底，七手八脚地去救她。几个女人累得上气不接下气，全身的衣服都湿透了，有的还受了伤。她们把吃奶的劲儿都用上了，好不容易才把她从水井里拉上来。拉上来后，几个女人又是给她说好话，又是给她道歉的，这事才算了了。可是牛却把别人家的一块四季豆吃完了。那家人也知道是贾兰珍的牛吃的，气得直哭，但敢怒不敢言，只好去找干部。干部听说是贾兰珍家的牛吃的，无可奈何，劝他算了，他也只好自认倒霉。这还不说，她滚下去的那口水井，平时十多户在里面吃水，天旱时就有三十多户在那里人畜饮水，这下弄脏了，害得几十户人家只好到三四里路的蓝观河里去背水吃，等把井舀干，清洗了水井，井里蓄了清澈的水再来挑。

董支书说，上月，贾兰珍娘家一个侄子到业乐场来打铁，她侄子打铁的技术不行，一段时间就没了生意。她认为是王铁匠抢了侄子的活，千方百计找别人的麻烦，寻衅滋事。无论贾兰珍怎样耍花招，王铁匠都很大量，不理睬。于是她就跑到铁匠铺里拿工具，找瓢舀水泼熄了炉灶里的火，即使是这样，王铁匠还是在忍。她恼羞成怒，不小心，一脚踩到了刚从炉灶里铲出来的红红的炉渣上，"哎哟哎哟"地怪叫起来，脚上顿时就烧起了连浆大泡。王铁匠见状，好心把她扶起来，找人把她抬到村里的医疗室。她伤好了，又多次来找王铁匠的麻烦，这是第四次了。

"太横了，简直是无法无天！"听了董支书的讲述，谌书记气愤地说。

"找过派出所吗？"苏干问。

"找过，找也不起作用。"谢主任说。

"损坏别人的东西要赔，她的这种行为，不仅仅只是损坏东西的问题，纯属是有意在搞破坏，是在犯罪，这是一个方面。另一方面，她在公共场合经常骂街，可以按《治安管理处罚条例》处罚拘留她。走，找她去！"谌书记说着就起身要去找贾兰珍。

"有可能她看见乡里的人来了，早就躲起来了。"董支书说，"前年，派出所去找她，她听到后，从后门跑了，几天都不见人影。"

"跑得了和尚，跑不了庙！"谌书记说。

村里的干部、谌书记和苏干都走了。

谌书记对王铁匠说："安心打你的铁，遵纪守法，照章纳税，谁也不能把你怎么样！罗书记，他在这里打铁，你们应该保护！"

罗支书笑着说："谌书记说得是，这是应该的！"

谌书记的话，王铁匠妻子听了非常感动，王铁匠也感动得流出泪来。

他们到了贾兰珍家。让董支书说中了，贾兰珍果然没有在家。家里只有年迈的公公伍福和老实巴交的丈夫伍喜。

父子俩知道贾兰珍在场上又惹事了。

董支书把谌书记、苏干介绍给了二位，并把贾兰珍砸王铁匠店的事向父子俩说了。接着谌书记就把贾兰珍犯事的性质给伍福和伍喜作了交代。老人无可奈何地叹息着。儿子哭了。

"儿媳妇的蛮横，"伍福说，"业乐场妇孺皆知，不过她与十多年前比还是有所收敛。两个儿子都长大成人了，她不为自己考虑，也要为儿子考虑，她这样的坏名声，将来儿子找媳妇都难。"

"王铁匠所损失的东西我愿意赔偿。"伍喜说,"如果要把她抓去劳教,我们也无话可说。"

"你家里人去把人家的铁匠铺修好,"谌书记说,"向王铁匠赔礼道歉,保证今后不再去捣乱,我想,王铁匠是会原谅她的,这样就不拘留她。"

父子俩连连答应,马上去修。

第十章

　　谌书记、苏干从伍家出来，就向乡上走去，董支书把他俩送了很长一段路才回去。

　　谌书记、苏干告别村上同志，走了不到半里路，刚下坡，过一道弯，就看到小路的青石坝上坐着一个中等个、长得俊俏的青年，他的手上拿着一本书在看。见来了人，那人把书收起，站了起来。小苏认识，他叫谢亮，是他的同班同学。

　　"苏干老同学你们回乡上？这位是刚调到我们乡来的谌亚荣书记吧？"谢亮一边说，一边分别与苏干、谌书记握手。

　　"是，是，是！"苏干问，"你认识谌书记？"

　　"早认识了，谌书记在区上时，我就认识了，可能谌书记不认识我。"

　　"今天不就认识了吗？"谌书记笑着说。

　　"刚才我去业乐街，"谢亮走到谌书记前面说，"就听群众说，我们乡新调来了一位姓谌的党委书记，很有正义感。他从马桑坪村调查农户盗牛事件回乡上，路过业乐场，正赶上贾兰珍把王铁匠的铁匠铺砸了，还在那里骂街，他大声吼道：'是谁在这里撒野骂人？'贾兰珍见那人气宇轩昂、威风凛凛的样子，撒腿就跑了……"

谌书记见谢亮滔滔不绝地说着，便打断他问："你有什么事找我？"

"有事，我要给你反映我们社上的事，我看，也只有你才能解决！"谢亮激动地说。

"今天不早了，"苏干说，"改天再说吧，我们已经走了一天了。"

"正好你们走累了，在我那里歇歇脚，我家虽简陋，但住着还是挺舒服的，没什么好吃的，粗茶淡饭还是有的！"

"既然这样，那我们就不走了！"谌书记说。

谢亮在前面带路，向他家走去。走了几道田埂，下了两三个坡坡就到了他家。

谢亮家住在一个柴山坡上，屋后是一片茂密的松林，林子里有一条土路直接通到他家屋后。一走进树林，空气格外清新，顿时让人觉得心旷神怡。里面叫不出名字的鸟儿清脆地欢叫着，声音在山谷里悠长地回荡。蟋蟀好像不甘落后似的，"吱吱"叫个不停。树林中几只松鼠机灵地从这棵树飞跃到那棵树上，见有人来，一晃就不见了。在一棵枝叶茂密的矮松树下，一只麻黄野兔后腿站立，前腿抱着一支松枝吃着嫩松针，竖起一对长耳，一对亮晶晶的红眼十分机警地注视着周围。

谢亮的房子，共有五间屋，一半是草房，一半是瓦房。左边的草房处有一块大石头，石头侧面中间有一个水槽，岩里用竹筒从石缝里引过来的水流在石槽里，石槽里的水又用竹子引到屋后面的一个塘里，塘里的水清凌凌的。塘的不远处是灶房，灶房的窗子下有口水缸，水缸里的水也是竹子引过去的。房屋另一边，有一棵高大的樟树，树上有一个喜鹊窝，一只喜鹊在树上叽叽喳喳地叫着，另一只在田野里觅食。从房前看去，对面约五千米处是猪垭子槽。远远看去，一座山从中间缺了一个口子，那口子成月牙形，又像一个猪嘴巴上的拱，所以取名叫猪垭子槽。猪垭子槽山下面就是黎家坝。

传说，在很久以前，要在黎家坝修皇城。这信息被天猪知道了。不知什么原因，引起了天猪的愤怒，它一拱就把那山拱了个槽，拱出来的土放在了距此三四十里的仪陇县大仪乡，后来那山取名带泥山。天猪把地形破了，皇城也就没有修成。

谌书记与小苏走到谢亮家里，正是夕阳西下的时候。玫瑰色的夕阳照在猪垭子槽上，把那些山、那些树木，照得色彩斑斓，一行行雁从上面飞过。

谌书记、小苏，正在兴致勃勃赞叹不已地欣赏远方猪垭子槽的夕阳时，从草屋里走出来一位女子。她的身段儿，脸蛋儿，很好看，一头乌黑的长发披在肩上，见了谌书记、小苏，笑吟吟地打着招呼。

"那是我的未婚妻，"谢亮说，"姓乔，名小姬，姓乔的乔，大小的小，蔡文姬的姬，湖北人，三年前我俩在海南打工认识的。"

谌书记与小苏分别向她打招呼。

接着谢亮又把小姬介绍给谌书记与小苏。

"你什么时候到这里来的，来这里生活习惯不？"谌书记问。

"来半年了，生活还习惯，我很爱这里的自然风光。"乔小姬说。

"小姬早就把饭做好了。你俩下了一天的队，身上汗淋淋的，洗完澡再吃饭吧。"谢亮说。

说着就叫谌书记先去洗。

谌书记没有想到谢亮想得这么周到。

天黑了，谢亮拉开路灯以及屋里所有的灯。

谌书记走进浴室里，那所谓的浴室，其实就是一间茅草房屋里放了一个古老的整木做的不大的黄桶，黄桶里放了大半桶热水，里面还有陈艾、陈皮、丁香等草药。黄桶侧边放着一条小板凳，板凳上是一块香皂和一条雪白的毛巾。谌书记在里面舒舒服服地洗了个痛快。

他洗了，谢亮把水倒了，乔小姬又从灶房里舀来水盛在黄桶里，放上陈艾。

不多一会儿，苏干也洗完了。

洗完了澡，就吃饭。晚饭是酸菜干饭，乌鸡炖菌子，香气扑鼻。

吃完饭，谢亮把谌书记、苏干带到一间屋里。屋里的书架上、床上等到处放的都是书。谢亮进屋收拾着桌上的书，说："我什么都不爱，就是喜欢看书。"

谌书记看着满屋的书，对谢亮肃然起敬，他很佩服眼前这个俊俏爱看书学习的青年。

谢亮把桌子上的书放到书架上，坐在谌书记对面，说："我今天找谌书记主要是想向您反映两件事。第一，我们村上'门徒会'相当盛行，全村有三分之一的人信，包括一部分党员干部。第二，反映我们社的社长，他是一个大流氓。这几年在外务工的人很多，男人出去务工，他就在家里搞别人的女人，女人不愿意，他就一而再、再而三地去纠缠，人家还是不愿意，他就威胁人家。谌书记，请问，有这样的共产党员干部吗？"

"难道村上就不管？"谌书记问。

"哼，管？谁敢管？他哥哥是村主任！"谢亮说着，就叫乔小姬端来茶水，他找证人去了。

不一会儿，一个四十多岁的男子来了。他说：某年某月，我外出打工，我妻多次被社长奸污，她不愿意，还打她。

谌书记记录着。

第一个来告状的还没走，第二个来了。来的是一个五十多岁双手痉挛，满脸胡子的男子。他说：我是个手艺人，三十多岁才结婚，找个媳妇很难，前几年又得了风湿关节炎，妻子跟社长长期通奸。望谌书记为我做主！

谌书记又记录着。

第二个男子走后，来了一个三十来岁的女人。她说：五年前，我生了孩子没多久，丈夫就去外面打工了。一次，社长以收电费为名把我强奸了，当时我有多恨呀！

"你为什么不去报案？"谌书记问。

"想保自己的名声，所以就没有去报案。这事发生过后，连我的丈夫都没告诉。"她说，"当社长第二次再来时，我准备了一把杀猪刀，我狠狠地对他说：'你要是敢再来，我就把你下面那个割了喂狗！'社长见我拿着杀猪刀凶巴巴的，才没有对我下手。"最后她说，"这事除了谢亮我没对任何人提起过，我发觉，谢亮很有正义感。这次谢亮跟我说我们乡里新调来了个谌书记，能把他（社长）扳倒，要我鼓起勇气来告发他，于是就来了。"

接连又来了两人，谌书记都一一地记着。

谢亮把要找的人都找来了。此时苏干早趴在桌上睡着了。这怪不得他，下了整天的队，晚上又熬夜，实在是太累了。谌书记一看表，已是午夜一点了。

"谌书记，该休息了。"跑了一晚上的谢亮对谌书记说。

谌书记收拾着本子和笔，对谢亮说："你今晚辛苦了！"

"还是领导辛苦！"谢亮对睡着的苏干说，"老同学快起来，结束了，到铺里去睡吧！"

"啊，结束了？"被惊醒的苏干茫然地问。

"结束了，现在该休息了。"谌书记说。

他俩就睡在谢亮的书房里。苏干睡一头，谌书记睡一头。谌书记睡的那头挨近窗子。

苏干倒下就睡了，谌书记却怎么也睡不着。刚开始就是屋后几只野猫号春，"哇喔，哇喔"地叫，听起来毛骨悚然的。野猫还没叫完，坡上的猫头鹰又"咯咕，咯咕"地叫了起来。野猫和猫头鹰叫了一阵子停了，可是，窗外干藤上的几个屎壳郎，风不吹，它不响，风一吹就发出"咔咔，沙沙"的响声。屎壳郎一响，他又睡不着。外面整夜吹着风，天要亮了谌书记才入睡。

谢亮的未婚妻一早就把饭做好了。苏干一起床，就把谌书记惊醒了，见天大亮了，谌书记也就起来了。谌书记一走出屋，外面的景色映入了他的眼帘：浓浓的雾填满了巨壑，猪垭子槽在晨雾中时隐时现，晨雾在晨风的吹拂下，袅袅穿过洞口。不一会儿，太阳出来了。金灿灿的太阳把猪垭子槽照得格外明亮，晨雾也变成金黄色了。

"谌书记，来洗脸！"谢亮把一盆洗脸水放在脸盆架上说。

这时谌书被外面的景色迷住了，半天才回过神来，回答说："好，好！"

洗了脸，吃了饭，谌书记、苏干向谢亮和他的未婚妻告别，就去找村上的董支书。

谌书记到了董支书的家，董支书刚吃过早饭，问："谌书记，你俩这么早，昨天晚上在哪里住宿？"

"昨天晚上我们在谢亮家里。"谌书记说。

董支书还告诉了谌书记一个好消息，说是派出所找到了马桑坪村几家被盗的牛。偷牛的是石滩那边的人，有四个贼，其中有一个牛贩子是仪陇太平那边的。四个贼把牛偷去牵到了山上的一个山洞里。

听说牛找到了，谌书记很高兴。

董支书还对谌书记说，贾兰珍的丈夫和公公昨天下午去向王铁匠道了歉，并将被损坏了的铁匠铺修好了。砸坏了的风箱赔了一百元。

董支书说完后，谌书记就把昨天晚上在谢亮家里，群众反映村主任的兄弟在他们那个社乱搞男女关系的事向他说了，并责成"两委"立即作出决定，撤销其社长的职务。说，村主任的兄弟有些事已经涉及犯罪。

谌书记、苏干正待要走，只见一高一低两个中年男子怒气冲冲地走到谌书记面前，说："谌书记，求求你们乡上管一管门徒会吧，真是害人不浅，我家妻子原来非常勤快，家里的活儿里里外外都是她做，自从入了门徒会后，整天跟着人家跑，活儿也不做了，就连孩子都不带。说什么，入了门徒会，要啥有啥，就用不着搞生产了，一个罐罐里面放一口碗，第二天早上起来，那碗里自然就会有一碗米。你把米倒了，把空碗重新放在罐罐里面，第二天早上又是满满的一碗米。还说，信仰门徒会的，不会得病，就是有了病都不用治，只要化一碗水喝了，病自然就好了。依我看，全是骗人的，我们村有个老党员，还当过多年村支部书记，近些年，也入了门徒会，走火入魔，神魂颠倒。去年，他女儿肚子痛，女婿和孙子，包括女儿的公公、公婆都说送医院，他却不同意，说：'女儿不是疾病，是鬼魔附身，用不着送医院，我来给她化一碗水，这一碗水喝了，肚子就不会痛了。'说毕，从灶房里拿来一个土巴碗，在水缸里舀了一碗清水，端到病人的房间里，又端来一条凳子，把碗放在凳子上，叫里面的人走开，屋里点上菜油灯，跪在油灯前，向天作了三个揖，又向四周拜了拜，口中念道：'一碗神水家中化，遣来天兵凡尘下，吾家女儿鬼缠身，刀光剑影妖魔杀！'他连念了几十遍，女儿仍然在铺里痛得打滚，他都无动于衷，企图通过化水遣神来挽救女儿的生命，可是神水并没有回天之术，在铺里叫唤了一天一夜的女儿，活活被痛死了。"

"我们社几乎有三分之一的人信门徒会。"另一个人说，"门徒会真是害人不浅，我大哥的一个女儿，在外面务工，找了一个对象，小伙子是山东人，长得高高大大的，人也好，又有本事，侄女和小伙子也很相爱。可是我大哥信门徒会，说女儿不能与那小伙子成亲，极力反对。家里人除了大哥外，都同意。双方决定今年"五一"回四川结婚。结婚那天，我大哥信门徒会入了魔，就在女儿和女婿刚入洞房时，他抱了堆稻草，从窗门塞进去，放一把火烧了洞房，要不是他俩跑得快，就烧死在里面了。"

谌书记听了感到十分惊讶，问董支书、谢主任说："真有这些事吗？"

董支书、谢主任都说是真的。董支书对谌书记说："确实，我们这里的门徒会很盛行，有一个社，社长通知开会，来的不到一半的人，另一半的人搞门徒会去了。"

"是哪个社？"谌书记问。

"四社。"董支书说。

"你们就没有向乡上反映过？"谌书记问。

"怎么没反映？"董支书说，"反映过多次，乡上和派出所也来查过，最后是不了了之，所以门徒会才越来越盛行。"

"这还了得！"谌书记气愤地说，"门徒会都占领了你们的阵地，那还要你们这些书记、主任干什么？"

两个男子向谌书记反映完情况就走了。

谌书记又跟董支书说了一些其他事，然后就与苏干回了乡上。

一周后，谌书记找任所长、治安员华刚把大柏山村四社搞"门徒会"的骨干分子全抓了。

第十一章

  谌书记调来荆子乡已经有两个月了，在这期间，除了在市上开会和区上开会外，他几乎天天都在下村。几十天来，他带着青年干事小苏，走访了十三个村，六十多个社，详细考察了不通公路的五个村。在走访和考察的过程中，使他感到震惊！没有想到荆子乡人民的生产条件是那样的落后，人民的生活水平是那样的低。为了改变落后的生产条件，提高人民的生活水平，必须大刀阔斧地进行改革，即改造荆子乡场镇，包括两个村级场镇的新建，以改造场镇，兴建两个村级场镇，来活跃市场、发展经济，修通五个村公路。要想富，先修路，公路兴，百业旺。要想达到这些目的，光靠他一个党委书记是不行的，还要依靠党委政府一帮人、全体村社干部、党员以及全乡广大人民群众的大力支持。

  为了使以上几项工作得以顺利落实，谌书记打算去找一个人，把自己的想法跟他好好谈一谈。这个人不是别人，他就是原来的老领导吴子华同志。

  吴老书记是本乡马桑坪村人，十五岁参加工作，十六岁入党。

那时他还在永川煤矿工作。不知啥原因，工作还不到三年就回来了，后来在地方参加了工作。他只是在其他乡当过两年办事员，三十多年来，一直在这个乡。他当过八年管委会副主任，十年管委会主任，十五年党委书记。一九九一年调到区上当纪委书记，一九九四年撤区并乡又调回了荆子乡。因他年龄大了，退到了二线当调研员。他平易近人，善于与群众打成一片。他生活简朴，廉洁从政，从未为自己的亲属好友谋过私利。他有两男三女，连一个在乡办厂的都没有。他威望极高，从不以权压人。他唯一的嗜好就是每顿二两白酒。他有个习惯，讲话时总是望着房顶，雷打不动。老百姓给他编了一个顺口溜：荆子有个吴青天，讲话口里白泡翻；娓娓道来听不厌，一双眼睛往上看。这个顺口溜有两种解释，一种解释说，他刚参加工作时年幼、怕羞，不敢对着人说话，只能望着天上说。另一种解释，说他办事公道，无论是干部还是群众，本乡本土的，抬头不见低头见，讲话望着天，论事不论人。他作风正派。他在这个乡工作了几十年，从未听说过他的任何绯闻。加之他言而有信，做事果断，不随意表态，从不在背后说这个好那个坏，一锤定音，很少反悔。领导干部的高素质和光辉形象，在他身上体现得淋漓尽致。他是共产党干部的楷模！

谌书记去找吴老书记时，恰巧吴老书记回农村老家去了，下午才回来。吴老书记从家里带了两把土烟。

吴老书记一回来，谌书记就走进了他的寝室。吴老书记装了一锅土烟在抽，见谌书记来了，连忙站起来，说："谌书记请坐！"

谌书记笑着，客气地说："好，好，好！"

谌书记在一把老式藤椅上坐了下来。

吴老书记将一把土烟拿在手上，把烟锅子放下，对谌书记说："这烟是我儿子亲自给我种的，易接火，吃得，你看这烟灰，雪白雪白，你拿一把回去给你父亲抽吧！"

说着就把一把金黄色的土烟交给了谌书记。

谌书记站起来接过了吴老书记的烟，笑着说："谢谢吴书记了，那我就替父亲收着！"

谌书记把烟放在桌上，说："我今天特意来找老书记想跟您谈谈工作上的事！"

吴老书记给谌书记泡了杯茶放到他面前。

谌书记端起茶杯，喝了一小口，就放下了。于是就把他与小苏这一段时间以来所了解的情况，以及荆子场场镇改造，建修塘清河大桥，兴建业乐场和烽火台两个村级场镇，修通五个村的公路的计划详细地向吴老书记说了。

谌书记说了有一个多小时，吴老书记认真地听了一个多小时。谌书记大胆的想法，使吴老书记非常惊讶！吴老书记想，在他们那些年，想都不敢想的事却在谌亚荣这一届提了出来，并且还要实施，真是胆大！

"您的想法很好！"吴老书记说，"不过困难也不少，单就荆子场镇改造来说，一是谢家两家房子的拆迁，二是谢家后面十多座坟的搬迁，如果要通铜鼓岭村和私大寨村的公路，还要在上河架桥，飞蛾坪村修公路在下河要架桥。拆房、迁坟、架桥都是难事。拆房、迁坟群众工作难做，砍街道与架桥资金困难！"

"这些问题我都考虑过了。拆房、迁坟，我们耐心地给群众做工作，当然最重要的是资金。资金问题我是这样打算的：一是全乡老百姓筹集一部分，二是在基金会和信用社贷款一部分，三是在上面争取一部分。"谌书记看着吴老书记，真诚地说，"吴书记，您在荆子乡工作这么多年，您也是亲眼看到的，荆子乡非常穷，尤其是没有通公路的五个村。我想，通过改造荆子乡场镇，一来把场镇改造好了，经商办事业的人就会到荆子来。二来对修麻石垭、铜鼓岭和私大寨三个村的公路奠定了基础。场镇改造后，在上场建一座桥，就可以贯通铜鼓岭和私大寨两个村的公路。铜鼓岭的公路一通，可以与望垭镇的东溪沟相连，直通望垭镇。"他激动地说，"吴书记，您德高望重，是我们所有党员干部学习的榜样。我们都是荆子本乡人，我谌亚荣不图别的，就图在任职期间，给老百姓实实在在做点事！这是我的本意，就像您不离开荆子本乡，想为全乡老百姓做事一样！"

谌书记的一番肺腑之言，深深地感动了吴老书记，他动情地说："我吴子华，当年没有看走眼，推荐了你这个德才兼备的人才，我感到自豪！感谢上级组织把你调到荆子乡来！你来主持工作，这是全乡人民的福气。我敢断言，你刚才谈的那些计划，如果在三五年实现了，荆子乡的发展至少要提前十年，真是后生可畏！"说毕，哈哈大笑起来。

谌书记也会心地笑着。

谌书记从吴老书记寝室走出来，准备扎扎实实开一次党委会。

头天找吴老书记谈了，第二天就开党委会。

党委会由七人组成，党委书记、乡长、人大主席、管组织副书记、副乡长、武装部长和调研员。

乡长姓曹，叫曹凤彦，年过半百，高个子，长方脸，络腮胡，秃顶，本乡马桑坪村人，年轻时长得帅，就是年老了，都是风度翩翻的。他曾在这个乡当过广播员，在其他乡当过十多年的武装部长，一九八七年调入该乡任副乡长，主管计划生育工作，一九九二年任乡长。他能说会写，讲话声音洪亮，但有纸上谈兵之毛病。

管组织副书记兼人大主席王直松，与曹乡长年龄相仿，稍年长，当过兵。在其他乡担任过民政所长、副乡长、副书记等职。一九八六年调入该乡。他正直、爽快，生活上很讲究，身上随时都收拾得很整洁，寝室里打扫得一尘不染。在他那里，找不出任何凌乱、肮脏、邋遢的迹象。他说话心直口快，喜欢直来直去。正因为这样，得罪的人不少。他曾经在全乡最大的一个村 —— 渔溪沟村做驻村干部。几年来，他风里来，雨里去，与群众同吃同住同劳动，辛辛苦苦地在那里做了不少工作，解决了不少问题。

纪委书记姓余，叫余思富，中等偏上的个头，五十三四岁，当过兵，在别的乡曾当过十多年的武装部长，一手好枪法。他敢说敢为，不怕得罪人，就是老虎的屁股，也敢摸一下。同时他很少有私心杂念，原则性强。一九八七年调入这个乡，曾任过两年副乡长，主管政法和安全工作。一九八九年至一九九二年任过三年乡长。一九九三年得了糖尿病，因病退到二线。在他任乡长的三年里，干过不少大事。一是荆千公路的拓宽。荆千路全长十五公里，七十年代初修建。原来乡道的现状是：路窄、坡陡、弯多，只能通单车，加上荆子乡又是个死角，交通极不方便。那些年又不通客车，仅有一辆解放牌汽车、两辆破东风牌汽车和三台手扶拖拉机。一万五千多人的大乡，农业生产需要的化肥、农药、种子，以及其他的生活用品等，就靠这几辆车运出运进。老百姓进城办事，或干部进城开会，都要到十五公里远的其他乡（镇）乘车。往往是一两点或三四点就起来赶路，生怕起来晚了乘不上车，误了开会或办事。他任乡长的第一件大事，就是改造这十五公里的乡道。从一九八九年冬到一九九〇年春，全乡人民，在他的领导下，经过一冬一春艰苦卓绝的奋战，一条长十五公里、宽八米的乡道拓宽了。在扩修的过程中，死亡两人，伤残四人，由原来的单车道，改成了双车道。这一改造，使坡度大幅度降低，弯度也减小了。在当时，不仅在全乡来说是一个奇迹，就是在全市来说，也是一个轰动事件。自从公路改造后，那年就通了客车，乡里有两辆汽车，又增添了三辆汽车和五台拖拉机，为荆子乡的经济发展，社会事业进步起了积极的推进作用。其二，他在任乡长的三年里，架起了宽四米、长十米以上的五座大桥。这些都是动员老百姓投劳力，没有摊派一分钱修起来的。其三，解决了全乡十三个行政村的农电，共耗资一百二十多万元。从乡道的改造到桥梁的修建和百万元农电的安装，他没有贪污一分钱。相反，由于过度劳累，下队回来晚了，赶不上吃饭，泡一盅浓浓的白糖水，一来用于解渴，二来用于充饥，久而久之，就得了糖尿病。

副乡长，孙猛，四十多岁，文质彬彬的，近视眼，主管计划生育、文化和卫生等工作。

武装部长姓房，名大岭，瘦高个儿，四十多岁，当过兵。曾在其他乡当过治安员、武装部副部长。一九八九年才调到这个乡任武装部长，主抓征兵工作。他精明能干，上下级关系处理得不错，还善于解决一些疑难问题。

其次是调研员吴子华。

办公室主任杨雪，她调到荆子乡有三年了。她是办公室主任兼民政所所长。她虽然不是党委委员，但每次党委会她都要参加，因为她要做记录。

杨主任做完了记录。

谌书记看着党委这七个成员，心中好沉重啊，然而，他又感到自豪！

是啊，荆子乡今后的发展，全靠这个班子！他自感身上担子的沉重！他说："我来荆子乡，开过三次党委会，这是第四次了。不过，这次党委会比任何一次都重要！前几次党委会主要议题是如何贯彻落实市委市府给我乡下达的当年各项工作任务，今天这个党委会与以往就不同了。同志们，我们这个班子，有前几任的领导，你们为荆子乡人民做了不少的好事，为荆子乡的发展，做出了不可磨灭的贡献，在此，我表示衷心的感谢！上级党组织，把我调来主持全面工作，这是组织对我的信任，我决不辜负上级党组织对我的期望！在工作中，还望老领导和同志们多多指教，给我多提意见，我会诚恳而虚心地接受！"

接着，他把与小苏这段时间在全乡深入调查的情况，向委员们做了详细的汇报。他说："荆子乡是一个一万五千多人的大乡，人杰地灵，气候适宜，土地肥沃，物产丰富，生态良好，环境优美。然而，荆子乡又是一个边远的乡镇，交通落后，信息闭塞，经济不发达，邪教组织盛行，人民的生产、生活还处在半原始状态。

"同志们，我们这一届的党委政府，除了把平常的农业生产、经济、党建、民政、计划生育等工作做好外，另外还要抓三件大事：第一，荆子场的场镇建设，就是对老街的硬化和重新建一条新街。这条新街在上场建。据我观察，这条新街的发展前途较大，不过修建任务极其艰巨！艰巨的是铁壶观村一社土地的征用、谢家两兄弟房屋的拆迁和他们屋后几家坟地的搬迁。第二，修通全乡的村级公路。全乡还有五个村没有通公路。这段时间，通过我与青年干事苏干对没有通公路五个村的考察和其他几个村的走访，我发觉我们这里还相当落后，老百姓很苦，有些连温饱都没有解决，尤其是没有通公路的村。没有通公路的村，给群众的生产、生活带来了很多不便。一个地方的交通不便，严重制约了当地经济的发展。群众听说要修公路，呼声很大，如果我们这一届的党委政府，不带领他们把五个村的公路修好，我们就有愧于五个村的老百姓，有愧于党，就不配坐在这里。因此，不管困难有多少，阻力有多大，我们党委政府都要团结一心，领导和支持他们战胜一切困难，排除一切阻力！

"在修通五个村公路的同时，要架两座桥，一座是塘清河大桥，第二座是铁潮湾桥。塘清河大桥架起来，可直接通铜鼓岭村、私大寨村和飞蛾坪村一社，同时也是荆子接通望垭镇的公路。铁潮湾桥直接通往飞蛾坪村、铁壶观村四、五、六三个社。我建议，塘清河大桥的修建任务由乡政府承担；铁潮湾桥的修建任务由飞蛾坪村和铁壶观村受益社承担。第三，建烽火台和业乐场的两个村级场镇。另外是对小学校和初中部的改造以及乡政府大楼的修建……"

大家没有想到的是，他来荆子乡才两个月，对这个乡情况的了解竟不亚于在这里工作了多年的其他同志。那次他单独与吴老书记谈，并没这次详细、全面、生动！不仅吴老书记听了感到惊讶，在座的所有委员听了都感到惊讶！更难以置信的是，上几届领导想都不敢想的几件大事，他讲了出来，并且要付诸实施！

曹乡长原来是歪着坐的，听了谌书记的讲话，很正规地坐着。

管组织的王副书记，全神贯注地听着谌书记的讲话，生怕落了一个字，漏了一句话。

吴老书记原来大口地抽着叶子烟，很快便被谌书记具体、生动的讲话吸引了，他不由自主地把烟摁熄了，将烟斗放在桌上，静静地听着。

纪委书记余思富同志蜡黄的脸上时不时地露出笑容，点着头。

谌书记讲话，杨主任飞快地记录着。记录完了，紧握住笔，一双美丽的眼睛看着谌书记，沉思着。

几个问题，他一口气讲了三个多小时。六个委员中，没有哪一个出去上厕所，或找借口做其他事，大家都听得津津有味，突然感到茅塞顿开。

第十二章

　　改造荆子场镇、修建塘清河大桥、修通五个村的公路、兴建烽火台和业乐场的两个村级场镇，以及改建乡中小学危房等事项，通过了党委会。在党委会上，拟订了两个决议，一是《关于改造荆子乡场镇的决议》，二是《关于修通五个村公路的决议》。决议上说：在修本村公路时，牵涉到其他村地界的——要占土地和柴山，只要有农户受益，就不赔偿土地和柴山；没有农户受益的，修公路所占的土地和柴山，由修公路的村负责，占多少赔偿多少。赔偿的标准：一二台土每亩赔偿七千元至八千元；三四台土每亩赔偿五到六千元；柴山每亩四千元，三厘米以上的树木才算，三厘米以上十元一根，三厘米以下一律不算。

　　两个决议在乡干部中传达了，又在村社干部、全体党员和代表大会上传达。

　　党委会成员进行了分工：谌书记负责全面工作，主抓场镇建设，塘清河大桥修建与铁壶观村一社土地调解，铜鼓岭村七社和飞蛾坪村一社，通往私大寨村的公路土地柴山的调解等工作。曹乡长担任塘清河大桥的指挥长。王副书记负责麻石垭公路民事纠纷的调解；余书记由于有病，协助苏干负责飞蛾坪村、大柏山村和龙成沟村公路民事纠纷的调解；房部长、治安员华刚同志负责所有重大民事纠纷的调解；其余乡干部，原来做啥，还是做啥，只不过是随时准备待命，听从谌书记的安排。乡上在家的都安排完了，只是吴子华同志离退休不远，没有安排，谌书记请他当顾问。

第一件事，场镇改造，分两个步骤。一是旧街道硬化；二是新街建设。街道硬化从粮站到谢家房子，长三百四十多米，宽七米，混凝土厚度为二十五厘米。新街建设，这是一项艰巨的工程，关系到土地征用、房屋拆迁和坟墓搬迁。初步预计，要征铁壶观村一社土地八九亩，至于究竟要征用多少，还要经过实际丈量。同时要拆迁谢家两兄弟的房屋，搬迁许家、罗家等二十多座坟。这条街修好后，会是原来旧街道的三倍。几辈人几百年做不了的事，谌书记想在他这一届任职期间做了。

自那次调查摸底后，他带着乡国土所何平所长，乡城建所杨峰所长——他俩年龄都三十岁上下，精明能干，吃苦耐劳——多次到过铁壶观村一社进行实地考察，又多次走访了谢家两兄弟，与此同时还与村上几位同志进行了座谈。

村支书姓林，名红江，年过半百，在这个村已经当了二十多年的支书。他是个老好人，做事稳重，生活简朴，平易近人，廉洁，群众基础好。然而，有些优柔寡断，怕得罪人，工作主动性较差。

村主任姓王，叫王鹏，中等个儿，已过了中年，他在这个村里曾当过农电管理员。在未当农电管理员以前，当了几十年机手。改革开放后，他把村里各社的抽水机，不管是新机器、旧机器，还是废弃了不要的机器，全部买过来进行分类组装，统一经营。原来在集体生产时都亏本，一经他手，都盘活了。经过几年精心经营，他便有了积蓄。他把赚来的钱，帮他们村六社安装了提灌站，接着又在二社和八社的交界处安了提灌站。在他管理农电期间，与仪陇电力公司建立了很好的关系，两个提灌站都争取到了低价电。提灌站一安起，保证了三个社水稻满栽满播，旱涝保收。他为三个社的老百姓办了一件大好事，一九九〇年，他被破格当选为村主任。连社长都没有当过，直接提为村主任的，在这个村还是首例。不仅是在这个村是个首例，就是在全乡也没有先例。他敢说敢当，办事果断，是个天不怕、地不怕，老虎的屁股也敢摸一下，阎王老子都敢惹的人，在他手上没有解决不了的问题，所以干部群众称他为"宰得开""搁得平"。

铁壶观村地处乡政府，乡政府的地盘都在一社。从五十年代建乡以来，各部门，各单位的建修占了铁壶观村一社不少土地。全乡耕地面积人均八九分，而这个社的土地只有三四分，土地极为稀少，所以老百姓十分珍惜！集体生产时，各部门各单位占了他们的土地，由政府出面，可以在全乡调剂，减免农业税和征购。自一九七八年以来，只减农业税和征购他们就不同意了，要现钱。要现金，这是他们守住土地的唯一办法。

这个社自发地组织了一个帮派，人很少，由四人组成，他们自称能在荆子场呼风唤雨。四人都很精干，敢作敢为，一个姓胡，名南山，绰号叫"胡难缠"，五十多岁，较高，长方脸，经常剪一个平头，说话有些夹舌，五十年代初的初中生。改革开放后，他曾在社上当过计分员，在村上当了十多年的蚕桑技术员。无论干哪项工作，他都干得很出色。第二个人姓车，名少东，与胡南山年龄差不多。他高高的个子，黑黑瘦瘦，是个老党员，参加过襄渝铁路的建修，后又在石滩水库待了三年，在这个社当了近二十年的社长。他高小文化，生着一张十分厉害的嘴，很会讲道理，也会扯烂筋。他养了一个聪明的儿子，在北京读完大学，又考上了研究生，现在博士后学位又拿到了手。如果他实在扯得厉害了，把别人搞得下不了台，人家就说："你家里出了个博士后，怎么还扯烂筋呢，真丢脸！"他一下就不说话了。其他两名，一个姓庞，一个姓侯。姓庞的在一九九二年就去世了。姓侯的一九九三年去世。现在他们虽然只剩两人，不过，人们还习惯的称他们为"四大天棒"。

这个社的大小事情，一般都是他们说了算，没人敢惹。不说社上，就是村上，乡上也很少有人敢惹他们。王鹏同志担任了这个村的村主任，第一个惹事的就是"四大天棒"。

那时拆村小学，与乡小学合资征地修幼儿园，需在一社征用土地。根据当时的政策，按最高价给一社算了土地征用费和青苗赔偿费，又多次请他们四人吃喝。然而，他们还不满足，百般刁难，提出了许多不合理、苛刻的要求。王主任与他们周旋了一个多礼拜才将他们攻破、说服，最后按综合价每亩一万两千元才征了一社的土地。第二件事，一九九一年乡信用社扩建，又要在这个社征收三分土地，他们四人认为是信用社在征地，信用社有钱，可以大捞一把了，又提出了许多苛刻条件，百般阻拦，把信用社主任纠缠得几乎跳楼，最后还是王主任出面，才解决了问题。

通过这两件事的处理，王鹏同志在这个村名声大振。然而"四大天棒"却威风扫地。很多事情，只要王鹏同志插手，他们也就畏惧三分，不敢放肆了！

这次对荆子乡场镇的改造，工程宏大，牵涉到方方面面的事。谌书记打算先找村里的王主任谈谈。

一天下午，谌书记专门找到王鹏，把旧街道硬化、新街道建设、塘清河修桥、五个村通路、烽火台、业乐场两个村级场镇的兴建等事项向他说了。

王鹏同志听了很高兴，他说，坚决执行党委政府的决议，并协同乡党委政府做好一社的工作。同时，他还对场镇如何改造、一社土地如何征用、谢家兄弟房屋如何拆除、许家和罗家二十多座坟墓如何搬迁等提出了许多宝贵的意见。

找王主任谈了，谌书记又去找了荆河建筑公司经理吕善道。

吕善道一米八五的个子，方头大脸，近六十岁了。他没有文化，是做泥水匠起家的。他很能干，会动脑筋，富有钻研和开拓精神，在荆河建筑公司成立以前，曾在千佛片区建筑公司负总责。为了家乡的建设，他把资金、人才带回了荆子乡，又在这个乡成立了一个建筑公司，取名叫荆河建筑公司。设计、绘图、施工，全凭他几十年以来的经验。他修建了近十栋楼房，砍了几十条凝结水泥大街。他的信誉很好。

荆子乡场镇改造，修塘清河大桥，前届党委政府的领导，都找过他，不过，那只是说说而已！这次谌书记来找他了，说是下了决心的，因此，他对这件事抱着很大的希望。

一个下雨天，谌书记、曹乡长、国土所何所长、城建所杨所长、村上王主任和吕经理，对荆子上场和塘清河大桥进行了实地勘测和预算。经过反复勘测和预算，预计需要资金七十八万元。老街道硬化约需四十万元，新街道建设约需二十万元，修塘清河桥十八万元。

那么，这七十八万元从何而来呢？这是以后讨论的事了。

第十三章

　　"四大天棒"对改造场镇一事早有耳闻。他们召集群众，制造紧张气氛，煽动、教唆谢家两兄弟，有祖坟的许瘸子、罗瞎子等。他们说，土地每亩少了五万元不卖，每间房子少了五百元不拆，坟墓少了五百元一座不迁，同时要求政府征收一亩土地要解决两个非农人口，修塘清河大桥，要由他们一社来承包，等等。

　　针对改造场镇和修建塘清河大桥一事，谌书记又召开了两次党委会。关于资金问题，谌书记意见是：谁来承包老街道硬化和新街建设，谁先垫资十五万元；全乡老百姓集资三十万元；向上面争取十万元。至于老板垫资的十五万元，分三到五年付清。款项的来路：乡财政每年挤出三五万元，如果财政实在紧张就贷款支付。向老百姓集资的那三十万元，也分三年筹齐：第一年二十万元，第二年五万元，第三年五万元。

　　改造场镇和修建塘清河大桥的消息不胫而走，找谌书记这里来包工程的不下十家，他们有本乡的老板，也有外地的老板。为了把工程弄到手，有的要给谌书记拿三万，有的给五万，有的老板人未到，托人先把几万元钱送到了谌书记那里，有的向党委政府集体班子说，别人承包四十八万元，他们只要四十五万元，还有的甚至说，只要四十万元。

谌书记有自己的想法，谁来承包都一样，他首先考虑的是工程人员的安全和工程质量。无论谁承包，都公事公办。关于这两项工程，他与党委几位同志的意见是一致的。先招标，来的老板越多越好，这样可以压压价，同时还可以辟谣，给群众一个交代，还干部一个清白。经过反复讨价还价，最后街道少了两万，桥少了一万，共计四十五万。

经过招标，街道硬化、新街建设吕善道中标。塘清河大桥付勇中标。

吕善道、付勇中标后，谌书记要求他们尽快破土动工。

吕老板做了那么多的工程，似乎还是第一次真正看到为民办事清正廉洁的政府，他打心眼里佩服谌书记！为了在荆子乡发展，给党委政府争面子，吕老板把在其他乡镇揽了的工程退了，调回了足够的资金和人员来建设家乡。

招标落实后，谌书记、曹乡长、房部长、国土所何所长、城建所杨所长和治安员小华，去了谢家两兄弟家，去做第一次思想工作。

谢家兄弟老大叫谢福春，妻子姓鲁，生了一女二子。大女儿已经出嫁，两个儿子均未成家。他还有一个年迈的母亲，姓余，八十七岁了。谢福春五十六七岁，是厨师，年轻时在永川煤矿当过工人，由于当时的政策原因，已回家有二十多年了。一九七八年落实政策，他才恢复了工职，现在每月领退休金六百多元。他待人诚恳厚道，与邻居相处融洽，干部群众反映是一个很不错的人。听说改造场镇，要他两兄弟搬家，他还是有意见，不过没有他弟弟谢福生那么反对。他说，他们家在这里居住了一百多年了，起码也有五六代了，同时他们两家处的这个位置重要，有很好的商机：从上场看是场的开头，从下场看是场的结尾。

隔了几天，谌书记买了几斤糖，提了几瓶酒，到了谢福春家。

谌书记来时，他们刚吃过早饭。谌书记把糖酒放到桌上，说是来看看年近九旬的余老太太。

见谌书记提着礼物来看老母亲，谢福春感到很意外，见了谌书记他们，又是递烟，又是沏茶的。

"谌书记，您这是……"谢福春怪不好意思地说。

"没什么，"谌书记说，"这是我们党委政府的一点心意，我与曹乡长、房部长、国土所何所长、城建所杨所长、小华和村上社上几位同志这次来你家，一方面是来看看余老太太，另一方面想听听你对这次场镇改造有什么看法？"

谢福春没有说话，不过从脸上看出，他没有反对。

谌书记接着说："改造场镇，是党委政府的决定，场镇修好了，街道拓宽了，有利于荆子乡经济的发展，同时也有利于你们今后做生意。暂时舍点小家，顾全一下全乡这个大家，还望老谢和你家人给予支持！"

谌书记说，他家拆迁，每间屋的拆迁费补助一千五百元，原房子的材料，一律是他们的，在建新房时，免缴国土和城建费。

他从谌书记的话中弄清了事实的真相，在谌书记他们没来以前，四大天棒就来了好几次了，他们造谣说每间房屋只补助八百至一千，旧房子上的材料乡上还要折成钱收走，建新房，更没有说减免国土和城建费。

通过谌书记做工作后，谢福春一家同意拆迁。

下午，谌书记、曹乡长等人又到了谢福生家里。

谢福生，五十来岁，个头不高，他是一个没有多少主见的人，人云亦云。然而，他又是一个性格倔强的人。在他年轻时，讨了一个很不错的姑娘。姑娘姓邵，娘家家境又好，有两个哥哥，都有正式工作。当正要结婚时，谢福生心猿意马，见异思迁，看上了比她更漂亮的叫邱玉兰的残疾女子。家里人怎么说，他就是不听，非要依自己的，最后退了姓邵的姑娘，娶了邱玉兰。从而就导致了现在这个家庭：缺吃少穿，家里一贫如洗。一旦他在外面喝了酒回来，或有不顺心的事，就拿妻子出气，经常把妻子打得鼻青脸肿，有时甚至打得十天半月都起不了床。

谌书记、曹乡长他们去了他家。一看家里，极为贫困，三间草房，破旧不堪。左边是灶房，右边是斜房，中间是堂屋。斜房里挨近后墙，是几十年前的麻布罩子。床上用品，既破烂又肮脏。屋中间搭着一张老式桌子，桌面上污迹斑斑，黑不溜秋的，一走进屋，老远就是一股臭气：床的两头，各放着一个尿桶。谢福生见是谌书记、曹乡长，忐忑、殷勤地打着招呼。见屋里脏，端了两条凳子，放在外面，但地面凹凸不平，摆了几次才把凳子放稳。

"谌书记、曹乡长，你们请坐，我这就给你们拿烟去！"谢福生放好凳子，边说就边走进屋里拿烟去了。

可是寻找了半天，拿了一片叶子烟在手上卷着。他家根本就没有纸烟！

谌书记、曹乡长他们刚坐下不久，灶房里就传来了女人嘤嘤的啼哭声，接着，就是一阵叫骂声："你这个挨千刀的谢福生，把我打得好惨呀！你不得好死！"听外面有说话声，她的哭骂声更大了。她没有新鲜词儿，翻来覆去就是那几句。

谢福生说，那是他妻子邱玉兰，说是叫她做饭她不去，两口子吵了几句，她就在灶房里耍横，叫谌书记、曹乡长他们不要见怪。

听丈夫这么一说，邱玉兰连哭带骂地从灶房里跑了出来。她四十五岁上下，一米六以上的个儿，体态丰满，披头散发，哭丧着脸，额上有鸡蛋大小紫一块、青一块的包；右脸上有一道血迹，不过伤口上的血没有流出来，这说明伤口不深。她右手是残疾的。据说，她在当姑娘时，中午割草，看见了两只野兔。当村干部的哥哥会打一手好猎。她急急忙忙跑回家，去叫哥哥。不多一会儿，她哥拿来了猎枪，那两只野兔还没有跑呢！等哥哥正举枪瞄准时，两只野兔都跑了。一会儿兔子在这边，一会儿又蹿到那边，兄妹俩就像跟两只兔子捉迷藏似的。突然，妹妹喊："哥哥，兔子在这里呀！"她哥举枪就打！可是这一枪却打在了妹妹的手上！

妹妹的手残废了，美丽的妹妹成了残疾人，哥哥后悔极了，打算养妹妹一辈子，永不把她嫁出去！可是，天底下偏偏有一些难以预料的事，这时出现了姓谢的，看上了她的美貌，死活要追求她，唯她不娶！他说，他不嫌弃她残废，愿意供养她一辈子。

他俩刚结婚那几年还可以，夫妻恩恩爱爱。男人勤快，还顾家。然而，好景不长，慢慢有了两个孩子，女人没法干活儿，里里外外都是他一人，他越想越气，越看她越不顺眼、不顺心，早就有一种破罐子破摔的念头，整天以酒解愁，逐渐变得好吃懒做，游手好闲。结婚不到五年，上辈留下的家业，不仅吃完挥霍殆尽，还欠了一屁股账。他的两个孩子老大是个女儿，才满六岁就送人了。一个小儿子，由于家里没有吃的，也是饥一顿饱一顿的，长得骨瘦如柴，像个猴儿似的。女人无奈，常常跑回娘家去住。家里没有粮，没有钱，三顿他都要喝酒，没有酒喝，他就不干活儿，喝醉了就殴打妻子。说家里穷，是妻子造成的，是妻子把家里搞穷了的。

邱玉兰这次挨打，并不是因为家里的事。昨天晚上，"四大天棒"对谢福生说，乡上改造场镇，每间屋拆迁费只给八百至一千元，拆也得拆，不拆也得拆。他们是专门来给他抬价的，说他发财的机会来了，每间房至少要五千元。他家有三间屋，连猪牛圈在内四间，共计两万元，是这个数就拆，不是就不要拆。谢福生想：发财的机会真的到了，千万不能错过！不过，他又考虑到：自己是个大男人，男子汉耍泼，觉得不合适，不光彩，这是女人干的事。于是，他就想到了妻子。谢福生想，妻子是个残疾人，残疾人耍起泼来，谁也不敢把她怎么样！

然而，无论他对妻子怎么说，妻子都不干。她说她再穷，也要穷得有志气，有骨气！耍泼，那是流氓、二杆子干的。她一不是流氓，二不是二杆子，她不能干那事。再说，她娘家哥哥是个村干部，更不能给娘家人丢脸！

妻子不愿照丈夫的话去做，于是，便遭此毒打。

听了邱玉兰的哭述后，谌书记便狠狠地批评了谢福生，说他的做法是错误的，是对妻子人格的污辱，是对妇女的虐待！是家庭暴力！是违法的！

谢福生见谌书记批评了他，很不服气，说："这是我们家的私事，谁也管不了。"

谌书记义正词严地说："我非管不可！如果你谢福生不认错，我可以马上报派出所，把你管治起来！"

谌书记把谢福生批评教育了，接着曹乡长开导他。过后就与他商量房屋拆迁的事。谢福生还是不同意。

"改造场镇是党委政府决定的事，"曹乡长说，"不是谌书记他个人的事。街道建好了，有利于这个地方的经济发展。再说，你家几间破房，拆迁后，能修新房。修新房既能减地基费，同时每间屋又能得到补偿。对于你这个家庭来说，政府补偿的那些钱，肯定修不起房子的，不过你可以向亲戚借点，向信用社申请贷款来解决。"

就连妻子邱玉兰听了曹乡长的话，都认为很好，可是谢福生无论如何也听不进去。

"我就住我的破房，"谢福生说，"谁也别想打我的主意！如果你们政府一定要我搬迁，每间少了五千元，就不要动我的房子！"

曹乡长说服不了他，谌书记对他说："你去通知王主任到一社开群众会，我回去找党委几个成员再商量一下。"

第十四章

　　谌书记、曹乡长走后，"四大天棒"随后就到了两个谢家。他们首先到的是谢福春家。他们也知道谌书记、曹乡长到他们家来过。谢福春是有头脑的，谁对谁错，自有分寸。"四大天棒"说服不了谢福春，就去煽动余老太太和他妻子。说他们两家发财的机会到了，改造场镇是全乡人民的事，全乡一万五千多人，六千多户，暂时只拆迁他两家，价要高些没关系，要他们每间房屋少了两千元不松手！

　　去了老大那里后，"四大天棒"又到了谢福生家。

　　"四大天棒"来了，谢福生赶紧把他们请到了屋里坐，并一五一十地把谌书记、曹乡长来他家关于拆迁房屋的事向他们说了。

　　"四大天棒"见谢福生没有被谌书记、曹乡长他们说服，甚是欢喜。他们说，只要他们谢家两兄弟照他们说的那样做了，除征用集体的那十多亩土地不收钱外，谢家兄弟俩那十多间房，许瘸子、罗瞎子等几家二十多座坟，如果按照他们预计的按百分之十五至百分之二十抽成，他们几人就可以得一万多元，要是政府直接补偿给他们，他们一分钱也得不到。他们认为，只要把谢家两兄弟的工作做通了，许瘸子、罗瞎子就不在话下了。

当他们想到这些发横财的美梦时，又感到有点后怕！他们后怕什么呢？村主任王鹏！在王鹏未当村主任以前，他们每做一件事都能频频得手，没有任何人敢干涉，自从王鹏当上了村主任，就断了他们的财路，所以"四大天棒"把王主任视为眼中钉，肉中刺！他们除了怕村上的王主任以外，还怕党委书记谌亚荣！是啊，你王鹏算个什么！你是这个村的人，人家是乡上在改造场镇，乡上在征用土地，与你何干？想要阻止谌书记，唯一的办法就是发动群众。他们所谓的发动群众，就是煽动要拆迁房屋、搬迁坟地的那几家户主以及那些跟着闹事的，在群众中造舆论，然后再煽动他们。只有把群众抓住，谌书记才会服软，才会松口，这样他们才能达到目的！

邱玉兰见是"四大天棒"，气不打一处来，就像发了疯似的，用两只手腕提起斜房里的满桶尿，一半洒在了屋里，另一半直接向"四大天棒"泼去，口里还不停地骂道："你们这两条恶狗，我家拆不拆迁房屋关你们屁事？害的谢福生把我打得不成人样！以往你们把他灌醉了回来就在我身上撒野，现在你们又打他的主意了，他那猪脑壳由你们指挥可以，但决不允许你们到我家里来捣乱！"

"四大天棒"做梦也没有想到，向来百依百顺、大气都不敢出的邱玉兰，突然变得如此凶狠起来，不仅仅是敢打敢骂，更不可思议的是，竟然把尿都泼向了他们，真是胆大包天！"四大天棒"认为：必须教训她一下，给她一点颜色看看。不过，现在是非常时期，还得忍耐！忍耐！再忍耐！

"不跟你这个女人家一般见识，好，我们走！"胡南山狼狈地抖着满身的尿，边说边灰溜溜地叫着车少东走了。

　　谢福生见妻子轰走了他的客人，恶狠狠地说："难道我还没有把你收拾够？"

　　当他举起拳头正要朝她打去时，谌书记的话顿时回响在耳边：打人是犯法的，迟早派出所是要收拾你的！一下像泄了气的皮球，高高举起的恶拳，慢慢地又收了回来。

　　然而，谢福生把仇恨积在了谌书记那里。

　　关于场镇建设，他们分如下几个步骤来进行：第一步，征用土地。经丈量，场镇建设用地八亩多。除场镇建设用地外，谌书记考虑到麻石垭村、铜鼓岭村和私大寨村要修公路，三个村征用一社的土地，如果不是乡上出面，他们村上肯定是不行的。一不做二不休，谌书记又把三个村修公路用地考虑进去了。经丈量，三个村修公路，需要占地三点七亩。考虑到政府经济承受能力有限，场镇建设需要的土地由政府承担，修公路占的土地由受益的三个村来承担。第二步，给谢家两兄弟的房子做评估，两家究竟有多少间房屋、需要支付多少资金等。第三步，许瘸子、罗瞎子等几家的祖坟究竟有多少座？除了他两家，还有谁家的？有没有人来认？有人认的，每座坟搬迁费需要多少？前段时间，谌书记他们只是粗略地把老场街道硬化、新街建设、建修塘清河大桥所需要的资金计划在内，根本就没有把铁壶村一社土地征收、附作物补偿、房屋拆迁和坟墓搬迁考虑进去。原来认为，铁壶观村一社的土地可以在全乡调，或减征购和农业税来解决，没有想到那个社个别老百姓是那么难以对付，尤其是"四大天棒"等人。原来那些想法有些草率、简单，现在看来，要重新考虑，重新核算。经过初步核算：实际增加资金五六十万。

　　近段时间，经过谌书记多方了解，铁壶观村一社，确实是寸土寸金。从五十年代起，修建乡政府、供销社、学校、医院、兽防站、乡办厂等，哪一个单位不是占他们的土地？据不完全统计，近半个世纪以来，乡政府、各部门、各单位共占一社的土地三十多亩，这次场镇改造，修路又要占他们近十亩。在其他社十亩土地算不了什么，可是在这个社却是个大数。如果这个问题处理得不好，群众肯定会闹事，更不用说那"四大天棒"了。谌书记的意见是尽量给他们宽裕一些，不让铁壶观村一社的老百姓吃亏。牵涉到私人自留地和柴山的，用现金及时补偿给他本人；是集体的，补偿给集体。补偿的标准按照国家土地补偿的最高标准执行，包括附作物在内。征收了这个社的土地以后，减去全社征购、应征土地的农业税和特产税。减去的这些，加在全乡人民头上。

土地征用、附作物补偿、房屋拆迁和坟墓搬迁，经过了两天三夜讨论，根据有关法律和政策，借鉴其他乡镇征地的经验，再从本乡的实际出发，最后总结出了一套具体方案：土地征用，根据国家对土地征用的补偿办法执行，以最高价计算，每亩补偿一万两千五百元。附作物补偿：是经济林木的，三厘米以上，每棵补偿十元，三厘米以下的，每棵补偿三元；其他林木，每棵补偿一元至三元不等；粮食作物，按当年稻谷价格，每亩一千两百斤折成；蔬菜地，按粮食的两倍计算。谢家两兄弟的房屋拆迁，每间按一千五百元补偿，新建时，减免国土和城建费。坟墓搬迁，提前一周进行公布，有人认的，每座坟补偿四百元，没有人认的就地推倒。

乡上把标准定好后，第四天，也就是一九九四年的十一月六日，在铁壶观村一社谢福春家里开群众会。

参加会议的有乡上的谌书记、曹乡长、管组织的王副书记、纪委余书记、吴老书记、房部长、国土所何所长、城建所杨所长、治安员小华、建筑公司吕老板、村上的林支书、王主任和一社社长以及在家的一社全体群众。

这天人来得很齐整，除了在外务工人员、学生外，在家的所有男女老少都来了。他们三个一群，五个一伙，东聚一块，西凑一堆，都在争议，争得脸红脖子粗的，有的甚至拍桌子、摔板凳还在骂人——有骂谌书记的，有骂曹乡长的，有骂乡上其他领导的，也有骂村上林支书、王主任和一社社长的——他们骂谌书记、曹乡长，全乡一万五千多人，那么多土地不征，偏偏要到他们一社来征用，铁壶观村一社老百姓该倒霉是不是？征用了他们的土地，补偿的钱再多都不稀罕，他们要土地，因为有了土地才有饭吃，没了土地靠什么生存？他们骂村上的林支书，说林支书是墙头草，风吹两边倒，没立场，人云亦云。站在政府这边，就往政府这边说，政府说好，他也就说好，政府说歹，他也跟着说不行。站在一社那边，又往一社那边说，说一社的土地不该征，一社的老百姓要吃饭，就是再多的钱都不该卖，全站在老百姓的立场上说话。他们骂王主任是走狗，是汉奸，是卖国贼，他在里面净出馊主意，整他们一社的老百姓，下届他们再也不选他当村主任了。他们骂一社社长是个软耳朵，不敢顶……在群众中闹得最起劲、最厉害就是"四大天棒"、谢福生，其次是许瘸子、罗瞎子……

许瘸子叫许世昌，已到中年，一米四五的瘦小个。他的右脚生下来就畸形，走路是跛的。他不仅脚瘸，脸也是麻的，所以人们又叫他许麻子，然而更多的时候还是叫他许瘸子。许瘸子虽然身患残疾，但极精明，头脑灵活，在他二十九岁那年，用一个烧饼哄骗了一个十五岁的外地女子为妻。那女子长相还不错，与他合得来，给他生育了两个孩子，一男一女，老大是男孩儿，老幺是女孩儿，一个在读初中，一个在读小学。他做着各种小生意，家里的副业也搞得不错，日子过得还算可以。但这个人也极爱占小便宜，心眼也坏。在做生意期间，有关他的故事不胜枚举，这里举几个例子。

一次是他做生意收摊子吃午饭，他要了三两面，刚要把面吃完时，他把预先准备好的三只死苍蝇放在碗里，赖掉了店老板一碗面钱。第一次得逞，第二次他抓了一只虫子把它弄死，放在吃完面的汤里。可那只虫子死而复生了，放在碗里还在动，没有赖脱。他抓的是一只草鞋虫（即百脚虫），草鞋虫是在潮湿的地方才能出现，店老板是在楼上开店，根本就不会有什么草鞋虫了。店老板抓住了他的把柄，并要他恢复店里的名誉。

还有一次，他与几个伙计在鹤峰做木材生意。天没亮，吃了早饭就到鹤峰的石曲子去买木材，上午买，下午就往家里扛。从石曲子到家有四十多里路。这四十多里，一半通公路，一半不通。通公路那段有时有车，有时没车，有也是一些农用车、拖拉机和三轮车之类的，那些车几乎都是运木材的。许瘸子想节约几个钱，从来舍不得掏钱出来，但他也要搭车。他搭车不是强行搭，而是使坏。他把木材放一边，车暂时没有来，约上两三个人，跑到前面去，找来石头放在公路中间，估计来往的车辆没法过了，又迅速地离开，回到原来的地方。如果是从前面过来的车辆，他们就不搬，驾驶员自己下来搬，边搬边骂："是谁做的这短命事，断子绝孙！"当驾驶员骂时，他们在暗中还嘿嘿地冷笑。如果是从后面过来的车辆，当驾驶员停下来搬石头时，他们就及时上去帮驾驶员搬，边搬着还边骂：

"是谁做的这短命事，断子绝孙！"他们帮驾驶员搬石头，驾驶员自然就让他们搭车了。常言说：久走夜路必然要遇到鬼。有一次他们正在做着同样的事，突然，一辆飞驰而来的车停在了他们跟前。驾驶员见他们找石头在阻拦公路搞破坏，二话没说，从驾驶室里拿起摇把就下去打那几个混蛋。几个人见大事不妙，放下石块撒腿就跑。那几个跑了，可许瘸子跑不了。驾驶员一手拿着摇把，一手抓住他，恶狠狠地说："信不信，老子把你另一只脚也给打断！"许瘸子跪着连连说好话，驾驶员这才放过他。

从此过后，他再也不敢用石头在公路上拦车了。这次乡政府改造场镇，征用他们一社的土地，要迁他家四座祖坟，他与"四大天棒"、谢福生狼狈为奸，沆瀣一气，认为发财的机会到了。

罗瞎子，叫罗仕通，与许瘸子年纪差不多，一个人生活。他的双眼年轻时还看得见，后来得了青光眼。他不是完全看不见，只是白天看东西模模糊糊的，就像在月亮下看东西一样。他这个人性急、顽固。如果没有人指使，没被人收买，还算可以，一旦有人挑唆那就糟了。"四大天棒"收买了他，他自然就要为他们说话，为他们卖力，加之他家也有坟要迁。

起初，"四大天棒"并没有想到要他俩出面，只是后来他们把事情搞复杂了才叫出来的。他们认为，少一个不如多一个好，这叫作"众人拾柴火焰高""韩信将兵，多多益善"！

四大天棒一时在这里，一时又在那里。他们在那里煽动、教唆……谢福生就像要上天了似的，叫嚣道："达不到我们的要求，坚决不拆迁！"许瘸子和罗瞎子也跟着起哄，他们在公众场所肆无忌惮地侮辱谌书记……

谌书记并不介意，他要看看他们要闹到什么程度，闹多久。

可是村主任王鹏再也沉不住气了，他愤怒极了，霍地站了起来，拍着桌子，大声骂道："胡南山，你真是难缠是不是？你们两个混蛋，要不要脸？谢福生、许瘸子、罗瞎子，要不要命？你们是人还是畜生？是人，就要听从管教，安心坐下来开会！是畜生，你们就给我滚出会场！这里不是你们撒野的地方！"

真是打蛇打七寸，擒贼先擒王。王主任几句粗鲁话，便把"四大天棒"、谢福生、许瘸子和罗瞎子几个给震慑住了。

会场安静下来。谌书记讲话了："今天，我们乡上几位主要领导都来了，你们村上的林支书、王主任、社长早就到了会场，这说明今天这个会很重要！你们铁壶观村一社，从中华人民共和国成立以来，政府大院、各单位的建修，占了你们不少的土地，你们为全乡人民做出了贡献，这些我们都清楚。在此，我代表全乡人民表示衷心的感谢！"

这时会场上异常的安静，他不慌不忙地讲："大家想一下，政府这个位置是固定了的，现在可不可能迁到其他地方去呢？当然是不可能的！政府建在你们村一社，是好是坏，你们自己清楚！是利多还是弊多，这些你们也清楚！征土地，建场镇，不只是我们荆子乡在搞，也不只是你们铁壶观村一社在征用，其他的地方也在征用土地建场镇、修公路！没有像你们这样吼，这样闹！看，你们有些人好凶哟，难道吼就把我们干部吓倒了？闹就闹出了结果？土地是国家的，你们只有使用权，没有所有权，哪里是你的？"

谌书记讲到这里，视线移向了"四大天棒"，严厉地批评道："有些人横行乡里，不知道天高地厚，饭吃饱了不晓得丢碗，唆使他人胡搅蛮缠，故意刁难，漫天要价，难道你们这样做就能达到目的吗？不可能！我们只能按国家的法律和政策办事！房屋的拆迁，坟墓的搬迁，在其他地方也是有例可寻的，再说，按照《国家建设征用土地条例》，给你们的补偿远远超过了国家规定的价格。"

这时谌书记把土地征用、房屋的拆迁、坟墓的搬迁，怎么征用、征用多少及价格向群众再次讲明了。最后他讲："荆子乡场镇的改造，几个村通公路，党委政府是下了决心的！我们本着实事求是的原则，尽量做到合情、合理、合法！有人暂时想不通，我们是可以理解的！但是，如果有少数人、个别群众与政府过不去，与法律过不去，故意来捣乱，想乘机来大捞一把，是决不允许的。"

谌书记的话不长，但听起来实在，绝大多数老百姓想：是呀，修场镇又不只我们乡在搞，其他乡镇也在修，也在征用土地，人家怎么办，我们就怎么办，政府不会亏待我们一社的！他们也知道，"四大天棒"等人根本就没有为大家考虑。前些年，他们在其他单位及私人修房子，勒索来的钱，并没有进社上的账，而是被他们几个私分了。他们几个捣乱，别牵涉了我们大家，其他地方征地，每亩才补偿八九千元，而谌书记给了我们每亩一万两千五百元了，没有亏待我们！谢福生家里那几间破草房，总共卖不了三百元，一间房屋给补助一千五百元，还不知足，真不识好歹！每年要不是靠政府救济，他家早就出门讨饭当叫花子了，还跟政府过不去，是啥东西哟，恩将仇报！许瘸子、罗瞎子，饭吃饱了不晓得丢碗，其他地方迁一座坟，最多两百元，给了他们四百元，双倍的价，他们还不肯放手，还在索要，真是人心不足蛇吞象！

接着，曹乡长就土地征用、附作物补偿、房屋拆迁和坟地搬迁标准作了公布。吴老书记讲了场镇建设好后各个方面的益处。村主任王鹏宣读了《荆子乡铁壶观村关于成立场镇拆迁领导小组的决定》，并将名单公布于众。

拆迁领导小组，负责房屋的拆迁、坟墓的搬迁、扫清场镇建设的障碍、协同乡政府解决有关改造场镇建设的一些疑难问题。

会议从上午的九点半，一直开到下午的两点多。"四大天棒"、谢福生等人早就离开了会场。

第十五章

　　头天在铁壶观村一社开了会，第二天，谌书记、曹乡长、王副书记和孙副乡长四位领导，以及青年干部小苏（本来是安排计生专干去的，计生专干不在家，就找他去）到了飞蛾坪村。

　　乡上几个主要领导到了飞蛾坪村，发现那个村班子出了问题。一是高支书年龄大了，见修公路压力大，尤其是要修铁潮湾桥，需要资金近二十万元，老百姓负担重，不好集资，他便辞职不干了。二是村主任熊建华的儿子，违反《四川省人口与计划生育条例》，超生了二胎。飞蛾坪村村里的干部，一个年老辞职不干，一个儿子超生。熊主任自知儿子超生是要受处罚的，所有村里的工作也懒得去料理，因此，村里一下处于瘫痪状态。根据这种情况，谌书记与党委政府几个领导商量，就是再忙，也要把飞蛾坪村的班子落实下来。

　　乡上对熊主任儿子超生处理有两种意见：一种是通过村民委员会撤销熊建华同志村主任职务；第二种意见，鉴于飞蛾坪村暂时缺干部，加之熊建华同志德、能、绩几个方面都不错，群众基础又好，现在正是用人之际，保留其村主任职务，只给他行政记过、党内严重警告处分。后一种意见，也是谌书记的意见，经过谌书记再三解释，最后大家统一了意见。

谌书记一行，到了村上，就叫高支书通知党员干部和村民代表到村委会开会。

会上，管组织的王直松同志，以荆子乡党委名义，宣布了熊建华同志的儿子违背《四川省人口与计划生育条例》给他党内严重警告处分的决定。宣布完后，曹乡长叫高书记在全体党员和干部会上读了他的辞职报告。王直松同志又以荆子乡党委的名义，宣读了荆子乡党委同意高国祥同志辞去飞蛾坪村党支部书记的意见。

王直松同志宣读完毕后，曹乡长对高支记几十年来在村上所做的工作给予了肯定，高支书对此还是满意的。接着谌书记就今天会议的第二个议程讲话："今天会议的第二个议程是从飞蛾坪村在座的党员干部中（除高书记、受处分的熊主任外）推选出支部书记候选人。经过全体党员认真讨论推选出毕娜、李森和梁秉为候选人，书记就在这三人中产生。"

三个候选人，要进行现场演讲，现场演讲的内容自己定。上午思考，下午演讲。上午很快就散会了，下午党员继续开。

谌书记他们利用上午剩下的时间，对三个候选人进行了认真地考察。谌书记他们分几组对所有在家的党员进行座谈，还走访了部分群众，三人的基本情况综合起来如下：

梁秉，四十二岁，现任三社社长，一九八九年入党，高中文化，两届支委委员，养猪专业户，家庭殷实，能说会道，组织能力较强，很有魄力。其缺点：群众基础较差，私心较严重，生产队有十多亩机动土，他承包了，六七年以来从未给队里交过承包款，群众意见很大。

李森，三十八岁，小学文化，三年党龄，生意人。别看他文化程度不高，却是一个头脑聪明的人。刚改革开放时，他曾在广元、旺苍做水泥石灰生意。做的人多了，赚不到什么钱，他又改行做起了鸡鸭生意。不久，在旺苍制造票子的东河公司认识了一个姓马的采购员，叫李森把当地的鸡鸭贩运到他们公司伙食团去，他说他们那里买的全是用饲料喂养出来的鸡鸭，肉不好吃，于是李森就连连不断地把家乡的土鸡土鸭贩运到那里赚了不少钱。哪知天有不测风云，在一次贩运过程中出了车祸。那次车祸使他失去了右耳和一只右手，所以人们习惯喊他"一把手"。李森很乐于助人，有钱时，资助了不少贫困户，口碑好。

毕娜，三十四岁，妇女主任，村委委员，是这个村唯一的一个女党员。她有三个姐妹，她是老大。飞蛾坪上，毕家养了三个美丽的女子远近闻名。大妹嫁给了一个海军团长的儿子，幺妹嫁给了一个博士。三个女子一个比一个长得出色。

毕娜在她十八岁时，由父母包办婚姻，嫁给了一个渡口人。那人，比她大十五岁。毕娜并不嫌他的年龄大，其实那个男人长相蛮好，人品也不错，但在一个夏天里，有一次与他们交谈，也许男人的脚有癣或脚气，不停地抠，他的脚既脏又臭。毕娜对这一恶习感到极度厌恶。从此以后，她便不同意这门亲事。然而，她父母同意。她得罪不起父母。

一个大雪纷飞的晚上，她与渡口工人举行了婚礼。婚礼虽然举行了，然而，毕娜死活不与他上床，后来只好解除了婚约。婚约解除后，曾给她介绍过多个对象，都不错，不是国家干部，就是教师。可是，当男方知道她曾经结过婚时，就不同意了。使她感到伤透脑筋的是，在她二十三岁那年，一家电影制片厂招演员，她也去报了名，制片厂的人在上百名女子里面把她挑选了出来。她的身材，容貌、五官、说话的声音，都令制片厂的人称赞不已。她的履历表也填了，眼看人生就要有一个巨大的转变，自己就会有一个辉煌的前景！正当她沾沾自喜时，有人告秘她说有过婚史，于是便把她给刷了下来。为这事，她还寻过短见！不过，毕娜不甘于沉默，她要同命运抗争，同世俗开战，要求积极上进。在她二十五岁那年入了党，她先后在村上担任过团支部书记、妇女主任，多次被选为乡、市人大代表。在她入党的第二年，一次在市上开会，市团委书记看上了她，后来两人结成伉俪，现在她是一个孩子的妈妈了。

下午近五点才开会。先是梁秉演讲，他说："如果这次选上了，我有能力当好这个村的支书，首先我有文化，有实干精神，能带领老百姓致富，把公路修通。"

李森演讲："我虽然没有多少文化，又是个残疾人，但我的意志很坚定，头脑灵活，能带领全村党员干部致富，特别是修通村级公路，在修路上，我愿意捐两万现金出来。"

毕娜演讲："以上讲演的是两个男同志，我是个女同志，但我并不比男同志差，如果党员同志们把我选上了，我决不辜负大家的期望。常言说：要想富，先修路，只有把路修通了，才能带领群众致富奔小康。修村道，特别是架铁潮湾桥，需要大笔资金，我保证可以争取到十多万元的资金。

演讲完了，开始正式选举。选举的结果是梁秉票数最多，毕娜次之，李森最少。梁秉票数多的主要原因是，他家族就占了五个党员。第一轮，李森落选，梁秉与毕娜竞选。第二轮选举，梁秉、毕娜平票。最后乡上裁决，确定书记由毕娜来当。

在会上，王直松同志宣读了乡上的决定。

村上的选举会开完就到晚上十二点多了。晚饭安排在一个党员家里。吃了晚饭村上几个同志就回去了，乡上谌书记他们就住宿在农户家里。第二天一早，天刚蒙蒙亮，谌书记他们就到私大寨村去了，孙副乡长因还有其他事，回乡上去了。

私大寨村是全乡五个村中行动最早的一个村，自从那次谌书记与小苏去考察后没几天，他们就开了"两委"会，会后把村社干部带到铜鼓岭七社、飞蛾坪村一社落实土地和山林。通过与两个社初步协商，要占铜鼓岭村七社土地三亩三，山林零点九亩；占飞蛾坪村一社土地二亩一，山林二亩六。飞蛾坪村一社土地山林不拿钱买，公路从他们社中部穿过，受益户多，根据乡上文件规定，不补他们土地。七社就不同了，公路从许家嘴分支，往上是到铜鼓岭的路，往下才是到私大寨村的路，要过讨口子岩、石曲子湾、红碑嘴等。这些土地都比较贫瘠，是七社最边远的地方，也没有受益户，所以，私大寨村只能买，包括山林在内，每亩七千五百元。一半以上干部都说修这条路花的成本高了。村社干部看了，又召集党员及村民代表，他们看了，也说成本太高。回去又反复讨论研究，最后还是达成了一致意见，就是成本再高也要修。

谌书记他们到了那里，村里早就在行动了，有的社在修路，有的社在丈量土地山林，村上三个同志，在七社许家嘴与七社社长讨价还价说土地和山林的事。

谌书记他们去了，村上三个同志把合同签订了正往回走。

涂支书三人见是谌书记、曹乡长和王副书记，非常高兴，问三位领导从哪里来，吃早饭没有。

"我们昨天晚上在飞蛾坪村住了一宿，今天一早过来的，还没有吃早饭。"谌书记说。

涂支书一看表，都快十点了，便对副主任说："你在近处简单安排一下生活，我与主任向谌书记、曹乡长他们汇报工作。"

副主任安排生活去了，涂支书、涂主任在田埂上向谌书记他们汇报工作。

"我们村修路异常艰巨，"涂支书说，"尽管如此，我们的决心都很大，全村六个社，已经有四个社在上路了，四社上得最早，已有二十天了，今明两天把铜鼓岭村七社的土地落实了，后天全村六个社就全上路了。"

"我们现在急需的是炸药、雷管、火线。"村主任说。

谌书记听了他俩的汇报后，很高兴，说："你们做得很好，给其他四个村带了个好头，至于炸药、雷管、火线，乡上会尽快派人买回来。"

这时涂副主任用提篮提来了几大碗面，三位领导蹲在田埂上吃了起来。饭后他们告别了村上三个同志就到铜鼓岭村去了。

到了铜鼓岭村，村上陈支书、陈主任正在七社解决问题。

陈支书、陈主任见谌书记、曹乡长等来了，都出来迎接。见面谌书记就问公路的进展情况。

"我们其他都好解决，问题出现在七社。"陈支书说，"七社有两个问题，第一，七社社长反映说，前些年修学校征用了他们十多亩土地，私大寨村修公路占了他们三亩多，现在本村修路又要占他们那么多土地，他说占可以，不过要村里拿土地来补。"

"要占他们多少土地？"谌书记问。

"大约四五亩，怎么能补呢，这一来就乱套了。"陈支书说。

"第二个问题呢？"谌书记问。

"我们村七社有个老党员，公路从他屋后过要开山打石。他说他那个地方是个风水宝地，开山打石就破了风水。开除党籍他都愿意，就是不准修公路！"陈主任说。

"岂有此理，还是个党员，这话都说得出口？"王副书记说。

"依我看，七社土地都还好说，难就难在这个党员身上。"陈支书说。

"就是开除党籍，要过的还是要过！私人利益要给集体利益让路，个人服从组织。你们给他讲明，这次五个村修公路，党委政府是下了决心的，公路规划到哪里，就要修到哪里，党员要带好头。"谌书记说。

谌书记接着就把近段时间乡里规划场镇的进展情况给陈支书、陈主任讲了。他叫管组织的王直松书记处理这件事，他与曹乡长向麻石垭村走去。

谌书记他们正待要走，村主任叫住了谌书记，说："我们一开工就要用炸药、雷管、火线，乡上什么时候才能买回来？"

谌书记认为这事很重要。在来这个村之前，私大寨村也提出要炸药。他从公文包里拿出笔和纸，给办公室写了一张条子。

　　杨主任，以政府名义给派出所开一封介绍信，请华刚拿着介绍信到派出所找任所长给荆子乡暂领两吨炸药、八百发雷管和五千米火线。运回来及时分给修公路的五个村，款一月内付清。

　　　　　　　　　　　　　　　　　谌亚荣

　　　　　　　　　　　　　　　　　×月×日

谌书记把条子写完又在落款处写上时间，便交给了小苏，叫他把条子交给杨主任。

小苏拿着谌书记写的条子去了乡上，王副书记去做那个党员的工作，谌书记、曹乡长到了麻石垭村。

谌书记、曹乡长到了麻石垭村已经是下午一点了。这个村八个社全部上了路。他们全村动员上路的时间与私大寨村前后只差两天。

谌书记、曹乡长走到朱喀斯河，几个石匠正在用钻子钢钎打一尊明代洪武年间的字库。字库建形精美，高约两米，呈圆柱形，直径一米见方，下面有一个连台，连台正中处上面有一个凹槽，里面雕琢的是孔子塑像，字库里面的孔子雕像和上面已经残缺不齐。字库前面约五米处，就是有名的朱喀斯桥，此桥建于清代。

"你们知不知道这是文物？"谌书记问。

"村上修路，蒲书记叫我们打的。"其中一人说。

正说着蒲支书和几个村民从一个农户家里走了出来。

"哎呀，是谌书记、曹乡长呀！"蒲支书见是谌书记、曹乡长高兴地招呼道。

几个石匠见蒲支书来了，停下手中的活儿。

"是你们村里叫他们毁的字库？"谌书记严肃地问蒲支书。

"这里要通公路。"蒲支书说。

"文物不能再生，"谌书记说，"我们应该千方百计加以保护，而不应该毁掉它！"

听说是文物，蒲支书叫石匠们赶快停下来。

"这里不能过，那我们只好改道了。"蒲支书知道毁坏文物不对，没有要谌书记、曹乡长怎么说也就明白了。他对一个石匠说，"你去叫一下黄主任，就说谌书记、曹乡长来了。"

石匠放下钻子就去了。

蒲支书把谌书记、曹乡长带到桥上的一棵大麻柳树下汇报工作。

"我们村老百姓修路的积极性很高，"他说，"全村九个社，全部上了路，从荆子场到麻石垭村，要过两个村的土地，一是铁壶观村一社的叉八田，大约半亩地，烽火台村一社二亩三，三社三亩二。我们初步与烽火台村两个社协商了一下，每亩一万元，谌书记、曹乡长，你们去做做工作，看是不是再少点？铁壶观村一社我们还没有去谈。"

"一社你们就用不着去谈了，乡上统一征用，按三个受益村人口平摊。"谌书记说。

蒲支书听了很高兴，他也知道牵涉到一社土地问题不好办。

这时黄主任来了。

黄主任向谌书记、曹乡长打了招呼，就坐了下来，对谌书记、曹乡长说："二位领导，我们急需要炸药、雷管、火线。"

"我们已经派人去领了。"曹乡长说。

谌书记、曹乡长商量，既然来了，那就请烽火台村的干部和他们一社、二社的社长，另两个社找三到五名代表来，把土地落实了。于是谌书记就给烽火台村支书写了一个条子，叫蒲支书找个人送到那里去。

蒲支书找人把条子送走后，带着二位领导去吃午饭。

第十六章

青年干事苏干，把谌书记写的条子交给了办公室杨主任。杨主任知道事情的重要性，及时以政府的名义写了一封介绍信找到治安员华刚。华刚不敢怠慢，当天下午在养路队找了一辆农用车，把两吨炸药、八百发雷管和五千米火线运了回来，卸在乡政府对面挨近礼堂的一间小屋里，为了保险起见，还加了双锁。

第二天早上，华刚起来洗漱完毕，吃了早饭，准备把昨天下午运回来的炸药、雷管、火线分到修公路的几个村。当他走到放炸药的门前时，大吃一惊：不好了，门上的锁被撬了，门半掩着。华刚蹑手蹑脚地走进屋里，只见里面一片狼藉。他一点数：炸药少了五箱，一箱是五十斤，即二百五十斤。雷管少了四盒，一盒五十颗，即二百颗。火线少了一圈，即一百米。华刚带着惶恐不安的心情离开了出事地点，将情况汇报给了杨主任，杨主任又将情况汇报给了派出所。华刚急得就像热锅上的蚂蚁，气喘吁吁地跑去找谌书记。

谌书记、曹乡长昨天下午在朱喀斯河一个农户家落实麻石垭村征用烽火台村一社和三社土地的事。经过一下午和一个晚上的协商，一社和三社的土地，以每亩七千八百元的价格卖给了麻石垭村。款分三年付清，第一年，付百分之六十，后两年，各付百分之二十。谌书记、曹乡长接连熬了两个晚上，非常疲倦，一散会，叫那家主人烧了点热水，洗了脚就睡下了。

华刚去时，听那家主人说，两位领导刚睡下不久，急得在院坝里走来走去，实在等不下去了，才去叫醒两位领导。

小华把失窃的事告诉了两位领导。

谌书记听了，大惊失色，对曹乡长说："这事非同小可！"

"报派出所了吗？"曹乡长问。

"杨主任已经报了。"华刚说。

"走，马上回乡上！"谌书记说着，穿起衣服就往外走。

"早饭已经做好了，你们吃了饭走吧！"主人家说。

"乡上出事了，来不及吃饭！"谌书记边说边与华刚走出了院坝。

曹乡长紧跟其后。

谌书记、曹乡长回到乡上，乡上所有的人都感到事情的严重性。

大约两个多小时，千佛派出所任所长带着三个民警也一起来到荆子乡。

谌书记、曹乡长和任所长及三个民警握了手，谌书记对任所长说："感谢任所长上次对我乡马桑坪村盗牛案件的成功破获，以及对邪教组织的严厉打击！"

"这是我们应尽的职责！"任所长说。

"这次乡上炸药、雷管、火线被盗，又要麻烦您了。"曹乡长说。

"炸药、雷管、火线被盗，非同小可，这可是件大案呀！"任所长语气凝重地说。

"是呀，"谌书记说，"案子暂不向上报，我们乡干部配合你们派出所，全力以赴来破案！"

谌书记、曹乡长与任所长研究破案方案。人分三组，每组四到六人。一组由任所长负责，一组由谌书记负责，一组由曹乡长负责，每组有一位民警。三个组，一个组安排在乡场上，对所有来往行人及可疑人进行盘查，另两个组安排到各个村，把全乡村社干部也组织起来，布下天罗地网，对过往行人及可疑人进行盘查。任所长一组安排在场上，谌书记、曹乡长负责的小组安排在村上，两位领导又大致分了一下，各负责几个村。

第一天，什么线索也没有。第二天，还是没有线索。第三天，仍然没有线索。第四天，铁壶观村三社一个村民到村上反映说，他们队里鸮娃子前几天回来了。

王鹏主任听到这个消息，及时把情况向任所长汇报了。于是任所长等人立即赶到了鸮娃子家。

鸮娃子姓冯，叫冯鸮，是一个刚满十七岁的少年。他父亲是一个老实巴交的农民，母亲智力有智障，半身不遂。

鸮娃子人小就不本分，六岁时，就在学校里偷同学们的笔墨纸砚。同学发觉了找他要，他还打人，学生找老师，老师批评他，他就在地上打起滚来耍横，多次这样，老师只好叫他退学。读了还不到两年书，他就辍学了。回到家里，把家里的粮食偷出去用来买玩具，家里人打他，他跑到外面不回来，没吃的，就偷别人家的东西卖了买吃的。别人找到家里来，他父亲就打他。偷别人家的东西几乎成了家常便饭。初期只是偷东西，后来就撬门拗锁。最使人气愤的，一次乡电影队在他们社里放电影，社长请了几个人把电影机背回来放在一个农户家里，将门锁上。本来说的是当天晚上就放电影，可当天晚上又下了雨，只好等天晴。接连下了三天雨，第四天才放晴。可是，当晚电影队的人吃了晚饭准备去放电影时，发现锁被撬了，放在屋里的三个片子不见了，此时远处近处来看电影的上千人，正等着。放电影的人问主人家，主人家说，他也不知道。没有了片子，放电影的只好通知大家回去。那些看电影的，气愤不已，骂骂咧咧，极不情愿，但又无可奈何地离开了场地。放电影的人想：偷片子绝不是大人干的事，肯定是小孩儿搞的恶作剧。放电影的人这么一说，社长突然就想起鹑娃子，于是他们连夜去找。人找到了，初期他不承认，他们连哄带唬，他才承认，三个片子是他偷的，说藏在山上一个石洞里。

社长和放电影的人叫他带路。他们走了半个多小时才走到那里，可是三个片子已经散落了一地，有的甚至还断了。社长问："你是怎么偷那片子的？为啥要偷？它既不能拿去卖钱，又不能拿去吃。"

"电影放在我们社里的那天晚上，"鹑孩子说，"初期下雨，后来就没有下了，等那家人睡下后，我拿着从别人那里偷来的手电筒，用老虎钳拗开了门上的锁进去偷的。至于为什么要偷片子，我就是想看看那些人是怎么装进去的。"

真是让人听了哭笑不得。

过后，他们就把鹑娃子交给了治安室。治安室的工作人员把他狠狠地打了一顿就放了。

还有一次，他们队里有一家娶媳妇，闹房时一群小孩儿向新娘子要糖吃，新娘子知道鹑娃子有小偷小摸的坏毛病，给别的孩子取了，就没有给他。鹑娃子怀恨在心，转回身，藏在屋后面，等客人散去，都入睡后，找来一个蛇皮袋，又找来一根长绳，在新郎家的牛棚里装了一堆牛屎。他很会爬树，把绳子的一头系在蛇皮袋上，一头系在身上，从一棵杏树上爬到房上，提着那堆牛屎，吃力而又轻手轻脚地来到新娘的房上，然后把瓦揭开。新郎新娘没有灭灯，还在床上的蚊帐里卿卿我我。鸮娃子心想：你们两个好安逸哟！我给你俩灌点酒，另外再给送点红糖！于是脱下裤子，就往下面的蚊帐里撒尿。撒了尿，又将蛇皮袋里的牛屎倒了下去，然后嘻嘻地笑着离开。

新郎新娘见蚊帐上面在滴水，还以为是房上在漏雨。新郎翻身起床，用新娘陪嫁的洋瓷盆子来接。新娘为避天上的雨水，缩在床的一角。新郎刚把盆子拿来，就没有雨了。新郎新娘还不知道为什么。突然，一坨黑不溜秋的东西落在了蚊帐上，在床角的新娘"啊"的一声尖叫，支撑蚊帐的杆杆被落下来的东西打断了，新娘被裹在了蚊帐里。此时的新郎还没有上床，见从上面落下来个东西，也吓了一跳，抬头看，天上有个洞，再看落下来的东西——是牛屎。新郎意识到了：有人故意捣鬼！心想：是谁跟我过不去呢？新郎急忙将蚊帐取了，连蚊帐带牛屎一起提了出去。新郎叫醒了父母，父母见了也非常气愤，说非要把这个人找出来不可！他们一家人想来想去，都没有想到是鸮娃子。可是第二天一早，鸮娃子去看新郎新娘的笑话，被新郎的父亲逮了个正着，一问，鸮娃子就像竹筒倒豆子似的说了出来。问他为什么要这样做，他说，谁叫新娘不给他糖吃。新郎的父亲把他打得喊爹叫娘，皮开肉绽，他哀求说，以后再也不敢了！

鸮娃子是越打越不怕，越打越造孽，伤还未好，又去偷别人的东西，人家找到他家里来，家里没什么东西可抵，把一头架子猪牵走了。其父气不过，又把他打了个半死。这一年他十二岁。

这一次痛打管了用，鹞娃子半年没有犯事。半年后，他对父亲说："爹，我要改邪归正，重新做人，打算出门去学个手艺。"

他父亲听到这话，高兴极了，夸奖他说："我幺儿现在懂事了，要去学艺，自谋生路了。"

临走时东凑西借给他准备了二百五十元钱。老实的父亲，也没有问他学什么艺、跟谁学。

鹞娃子拿着那钱，买了三斤张飞牛肉，两瓶沱牌酒，一只卤鸭，一只烧鸡，两封酥饼去拜访王贼娃子。

王贼娃子何许人呢？王贼娃子叫王天笑，提起他来，如雷贯耳，使人毛骨悚然！王天笑是望垭镇三宝山王家大石坝人，从小父母双亡，与一个姐姐相依为命，十一岁时，由亲戚介绍到仪陇老木乡张家山给一个姓马的当了抱儿子，同年，年满十七岁的姐姐也出嫁了。马家夫妇没有生育，不会待人，稍有不顺，就拿孩子出气，他在马家经常挨打受骂，十一二岁的他把家里的所有活儿都做了，即使是这样还经常遭到指责。王天笑去的第二年，正赶上困难时期吃了上顿愁下顿，大人只顾自己，就不顾孩子。二三月间，孩子肚子饿了，没吃的，就出去剜生产队的苕母子，青黄不接时，就扯生产队的嫩豌豆在坡上用柴火烧着吃。社员发觉了就报给干部。王天笑毕竟还小，干部就找大人，大人二话不说，逮着就是一顿毒打。他被打怕了，就不敢回去，长期躲藏在坡上。有一次，食堂里十多斤灰面不见了，管理员怀疑是他偷的，就报告队长。队长把这事向大队里汇报了。大队民兵连长带着民兵，组织全队人去搜山，把他逮住后，屈打成招。王天笑想着气不过，一天晚上，在夜深人静后一把火把食堂烧了个精光。烧了食堂，他连夜跑回了他姐姐家。生产队长怀疑是王天笑烧的，便把他从他姐姐家里找出来，直接交给了仪陇县公安局，被劳教四年。

四年后回来，他已长成了一个大小伙子。王天笑户籍在张家山，可是张家山又不接收他，想回三宝山，又回不去，无奈，他的户口就只好放在了老木公社里。张家山不要他，老家又回不去，他成了上不沾天，下不落地的人。王天笑很愤怒，心想：你们搞得我无家可归，我也叫你们过不上安宁日子！王天笑白天在山上的山洞里，晚上就出去偷，他不偷别的地方，专偷张家山。起初偷干部的，后来就偷老百姓的。他住所不定，一时在这儿，一时在那儿。张家山被偷得差不多了，又回三宝山。张家山和三宝山的社员家里几乎每户都遭过偷。干部家被偷的次数最多，有一家被偷过六次。任凭那个把他屈打成招的民兵连长，一想起王天笑，身上就起鸡皮疙瘩！于是，张家山的干部群众和三宝山的干部群众联名写信将他告到地区，地区配合当地民兵才把他逮着的，这一下判了七年。七年刑满后回来了。这次不像上次，把户口悬起，而是任凭他自愿。王天笑想回老家三宝山，就把他的户口落在了三宝山。王天笑回来并不收手，仍然操起了旧业，不过，他不偷近处的，也不偷张家山的，而是偷十里以外的。王天笑比以前更凶了，身轻如燕，飞檐走壁。以前，他只是偷吃的、穿的，自从坐牢回来以后，原来那些东西他看不起了，只偷钱、金银财宝和最值钱的东西。

离他家三十里的地方有个桂华油田，石油公司在那里钻石油，在一次赶场中，不经意间听几个人说，钻井队钻石油机器上的那个钻头是用合金钢制成的，非常值钱。王天笑听了暗自欢喜，一周后他真的就去偷了。钻井队像那样的钻头有三个，一个在用，一个坏了，另一个还是新的，他把新的偷走了。

钻井队钻头被盗了那还得了，队长及时把钻头被盗情况向总公司汇报了，总公司向省公安厅报了案。省公安厅派出了由十多名精干警察组成办案组下来破案。案子很快就破了，王天笑偷钻头，因数额巨大，判刑十七年。从监狱里出来，王天笑已经是六十多岁的老人了，身体大不如前，双腿患有风湿病，还伴随着哮喘等疾病。原来大队改为村，生产队改为组或社。社上把他列入五保户对象，叫他到敬老院，他不愿去。他姐姐看不过去，让跟她住，王天笑也不去。敬老院不去，姐姐那里也不去，只好找乡上。乡上民政所拿出了一部分钱，村上又拿了点，给他修了两间土木结构的瓦屋。他的风湿和哮喘不严重，腿还能走路，但不方便，哮喘只是冬里不好过。为解决生计，他在坡上扯蓑草，编背系、绳索，种植土烟拿到场上去卖，有时他姐姐也资助一些，生活勉强过得下去。

一天下午，王天笑吃力地赶场回到家，一个十一二岁的少年，提着两瓶酒，怀里抱着牛肉、卤鸭、烧鸡、酥饼，一下就跪在他面前可怜巴巴地说："王爷爷，我姓冯，叫冯鸮，单说这'鸮'字，号召的'号'字右边加一个'鸟'字，俗名叫猫头鹰。我是个孤儿，今天我特意孝敬您老人家来了！"

王天笑被搞得丈二和尚摸不着头脑，连忙去扶他。

鸮娃子起来了。

"小孩儿，"王天笑说，"我跟你一不沾亲，二不挂故，无德无能，是个糟老头子，又疾病缠身，你孝敬我干什么？"他嘴上这么说，心里早犯着嘀咕：很久没有吃到这么好的酒菜了！他把鹞娃子上下看了看，问，"小孩儿，你直说，究竟找我有什么事？"

鹞娃子被问急了就直说："跟您学艺！"

鹞娃子说着，将酒菜放在桌子上，把其中的一瓶酒弄开瓶盖，撕下烧鸡的一只腿，虔诚而恭敬地递到他面前，说："师傅，请您老人家享用吧！"

王天笑闻着那酒香味和肉香味，早就垂涎欲滴，肚子咕咕叫了。二话没说他立马拿过冯鹞手上的酒和烧鸡，美滋滋地吃喝了起来，边吃边问："你要跟我学什么艺？"

鹞娃子想说明，但又怕他拒绝，只好说："现在不跟您说，过后慢慢说。"

那天晚上，鹞娃子就在王天笑那里住下了。鹞娃子烧水给王天笑洗澡，并给他捶背、揉肩、点烟、倒茶，把王天笑伺候得舒舒服服。

一周过后他才说出他要学什么艺。

吃了人家嘴软，王天笑不得不答应。

鹞娃子清早起来得早，就去做饭。吃了饭，王天笑赶场，鹞娃子也跟上，王天笑卖东西，鹞娃子帮他招揽生意。白天赶场，下午收摊时一人吃上二两面，晚上回去再做饭吃，小的烧锅，老的转灶。饭后，小的给他洗脚、擦身、捶背、揉肩等。这些毕了，王天笑就教他飞檐走壁的偷盗术，一直教到深夜。下雨天没法赶场，也在家里教。

艺学得差不多了，两年过后，鹞娃子离开了。倒霉的是，在偷一家金店时，失手了，被公安局抓去劳教三年。在少管所他不服管教，一次趁人少时，他打伤了两个管教干部逃走了。

逃出来后，鸮娃子东躲西藏，半年后逃回了家。他是半夜回去的。那天晚上大月亮，似白天。鸮娃子走到快到家时，他们社里有个人，在朋友家打牌半夜回家。前面两条路，一条是大路，一条是小路，小路通向鸮娃子家。鸮娃子刚下小路，那人就来了。鸮娃子被他看了个清清楚楚，虽然两三年不见，但他的身材、头部、脸蛋还是认得的。不过，鸮娃子却没有发现他。

鸮娃子的父亲和哥哥外出打工去了，只有母亲一人在家。母亲虽然智力有智障，但母爱本能，任何东西都代替不了，她抱着儿子痛哭不已。见儿子长高了，问他这几年在哪里？他说他这几年在外面流浪，现在犯了事，公安局正在抓他，他要在家里躲一段时间。他说，他肚子饿。母亲连忙下厨，给儿子煎了半碗腊肉，下了一大碗面，打了五个鸡蛋。鸮娃子吃得接连打了几个饱嗝，随后就睡下了。

鸮娃子怕被别人发现，晚上在里屋睡，白天就藏在窖坑里。有一天下午，他出来解手，听到乡治安员华刚喊卸货。

鸮娃子家离场不远，他们队里有五六个少年经常给粮店装车，给农技站卸化肥、农药、种子等货物。其中一人问华刚："运的什么东西？"

"是炸药、雷管、火线。"华刚说。

"有几吨？需要几人？"

"两吨多，来两三人就行了。"

听说是炸药、雷管、火线，鸮娃子内心抑制不住地兴奋。

任所长听说鸮娃子回来了，顿时心里就警觉起来。据上级公安部门通报：上月鸮娃子在少管所里打伤两个警察后逃跑了，正在被通缉，莫非炸药就是他偷的？

任所长到办公室，把鸮娃子的情况向杨主任介绍后，说："杨主任，通知谌书记、曹乡长马上回来。"

说毕就带着乡干部及时赶到了鸮娃子的家。

任所长一行人等除了他有枪外，其余都是赤手空拳，他叫他们每个人手里都拿根棍棒，到了鸮娃子家里先不要惊动他，等谌书记、曹乡长回来再行动。任所长提着手枪，乡干部手里拿着棍棒，跑到鸮娃子家门口把所有的要道都封了。四十多分钟后，谌书记、曹乡长、民警及乡干部，汗流浃背，气喘吁吁，匆匆地赶了过来。

任所长、谌书记、曹乡长等人商量着抓捕鸮娃子的方案。想打听鸮娃子究竟在没在家，先派他们社社长以收电费为由去探虚实。

鸮娃子与他母亲还不知道他家房子周围已被任所长和乡干部围住了。

社长提着一个帆布包包，装着去他家收电费的样子，说："他们家上月电费没交。"

"上月我们家是交了的。"鸮母说。

"交了的？那你把交费的票拿出来我看看。"社长说。

鸮母进屋去拿票，神色有些紧张。

她把票交给社长看。

社长接过票看了看，问："你大儿子最近给你寄钱回来没有？"

"没有。"

"你家老幺有没有消息？"

当问到老幺时，鸮母异常紧张，说话支支吾吾，前言不搭后语。社长见她那样就没有再问，随后出来了。

他们确定鸮娃子在家里后，任所长对屋里开始发话："冯鸮你听着，我是千佛派出所所长任小虎，你现在已被我所公安干警和乡干部团团包围，你老老实实地出来，不要耍花招，更不要顽抗！耍花招是没用的，顽抗是没有好下场的，你要争取得到宽大处理！"

任所长洪亮而威严的声音震慑着鸹娃子。她母亲听了后哭了起来。任所长接连又向屋里喊了几次话。

屋里只有鸹娃子母亲的哭声，他仍然没有出来。见鸹娃子没有出来，任所长带着三个民警，荷枪实弹轻手轻脚悄悄地朝屋里走去。说时迟那时快，鸹娃子就像武打片中那些武林高手，飞一样地从任所长他们肩上走过。鸹娃子刚一过，任所长便向他开了三枪，可是并没打着他。只见鸹娃子箭一般，从屋里蹿到了院坝边。院坝下面是一个四五丈多高的陡坎，下面是一块桑园，桑园正修着枝，那些桑桩就像一排排竖起的利剑。鸹娃子往下跳时，并不知道桑园是剪了枝的，跳下去正好落在了一株手腕粗锋利的树桩上。树桩从鸹娃子的一条大胯穿过，瞬间血流如注，他用尽全身力量，把腿从树桩上拔了出来，继续跑，一路跑，一路是血，跑了两公里多路，再也跑不动了。四面八方跑来的人群把他围住。他因流血过多休克了。

任所长赶到，见他流血过多，怕有生命危险，立马脱下衣服，把衣服撕成条子，将伤口死死包扎住，叫人送进乡卫生院，并派两个民警监护，这才给公安局打电话，并将冯鸹抓捕情况报告给了上面。接着就与谌书记、曹乡长以及所有乡干部到鸹娃子家里搜炸药、雷管、火线。可是他们把鸹娃子家里翻了一个底朝天都没有找着。

谌书记、曹乡长和任所长很是纳闷：难道说炸药、雷管、火线不是他偷的？

医院传来鸹娃子病危的信息，需要马上输血。任所长听了后，非常着急，要求医院想方设法救活他。听说要输血，谌书记把所有乡干部都叫去医院配血型，包括他在内。血输了，第二天凌晨三点他才苏醒过来。鸮娃子见这么多人来救他，也许他的良心发现了，便把偷炸药、雷管、火线的事向任所长他们说了。

鸮娃子说，他打伤了劳教人员逃回来的第八天，那天下午，他从窑坑里出来解手，听到治安室华刚叫他们队里几个小伙子卸货，他们问运的是什么货物，华刚说是炸药、雷管、火线。听说运的是炸药、雷管、火线，他心里就在打主意了：好呀，偷一些出来，今后可以用来干大事，于是就盘算着如何去偷。后半夜，他拿着家里的手电筒，带上老虎钳、钢锯和他父亲打石头用的一个长钻子就到了场上。没用多少工夫就找到了炸药、雷管、火线存放的地点。门上了两把锁，原以为要费很大的力气才能弄开锁，没有想到他用钻子轻轻地把门扣子一拗就断了。他背了五箱炸药、四盒雷管、一圈火线。他把那些东西分三次搬到礼堂上面，又从礼堂分六次运到石岗嘴坡上背静处没人去过的一个小山洞里。

等鸮娃子说完后，任所长组织人员到坡上找到了那个小山洞，取出了东西，一点数，一件不少。

经过四天四夜的追查，丢失的炸药、雷管、火线终于找出来了，这时压在大家心里的石头终于落了下来。

第五天，来了四个警察把还在吊盐水的鸮娃子带走了。早已等在医院外面的鸮娃子母亲，见警车把二子带走了，撕心裂肺地追着警车哭。

谌书记叫华刚把炸药、雷管、火线及时分发到五个村去，并要求各村拿回去，以此为教训，找专人管理起来，发放都要登记。这件事后，乡上除了办公室杨主任外，所有人都放了三天假。吴老书记说，他没有熬夜，愿与杨主任一道留在乡上值班。谌书记回家后，整整睡了两天。

第十七章

　　就在谌书记回去的第三天早上，政府院里闹哄哄地挤满了人。吴老书记起来一看，原来是铁壶观村一社的社员，为首的是"四大天棒"、谢福生、许瘸子和罗瞎子，还有这个社的部分群众。他们说，要找谌书记、曹乡长。吴老书记就问他们什么事？归纳起来有这么三层意思：一是乡上征用他们土地价低了，究竟是怎么算的，他们要个正式文件，或有个依据什么的。二是"四大天棒"怂恿谢福生、许瘸子和罗瞎子说，房屋拆迁、坟墓搬迁，达不到他们的要求，坚决不同意，扬言说乡上如果不按他们的要求办，他们就要跟谌书记没完没了！三是代表们要求，土地征用、附作物补偿、拆迁房屋和搬迁坟墓，一律要现金，不准打白条子。

　　"谌书记、曹乡长都没有在乡上，你们回去，我一定把你们所反映的情况如实地转告。"吴老书记说。

　　这些人见谌书记、曹乡长没有在乡政府，知道也是白找，解决不了问题，于是，叽叽咕咕、骂骂咧咧地走了。

　　第二天，吴老书记托人给谌书记带了信。他把"四大天棒"、谢福生、许瘸子和罗瞎子煽动一些群众聚集乡政府闹事的经过，向谌书记做了汇报。

谌书记与曹乡长找到王主任，经三人商量，决定在一社社长家里开个党员代表会，同时把在老百姓中有威望的群众通知五至七人。他们在社长家里，双方经过一天一夜反复讨价还价，最后终于达成了协议。协议内容：土地征用，每亩增加了一千元，原来每亩一万二千五百元，现在增加到一万三千五百元；附作物补偿，原来是什么价，现在还是什么价；房屋每间增加了两百元，原来每间补偿一千五百元，现在增加到一千七百元；坟墓搬迁每座增加了一百元，原来是四百元，现在每座增加到五百元。甲方要求全部兑现，乙方因一时拿不出那么多现金，只是对附作物补偿、房屋拆迁和坟墓搬迁兑现。土地征用暂不拿现金支付，但可以抵缴每年的农业税和提留款。

这件事处理好后，谌书记去了财政所。

财政所所长不在，只有出纳在家里。出纳叫冯其贵，是一个不到三十岁的年轻人。

冯出纳见是谌书记，连忙十分恭敬地给谌书记递烟倒茶。

谌书记说明他的来意。冯出纳说，他们所长进城开会去了。

谌书记很着急，经过核算，附作物补偿——青苗、经济林木、房屋拆迁和坟墓搬迁，几样加起来，总共需要五万多元。

"谌书记，不瞒您说，财政账上几年都是赤字，现账上只有五万元的周转金。不过，那些手续全在所长那里，他走时是打了招呼的，没有他签字，任何人不能取！"冯出纳为难地说。

"我们现在急需五万元，请你马上跟他联系！"谌书记命令似的说。

"我也不知道他在哪里，怎么联系得上呢？"冯出纳可怜而又无可奈何地说。

谌书记见他拨不了款，又叫他到信用社去贷款五万元。冯出纳说，他来这个乡还不到半年，信用社、基金会的人都不熟悉，款也贷不来。谌书记无奈，只好把自己家两万五千元的存折押在信用社，好话说了不少才贷了五万元。

下午，以王主任为首组成的拆迁小组，第一个到的就是谢福春家。

没做多少思想工作谢福春就想通了。他家的家具，暂时搬到另外一家，由乡上支付房租费。谢福春家一拆，他五间屋的补偿金八千五百元，当场就兑了现。

接着拆迁小组又去了谢福生家。王主任说了很多好话，他就是不拆，口里还不干不净地骂谌书记。妻子邱玉兰也拿他没有办法。许瘸子不知什么时候窜到他家来的，也不知道在哪里喝了酒，手里拿了一根钢钎，死灰色的脸上布满青筋，满嘴的酒气味，在院坝里走来走去，胡乱说着。半天才听清楚，他说：一座坟，谌书记不给两千元，他是不会迁的！"四大天棒"煽动了一些不明真相的群众也来了，说征地、青苗补偿不拿现金，他们坚决不松口！土地原先那个价，也可以考虑，不过要现金。

王主任及时到乡上把情况向谌书记做了汇报。

谌书记大发脾气，说他们简直是无法无天！

过后，谌书记便冷静下来，对王主任说："不能操之过急，要多想想办法！"

王主任点了点头。

王主任到了一社，找来了几个代表。由于"四大天棒"从中作梗，代表根本就不起作用。

王主任是个急性子，早就看不惯这几个村民的横行霸道。他先把"四大天棒"、许瘸子和罗瞎子哄走，然后一把将谢福生死死地抱住，叫拆迁小组迅速动手。大家蜂拥而至，拆迁小组的十多个人，拆房子的拆房子，搬东西的搬东西，只要了个把小时，就把房子拆了。谢福生本来个头就小，被五大三粗的王主任拦腰抱住，无论如何也无法挣脱，直到拆迁小组的人把房子拆完了才将他放开，最后叫他到乡上统一安排的房子住，这才算解决了。

王主任把这块顽石搬掉了，又去收拾许瘸子。

许瘸子、罗瞎子见势不妙，转头就跑。跑到祖宗的坟地里，许瘸子手里拿着钢钎，罗瞎子手里握着十字镐，两人不停地叫骂着。

王主任说要找他说几句话，许瘸子不知是计，信以为真，放下了手中的钢钎。王主任像抱谢福生那样一下将他抱住然后像提只鸡似的，轻轻巧巧就把他抱到离坟很远的田埂上，拽着不要他到坟地去。罗瞎子手里拿着十字镐，在一旁干着急。

拆迁小组按照农村的风俗习惯，请来了风水先生。迁坟时，放了鞭炮。罗瞎子的坟在前面，自然先迁他家的坟,后才迁许瘸子家的。

除了许瘸子、罗瞎子家族的坟以外，另九座有人认下后，他们自己进行了迁坟。剩余的近十座没人认，拆迁小组将其捣毁了。

搬掉了谢福生这块顽石，又拔掉了许瘸子和罗瞎子这两颗钉子。"四大天棒"，眼睁睁地看着他们支撑的门户倒了，心里怪不是滋味儿。人们三个一群，五个一堆地在那里指手画脚，交头接耳，窃窃私语……

　　对于王主任拆迁小组的做法，谌书记不说他们做得对，也没有说他们做得错。然而，乡上其他领导却为谌书记捏了一把汗！

　　当天晚上，谌书记几乎又是一夜未眠。

第十八章

天刚亮，曹乡长起来上厕所，看到谌书记门外有一件用报纸包着的四四方方的东西，里面还套着一根约一米五长的火线，曹乡长突然警觉起来了，这是有人故意在谌书记门前放了炸药包。

"谌书记，快开门呀，有人在你的门口放炸药包了！"曹乡长大声地喊着。

昨天王主任惹怒了谢福生、许瘸子和罗瞎子，谌书记想"四大天棒"不可能就此罢休。拆迁房屋、搬迁坟墓的事搅得他彻夜难眠，直到凌晨四点多才入睡，所以他今天早上没有醒来。要是在以往，天刚蒙蒙亮他就起床了。

谌书记突然从梦中醒来，睁开眼一看，天已大亮！又听曹乡长大声喊，他一下子坐起来，连衣服都没有穿，只穿了条内裤就去开门了，问："出了什么事啊，曹乡长？"

"你看，有人在你的门口放炸药包了！"曹乡长说。

随着曹乡长的喊叫，在家的所有乡干部都跑来了。

谌书记回屋去穿好衣服出来一看，确实是炸药包，便想到昨天下午，拆了谢福生的房子，搬迁了许瘸子、罗瞎子家的祖坟，他们报复来了。见火线好好的，没点着，便小心翼翼地把报纸打开，里面是炸药，约有两公斤重！不过，炸药里没有雷管，引线是直接插在炸药里的。不言而喻了，放炸药的人，不是安心来搞破坏的，只不过是想吓唬吓唬做做样子罢了。

"谌书记，我们要不要找派出所？"管政法的余书记问。

"报案，必须报案，这些人也太无法无天了，竟敢威胁政府来了，与政府做起对来！"吴老书记愤愤地说。

"肯定是'四大天棒'指使谢福生、许瘸子和罗瞎子他们干的！"其中一个乡干部说。

"先把他们抓起来！"杨主任说。

……

"大家冷静，把炸药包放到治安室去，暂不报案，这是他们虚张声势，来吓唬我的，不要理他们，我们该干什么，还干什么，看他们下一步还耍什么花招！"谌书记安慰大家说。

说罢，谌书记叫大家离开，暂时保密，该干什么，还是干什么。他再三叮嘱乡干部，荆子乡场镇的改造，要争取绝大多数村民的支持。稳定是大局，尽量做好"四大天棒"、谢福生、许瘸子、罗瞎子等人的工作。如果他们想吓唬吓唬，倒也罢了，但是如果他们一而再、再而三地捣乱破坏，那么就要上报公安部门，严厉、狠狠地打击他们的嚣张气焰！

谌书记虽然是在安慰大家，然而，他的心里还是觉得不安！

伙食团的钟响了，他到了伙食团。涂师傅把饭端上桌，他想起了什么似的，又离开了伙食团。

他刚要上楼梯时，只见妻子张丽凤带着两个女儿跑来说，她今天一早起来到园子里去摘小菜，发现坟地里有许多新土，走近一看，大吃一惊：谌家的祖坟被人挖了，棺材被人打开，还露出了白骨。

张丽凤急忙回去告诉了两位老人。

二位老人听说有人挖了他家的祖坟，悲痛不已！

谌书记听了妻子的哭述，马上和妻子带着两个女儿及时赶回了家。

谌书记没有回家直接来到了坟上。只见耄耋之年的老父亲，战战兢兢地站在被挖了的尸骨旁边伤心地哭泣着。

谌书记见他这样，也流下眼泪来，于是便走到父亲跟前，轻轻地把老人扶起，安慰他说："爹，事已至此，您别太伤心了，快起来，别着凉了！"

"儿啊，我家做了啥子对不起人家的事，要这样来报复！"谌父声音嘶哑着说。

"我家没有做对不起别人的事，这事我们会查清楚的！"谌书记说。

谌书记把老人扶进了屋。

正在这时，曹乡长、吴老书记、王副书记、房部长、孙副乡长、治安室的华刚等人也都来了。

他们到坟山里去看了，都愤愤不平！

他们一边安慰着谌书记的家里人，一边拍照取证。然后找人将谌书记祖父的尸骨又重新装进了棺材里，掩上土，垒好坟堆，放了一阵鞭炮，就离开了坟地。

曹乡长等人再次去安慰谌父。当曹乡长走到谌书记院坝里时，谌书记的父亲从屋里出来，老泪横流地说："曹乡长，您要为我这一家做主啊，我儿谌亚荣，自当干部以来，从未做过亏心事，他是什么人，我当老子的最清楚。不知是哪个丧尽天良、挨千刀的把我家的祖坟挖了，曹乡长，您千万要为我家做主呀！"

他一哭不要紧，一家老小都哭了起来。就连来安慰他们一家的曹乡长、吴老书记、王副书记等人也都流了泪。

曹乡长把他扶起来说："我们一定会为您做主。那些人为了他们的利益，阻止我们的工作，与谌书记过不去！不，是与我们党委政府过不去，才这么干的！我们决不让这些人的阴谋得逞！我们也决不放过搞破坏的人！"

曹乡长和乡上几位，把谌父扶进屋里，让他坐下，又说了许多安慰的话，谌父这才安静了下来。

见父亲情绪稳定下来了，谌书记这才把乡上几位叫到另一间屋里。

这是一间比较大的卧室，谌书记夫妇就住在这间屋子里。里面搭了一张简易的席梦思床，床上的被子、枕头叠得整整齐齐的。左边是两排高组合家具，挨近门窗是一排矮组合家具。虽然屋子里安了那么多家具，然而，由于屋子面积大，里面仍然很宽敞。整个屋子收拾得很整洁，给人一种极舒适的感觉。

这时张丽凤给曹乡长和乡上其他领导都泡了茶。大家都安静地坐下来喝茶。

"今天早上，在我门前放了炸药包，昨天晚上又挖了我家的祖坟，看来他们费的心思还不小。显然，这些都是冲着我来的。不过，我无所畏惧！他们把炸药包也放了，坟也挖了，我们不能再为这些事去费心思了。我想他们的心是虚的！他们这样做是吓不倒我们的！"

上面那些话，头几句谌书记说得较为平静，后来他越说越激动而且有些愤慨。过后他又平静下来，说，"无论怎么样，只要我们的目的达到了，只要荆子乡场镇改造好了，对发展有利，对全乡人民有利，牺牲点个人的利益是小事。"他稍停了一下，对曹乡长说，"依我的意见，这两件事都不能报案，作为一种纪律！更不能声张！我家里的工作，由我自己来做！"

不知王主任什么时候进来的，他挤在了吴老书记的背后，看样子他挺惭愧。昨天下午他们那样做，结果给谌书记惹下了大祸，他觉得很过意不去。谌书记为了大家舍弃小家，无私奉献的精神，令他倍受感动！

"王主任昨天下午做得对，"谌书记说，"有时候乡干部不能办的事，村干部办到了。如果昨天，你们不把谢福生那块顽石搬掉，不把许瘸子、罗瞎子那两颗钉子拔掉，拆迁房屋和搬迁坟地，不知道还要拖延到什么时候。你做得对，我支持！"

王主任没有想到谌书记不但没有追究他的责任，没有怨恨他，相反地，还说他做得对，实在是感激不尽！

王主任认为荆子乡场镇改造好了，建设好了，无论是本地的，还是外地的都可以来建房买房经商办企业。借此机会，可以把本村一社三分之二的农户，二、三社离场镇近的农户搬迁到场镇上来，这样不仅对全乡人民有利，而且对铁壶观村村民更有利！他想，尤其是场镇建设。谌书记为了改造荆子乡场镇，费尽了心血。尽管"四大天棒"等人放炸药包来威胁他，挖他家祖坟来气他，处处设障碍，百般刁难，但谌书记没有退缩！为了荆子乡的发展，谌书记把个人利益放在了一边，把人民的利益看得高于一切，这是多么崇高的思想，多么伟大的人格！正因为他的想法与谌书记一样，所以他才那么极力支持谌书记的工作！他要与谌书记一道，与党委政府一道来建设好荆子场镇。在建设中，无论遇到多大的麻烦事，他这个村主任，都要为政府排忧解难，这才是他王鹏的性格！"四大天棒"、谢福生、许瘸子和罗瞎子，他根本就没有把他们放在眼里。他认为，他站在政府这边是正道。改造荆子乡场镇，阻挠大，麻烦事多，他曾多次建议，以政府的名义，成立一个改造荆子乡场镇治安联防领导小组，谌书记不同意。谌书记说，要以稳定为大局，尽量做好那些人的工作。王主任说服不了他，在工作实在难以做下去的情况下，谌书记才同意以村的名义成立一个拆迁领导小组。拆迁领导小组硬搬掉了谢福生这块顽石，拔掉了许瘸子、罗瞎子这两颗钉子。然而，没有想到，他们在"四大天棒"的唆使下，会打击报复，将矛头指向谌书记。

王主任一早就来到了乡政府，与谌书记一样，没有吃早饭。"在我门前放炸药包，"谌书记说，"我不在意，挖了我家的祖坟，我也不在意，就是把我炸死了，荆子乡场镇，该建设的，还是要建设！

谌书记这么一说，把大家的心都说感动了！

最后谌书记跟乡里几位领导交代，一律按原计划执行，工程一天也不能拖延。他把王主任喊过去，在他耳边吩咐了几句，然后又对曹乡长说，叫他们先走，今天他就不回乡里了，得把家里的事安排一下。

第十九章

　　曹乡长他们走了，谌书记一家还没有吃早饭。这时，已经是中午十二点半了。谌书记的妻子张丽凤，给家里人各下了一碗面，这样就算是把早饭和午饭凑合着吃了。

　　谌书记的父亲谌太斗今年满八十七岁了，腿脚灵活，背不驼，眼不花，耳不聋，连牙齿都没有掉一颗。他是一个失散红军，膝下有两男三女，谌亚荣排行老三，两个姐姐、一个妹妹和一个弟弟，均已成家。

　　谌老太爷对子女教育很严，对谌亚荣更是如此。由于当时劳动力缺乏，靠挣工分吃饭。他只上到小学五年级就退了学，在生产队当半个劳动力。谌亚荣从小就懂事，小小年纪就与父亲挣工分养活一家人。他长得很快，到了十六岁时就像十八九岁的大小伙子。那年参了军，在部队里他是一个好兵，获得了许多嘉奖。

　　自从谌亚荣从部队里退伍回来，当上干部后，谌太斗就经常教育他说，你是农民的儿子，要为老百姓办事，要当个好干部，不贪不占，处事要公道，歪风邪气要敢管，等等。儿子也确实没有辜负父亲的期望。自从当了干部以后，口碑极好，人民公认他是一个好干部，人民的好公仆！然而，年近九十的老红军，怎么也没有想到，当了几十年的干部，人民拥戴的儿子，从来没有做过任何亏心事，从来没有为自己谋过私利，在其他乡和区上没有出任何问题，才调回来几个月，得罪了谁，又做过什么亏心事，竟招来报复，挖了我谌家的祖坟？谌太斗想起来了，二十多天前，儿子曾跟他说过，建设荆子乡场镇和修几个村的公路，要征用铁壶村一社十多亩土地，要拆迁几家的房屋，要迁二十多座坟，难道是征用了他们的土地，拆迁了那几家人的房子，搬迁了那几家人的坟，他们不满意，是来打击报复的吗？

谌太斗正想到这里，儿媳妇张丽凤把热气腾腾、里面煮了两个荷包蛋的一碗面端在了老人的面前。

"爹，吃饭吧！"张丽凤把饭端在手上轻声说。

"暂放在那里吧，哪有心思吃饭呀！"谌太斗有气无力地说。

儿媳妇把面放在了床前的一张小桌上，便轻轻地走开了。

接着，儿媳妇又把另一碗热气腾腾的面递到了老母亲手上，说："妈，吃饭吧！"

老太婆接过媳妇手上的碗，便吃了起来。

谌书记的母亲姓李，名俊香，今年八十五岁了。她眼睛不好，是白内障，前几年动过手术，这一两年又不行了。

李老太婆是个农村妇女，没有文化，但勤劳，持家有方。李老太太生育了五个儿女，五个儿女从未受过亏损，就是在三年困难时期，她们家都未经受过像别人那样的饥饿。建食堂时，她把自家的粮食在坡上藏了一千多公斤，渡过了饥荒。生产队饿死了不少人，而她家却活得好好的，同时还救济了别人。

李老太婆一生勤劳，男人干的栽秧打谷、耕田耙地等农活，她也同样能干。在农业生产那些年，家里养了一条大水牛，把家务事做完后，还出满工，年年被评为"三八"妇女能手，直到一九七八年庄稼下户。

庄稼分下户时，李老太太已经七十三岁了，但家里仍然养了一头牛、三只羊、五六头猪，还有鸡、鸭、鹅、兔。两个老人，除了家庭、人情开支，还存了一万多元现金。就是前些年李老太婆动白内障手术，用的都是自己的钱。手术还没有好，就闲不惯，找些零活儿干。手术一好，又忙个不停了。两个老人，一个接近九十岁，一个八十五岁，还做了两个人的包产地和自留地。一到了农忙和节假日，儿子谌亚荣就回来帮二老干农活。

几个儿女早就劝说二位老人不要劳动了。然而，两个老人认为，农民是劳动惯了的，一旦不劳动了，心里就闷得慌。再说，经常劳动，还很少疾病，还说，能活到这个年龄，与经常劳动是分不开的，要不然，早就不在人世了！

在教育子女方面，李老太太历来是严格的。只要娃儿们吃饱了、穿暖了，就行了，不必更多的奢求和溺爱。在几个子女中，谌亚荣是她最疼爱的一个，也是管教最严厉的一个。亚荣从小好打架，只要他在外面打了架，母亲常常都是责怪自己的儿子，往往一罚跪就是一两个小时，所以谌亚荣小时候谁也不怕，就怕他母亲，直到长大成人，都还畏惧母亲三分！

"儿子这次惹了谁，竟挖了谌家的祖坟？"老母亲想。不过，李老太太又转念一想：儿子，已不是那个贪玩淘气的小男孩了。现在的儿子，在党的哺育和培养下，在她和老伴的教育下，已是一个争气、懂事、深明大义的男子汉了！

"事出必有因呀！"李老太太似乎理解了儿子，明白了挖谌家祖坟的原因了。

李老太太摸摸戳戳地来到丈夫的床前。"人是铁，饭是钢，一顿不吃饿得慌，你还是起来吃一点吧！"李老太太劝道。

无论李老太太怎样劝说，谌太斗就是不动筷子。

他吃不下啊！

张丽凤见老公公不吃饭，用牦牛壮骨粉拌蜂蜜冲调了大半碗，递到他面前说："爹，我给你冲了点蜂蜜粥，您喝下吧，那些事，您就别操心了，亚荣会处理好的！"

谌太斗见儿媳妇这样贤惠，勉强喝了两口又放下了。

无论张丽凤怎么劝说，谌太斗再也不喝了，又躺下睡了。

张丽凤见再怎么劝公公都不喝，无可奈何地走出去了。

这时两个孙女也来看他来了。

谌书记也走进了父亲的卧室，见父亲被气成这样，心里非常难过！

他倒了杯水，端在手上，轻声喊道："爹，您喝点水吧！"

谌书记喉咙哽咽了，眼泪簌簌地流了下来，老父亲这时也呜呜地哭了起来，边哭边低沉而愤愤地说："是哪个断子绝孙干的，我谌太斗对不起祖先呀！"

谌亚荣见父亲这样，自己也伤心地哭了一场，再三劝说，老人依然伤心不已。谌亚荣无奈，只好让父亲休息，自己回到了卧室。

妻子张丽凤今年四十三岁了，她个儿不高，但长得体态匀称、秀气。由于保养得好，看上去就像是三十来岁的女人。她心地善良，又贤惠。自从丈夫当了干部，就成了丈夫的贤内助。丈夫在工作中要是得罪了什么人，妻子主动去给别人解释，或赔礼道歉。张丽凤对两个老人既尊重，又孝顺！她来谌家二十多年了，很少与老人吵架。在生产队与邻居相处得不错。张丽凤会做生意，刚改革开放那些年，就开始做生意。生意虽做得不大，但做得很红火。几十年来，赚了一些钱。赚了的钱，一部分接济了亲戚，另外还救济了生产队的一些穷人。譬如，有的生疮害病，有的孩子上不起学，等等。

张丽凤生育了两个女儿，一个叫谌玲，一个叫张芳，老大随父姓，老二随母姓。大女儿今年二十一岁了，个头与她差不多，长相好，已成家有孩子了。二女儿张芳，今年才十六岁，初中快毕业了。两个女儿，由于丈夫工作忙，没有时间关心和照顾。她做生意，也很少关心和照顾。所以，两个女儿读书的成绩都是一般。二女儿比母亲还高出一个头顶，一米七以上的个子，高矮与她父亲差不多，长得更漂亮。最令张丽凤、谌亚荣两口子遗憾的就是对两个女儿的关心不够，以至于大女儿谌玲只读了中专。二女儿张芳比老大稍好些，但也好不了多少，成绩平平。想二女儿有个好成绩，再不像老大那样，张丽凤与丈夫商量，不做生意了，回去专门照管老二读书，同时还请了家教。自从这样做后，老二的成绩从原来的中下等，上升到中上等。见成绩有了进步，夫妻俩总算放了心。以后她还要继续做下去，直到女儿高中毕业。

今天一早，张丽凤刚把女儿的外语老师送走，就听公公说，有人挖了谌家的祖坟。她到坟山里一看，果然如此，气得差点晕过去。

"亚荣，你知不知道是谁干的？"张丽凤面带愠色地问。

　　"难道你也沉不住气？"谌亚荣对从来没有发过火的妻子说，"是谁，这无关紧要，在这种情况下你最好别给我添乱，行吗？"

　　张丽凤知道丈夫的心里不好受，便没再说什么。

　　"曹乡长已经找人将坟垒起来了，垒好就没事了！"谌亚荣安慰妻子说。

　　听丈夫这么说，张丽凤无可奈何地叹了一口气。

第二十章

　　曹乡长等乡上领导、村上王主任回去后，对谌书记门前放炸药包，挖他家祖坟的事，没有声张，还是像往常那样该做啥做啥，像没有发生任何事似的，一切都显得那么平静。

　　下午，王主任带着拆迁小组的成员到了现场。没有"四大天棒"的议论场面了，没有谢福生在骂了，没有许瘸子、罗瞎子耍横了。他们个个像缩头乌龟似的，不知躲藏在哪里去了。

　　放炸药和挖坟墓事件发生的第三天，曹乡长、吴老书记、王副书记、房部长、孙副乡长、治安员华刚，村上的林支书、王主任和一社社长商量在一社开个群众大会。

　　这天中午，群众来得并不整齐，"四大天棒"、谢福生、许瘸子和罗瞎子一个都没有来。接近中午了，他们才陆陆续续到会。

　　曹乡长原本准备针对改造场镇在一社一个多月以来所发生的事，大讲特讲一番，但见来的人少，也就没有心情讲了。只是说这条街建设好后，对人民群众有好处。这次党委政府是下了决心的，任何人也阻拦不了。他根本就没有说昨晚谌书记门前放炸药包和谌书记家祖坟被挖一事。他们想：曹乡长不讲此事，也许是为了维护一方的稳定？也许谌书记给他打了招呼不提此事？不把谌书记的两件事张扬出去，难道这是党委政府的决定？

谌书记门前放炸药和他家祖坟被挖的事，乡党委政府虽没有张扬，但在这个社已闹得家喻户晓，人人皆知了。绝大多数群众，也猜到了是"四大天棒"、谢福生、许瘌子和罗瞎子那一伙人干的。他们说，那些人的心也太狠了，也太缺德了，应该把他们绳之以法！

人们的猜测是否正确呢？

原来，"四大天棒"、谢福生、许瘌子和罗瞎子一伙，想乘改造场镇之机，大捞一把横财。为了达到他们的发财梦，设了种种障碍。他们哪想到谌亚荣却是那样难以对付！软硬不吃！前十多届书记、乡长，来这里任职，如果要想在他们一社征点地，首先要拜码头，跟他们说好话，不然，谁也征用不成。谌亚荣来了，改造场镇，征用了他们一社那么多土地，还要拆迁和搬迁他们那么多房屋及坟，他不但没有来拜码头，连一句好话都不说，口口声声说是为了全乡人民的利益，是为了场镇的建设与发展。荆子乡的建设与发展，关我们铁壶观村一社屁事？关我"四大天棒"屁事？全乡一万五千多人，场镇建设了，经济发展了，农民富裕了，却断了我们"四大天棒"的财路！谌亚荣真是可恶，看来得给他点颜色看看！

于是他们就煽动全社群众阻止土地的征用，利用谢福生阻止房屋的拆迁，唆使许瘌子、罗瞎子，不准搬迁坟。

谢福生失败了，许瘌子失败了，罗瞎子失败了，煽动群众没有成功，于是他们就策划了第二套方案，放炸药，吓唬谌亚荣，挖祖坟，阻止他！

他们利用没有脑筋的谢福生放炸药，一是威胁谌书记，二是威胁党委政府，放弃荆子场镇的改造和建设，三是即使政府硬要改造和建设，包括土地征用、附作物补偿等，必须要达到他们的目的。于是他们就唆使许瘸子，说他是个残疾人，谌亚荣搬迁了他家的祖坟，要他也要挖他的祖坟，这叫以牙还牙！两个没头没脑的东西，就真的这样做了。依"四大天棒"的想法，只是吓唬吓唬而已，不要当真，放炸药做个样式，挖祖坟，只是把坟敞开！

他们的目的并没有达到，谌书记没被威胁住，党委政府也没有被威胁住，一社的群众也没有听从他们的。这样做，更暴露了他们的丑恶面目！现在有些后悔，有些害怕。

他们怕谌书记报复，怕他们的所作所为是违法的，怕公安局的人去抓他们……

早晨人们议论纷纷，中午和第二天，他们是在忐忑不安中度过的，第三天上午，社长叫他们去开会，他们更怕了！

"难道他们已经怀疑上了我们？"胡南山想。

胡南山打算去找车少东和其他两个伙计，又怕人们看见，想来想去，现在只能听天由命了。

这天会开得很迟，人来得晚，开始还以为这次会开不起来，足足等了近两个小时，人才陆续到来。"四大天棒"来得最晚。谢福生、许瘸子和罗瞎子，自知做了亏心事，被吓住了，不敢来了。

正在这时，党委书记谌亚荣来了，人们的目光，一下投向他：只见他身材魁梧，身穿蓝色夹克服，夹克服里面套着雪白的衬衣，剪着平头。还像往常那样：带着笑容，健步向会场上走来。

"谌书记，您来啦！"曹乡长亲切地招呼道。

"来啦，会还没有开吧！"

"正在等人，马上就开始了！"曹乡长说。

谌书记又分别向乡上、村上来的人打了招呼，随后就在曹乡长旁边坐了下来。

社长点名，村上林支书组织会议，曹乡长再次讲了荆子乡场镇的改造和建设，征用铁壶观村一社土地，征用的办法，价格及附作物补偿、房屋拆迁和坟墓搬迁补偿，等等。最后讲了荆子乡如何改造、如何建设、将来如何发展……

他娓娓道来，会场上人们听得津津有味，没有任何人讲话、议论，只是有人提出附作物补偿要拿现金等问题。

曹乡长讲完了，接着就是谌书记讲话。

他看了看会场，显得异常平静，好像什么事都未发生过似的，所有人的目光一下投向了他。大半天他才不慌不忙，不紧不慢，一字一句地讲："荆子乡场镇的改造和建设，已经有一段时间了。这一段时间以来，我们在你们铁壶观村一社，大大小小的会开了十多次。这十多次，有八九次是在闹闹嚷嚷，骂骂咧咧，争争吵吵中开过的，多数是不欢而散！可以说，今天才算是最安静的一次，也是最成功的一次！"

他看了看会场，见"四大天棒"的头头胡南山耷拉着脑袋，坐在最不显眼的地方，抽着叶子烟。谌书记继续讲道："有些人，为了阻止荆子乡场镇的改造和建设，站在自己小集团利益上说话，企图妄想用门前放炸药来威胁我，挖祖坟来报复我，这些都是徒劳的！我们共产党人，不是靠吓唬长大的，即使是把我谌亚荣炸死了，还有人来干这些事！荆子场镇的改造和建设，就是我谌亚荣现在不干，有一天，不，明年，或者后年，或者再后年，还是会有人来规划、改造和建设的！在我门前放炸药包，挖我家的祖坟，难道就把我吓倒了吗？使我退却了吗？没有，我谌亚荣是吓不倒的，也决不会退却！只是可怜了两位老人，他们想不通！我那年近九十的老父亲，从前天早上到现在还躺在床上，未吃一口饭！"

谌书记讲到这里，心软了，眼泪流了出来。

"我父亲在童子团的时候就跟着共产党走，我稍大了，懂事了，他便时常教育我，要跟着共产党走，听党的话！当我参加了工作以后，他又嘱咐我，要当个好干部！为人民做好事！我听他的话了，我谌亚荣对得起党，对得起人民！可是，他老人家怎么也想不通，他儿子究竟做了什么亏心事，得罪了什么人，竟如此大的仇恨来挖祖坟？他儿子没有做什么亏心事，只是为了发展地方经济，改造和建设本乡的场镇，让人民过上富裕的生活。但有的人为了个人利益，与我谌亚荣过不去，与党委政府过不去，与全乡人民过不去。这两件事的发生，本来我是想上报的，但转念一想，我们都是本乡人，只要不再与我们作对，不再搞破坏，我宁愿抛弃个人恩怨，不上报、不申诉，给这些人留个面子。但是，这些人如果一意孤行，继续与我们作对，到头来，新账旧账一起算，决不姑息！"

会议一直开到下午的三点多才散。

荆子乡场镇改造和建设，征用了铁壶观村一社土地十亩三分，拆迁了谢福春、谢福生两家等房屋共计十五间。搬迁了许瘸子、罗瞎子等十六座坟。

谢家两兄弟房子一拆，许瘸子、罗瞎子等坟一搬迁，地势就出来了。吕老板请来了两辆推土机不分昼夜地工作，将其他地方推倒填平，两边排水沟一打出来，铺上片碎石，一条宽八米、长一百五十多米的新街就展现在世人面前。新街一出来，除谢家两兄弟搬来新街外，挨近河边场上的陈家两兄弟、王家四户、李家一户、涂家一户，没有人做任何工作，主动找到谌书记、村上的王主任，要求把房子迁到新街上来。在他们的影响下，邻近的十五户村民也申请来新街修建房子。鉴于这种情况，谌书记派国土所的何所长、城建所的杨所长对新街进行科学规划，对邻近和外来申请建房的登记造册，按顺序排队，街道两边同时修建，一户最多不能超出四个门面，建筑材料一律用砖混结构，房屋高度，不能低于两层，高于六层。严禁违规乱建，凡来新街建房的农户，国土、城建在税费上给予优惠。

第二十一章

毕娜接任书记后，她把村上的所有事交给了村主任，自己就去筹资金。

在市上筹资金，不能空手去，要准备一些土特产。

离她家不远处有一户姓齐的人家，核桃特别好，果大、壳薄、质优。说果大，是指比一般核桃大出许多。壳薄，拿在手上稍一摁就破了。质优、肉厚、肉嫩，吃起来比一般核桃香甜可口。每年毕娜都要买二三十斤带到城里去。齐家每年要打一二百斤核桃，丰收的那年更多，要打三四百斤。那核桃树树龄都在一二百年以上，树干有黄桶粗，生长在一个肥沃的土坡上。

毕娜走进去，只有一个女人在屋里，问她家老齐，她说在坡上干活儿。毕娜叫她把他喊回来。

没一会儿工夫，老齐回来了。见是新选出来的毕娜书记，很客气，又是端凳，又是沏茶的。毕支书开口就问：“你家里还有没有核桃？”

“还有，但不多了。”

“还有多少？”

"只有三十斤。"

毕娜叹息着。

"那你要多少?"

"一百斤。"

老齐惊奇地问:"你要那么多?"

"不瞒你说,我要用那核桃到市上去办点事。"

"争取资金?"

"算你说对了,修桥需要大笔资金,我承诺在市上争取十万元。农村没有别的可送,但土特产还是可以的,于是我就想到了你家里的核桃。"

"哦,难怪你要那么多。毕书记,我给别人各留了二十斤,总共六十斤,还没有拿走,这样吧,您拿去办事要紧,我跟他们说就是了。"

听了这话,毕娜真是喜出望外。她叫老齐把核桃拿出来看看。老齐从柜子里提出来一个装面粉的口袋。他把口袋打开,让毕娜看。毕娜看那核桃橙黄橙黄的。她拿了其中的一颗,轻轻地用牙齿一咬,壳就破了,四个白嫩嫩的瓣瓣出来了。她捻了一瓣吃了起来,很好吃。她又拿了一个,用手捏,女人家手劲小,一只手捏不破,双手一搭劲就破了。毕娜确认了核桃品质,便问:"你今年卖什么钱一斤?"

"市场上卖的是三元五,我的核桃好,要的是四元五,每斤比他们高一元。"

"四元五就四元五!"她把九十斤的核桃钱数给了老齐,说,"你帮我保管好,隔几天我来拿。"

毕娜把核桃买好了,又去办第二件事。第二件事就是准备买二十只熏干野兔和二十多只熏干野鸡。这里的野兔、野鸡很好买。野兔熏得蜡黄蜡黄的，每只才十二三元，大约二斤半至三斤，上了三斤的，一只要十五六元。野鸡也是熏得蜡黄蜡黄的，每只一斤八至两斤不等，价格八至十元。两个猎人，一个姓陈，一个姓王。毕娜每年都要到陈师傅那里买不少熏干了的野兔、野鸡给她大妹、幺妹送去。

到黑沙坪陈师傅那里去买野兔、野鸡不是毕娜一人去的，另外还有一人，他就是李森。

李森没有选上书记，当选上了支委。他们村包括支书在内只有三个支委，除了他，还有一个六十多岁的老社长。毕娜到哪里去，差不多都要把李森叫上。上次买核桃没有叫他，这次到黑沙坪把他喊上了。他俩走在路上，李森问："毕书记，我真不明白，你那么漂亮，男人又在市里工作，你不托你男人找个工作，跟我们争这个支书当，图个啥？"

"不图啥。"毕娜莞尔一笑说，"我想体现我的人生价值。"

"是吗？你丈夫支持吗？"

"在没有选举之前，"毕娜说，"我没有告诉他，选举以后我才告诉他的。我当村支书，他当然不同意，他不同意的原因是怕我干不了，还怕我累坏了身子。我对她说：老公，你放十万个心，你老婆没那么娇气，男人干得了的事情，你老婆也能干，说不定比男人干得还好！"

"你找他争取资金的问题，跟他商量过吗？"

"没有。"毕娜干脆地说。

"什么，没有？"李森感到惊讶，"万一那资金争取不到手？"

"你放心，我一定会凑齐十万元来修桥。"毕娜说。

不知不觉地他俩已经到了陈师傅的家。

到了陈师傅的家，陈师傅正在剐兔子。陈师傅认识毕娜，他叫毕娜毕姑娘，还以为李森是她的男人。心想：她那么标致，怎么找了个残疾人？陈师傅说："毕姑娘，你俩来得正合适，这几天兔子打了，再也打不成兔子、野鸡了。"

"为什么？"毕娜问。

"前几天我与老王（猎人）在乡上开了会，"陈师傅说，"现在不能打猎了，枪支政府要管理起来，谁要是不交把枪藏起来，发现了，以私藏枪支论处，是要判三年徒刑的，谁愿意为打点猎去坐三年牢房？"

"陈师傅，您家里还有多少只野兔、野鸡？我们村各要二十只。"李森说。

"你们村要？怎么，你俩不是一家人？"陈师傅问。

"嘻嘻，"毕娜说，"陈师傅，您误会了，我俩不是一家人，我与他都是村里的干部，他姓李，叫李森。"

"不，陈师傅，她才是干部，她是支书，我只不过是一个支委，算不上干部。"李森连忙解释。

他们说着话，陈师傅把兔子也剐完了。

陈师傅说，二十只野兔是现成的，野鸡只有七只。野鸡不够，毕娜说，那就多拿几只兔子。干兔子的数量也没有凑够，只好把几只刚剐的兔子算上才够数。

毕娜把钱交给了陈师傅。他俩带不了，陈师傅找他儿子去送。

毕娜直接就把东西放在自己的家里，因为那几只兔子还要熏。那天中午回去就不早了，毕娜留李森和陈师傅的儿子吃午饭。

毕娜的家里很殷实，父亲是一个医生，母亲学过裁缝。母亲在年轻时，长得标致，就是现在六十多岁了，还风韵犹存，看起来就像四五十岁的女人。母亲见女儿带回来两个人，李森她认识，那个小伙子她不认识，毕娜说，他是猎人陈师傅的儿子。母亲做饭，女儿帮忙，不一会儿，饭就做好了。

吃了午饭，小陈走了。毕娜与母亲在灶房里准备着熏兔子的杆杆，李森拿着弯刀去砍熏兔子用的柏丫枝。兔子熏好后，毕娜叫母亲看着，他与李森一人拿了一个夹背去背核桃。毕娜准备三天以后就进城去。

毕娜对李森说："你跟我一起进城去！"

"你一人去就是了，多一个人就多一个人的开支！"

"我一个人去，开支了的钱，回来怎么报账呢？再说，这么多东西我一人怎么带走呢？"

经毕娜这么一说，李森说："好吧，那我去！"

他俩是搭班车去的。毕娜去了她丈夫那里，李森去订了旅馆。请了一个搬运工把东西搬到了毕娜的丈夫那里。

毕娜回去，她丈夫正好在家里。毕娜的丈夫姓蓝，名奇，其貌不扬，只有一米五的个子，瘦小的身材，黝黑的脸蛋儿，淡淡的眉毛，鼓鼓的眼睛。别看他长相不怎么样，他可是名牌大学毕业的。蓝奇是剑阁人，人挺老实，父母亲也是农村人。七年前，他与毕娜处对象时，他父母不同意，嫌毕娜是农业户口。蓝奇虽然是名牌大学毕业出来的又在市政府工作，但因长相一般，加之他眼光高，选择的条件苛刻，他看上别人，别人又看不上他，三十多岁都没有找到合适的对象。他与毕娜认识，还是市政府办公室主任介绍的。

娇妻的突然到来，使蓝奇既惊又喜。毕娜有点晕车，人不大舒服。蓝奇问："你来时为什么不给我打个电话？"

"反正我要来，用不着打电话。"

"你来有什么事？"

"有事，大事！"

于是毕娜便把她这次进城来要办的事向丈夫说了。

见妻子找他在市上争取款项，蓝奇一脸的烦恼，说："市上的领导我根本就不熟悉，各部门也是如此，争取款项谈何容易！"

毕娜顾不得劳累，苦口婆心地说好话，但丈夫始终不开口。见他那样，毕娜在丈夫那里要了五百元，生气地走了。

她想到了左峰。左峰何许人也？左峰是她的校友，也是和她关系比较好的异性朋友。高中毕业后他就到广州打工去了，听说现在发展得非常不错。

"这次一定要找他！"毕娜从丈夫的屋子里走出来后自言自语地说。

毕娜去旅馆找李森，李森出去了，大约半小时后，李森回来了。

李森见毕娜一脸的不高兴，就问："怎么，蓝书记没有在家？"

"在家。"毕娜说，"走，我们买去广州的车票！"

"去广州干什么？"李森感到莫名其妙，问，"怎么，你丈夫这里没希望？"

"不，这里暂时放一放。"说着，毕娜就叫李森跟她去车站。

李森茫然地跟她去了。

当天没有去广州的车，毕娜买了第二天早晨六点半去广州的车票。

把车票买了，毕娜才记起吃午饭，但这时已经是下午四点了。毕娜叫李森吃饭，他说已经吃了。毕娜见李森吃了，叫他先回旅社。

李森回了旅社。毕娜走进了一家服装店，买了两套新衣服。

下午天气起了变化，不停地刮风，毕娜和李森吃了晚饭，便各自回到了自己的房间。毕娜回到房间后洗了个澡就直接睡了，但怎么也睡不着，直到凌晨一点多才入睡，还不到四点又醒了，五点半她就叫醒了李森。

外面下着小雨，离车站还有一段路程，李森把一个皮包拿着给她遮雨，自己淋雨，到了车站浑身已经湿透了。

走时下雨，车子到了贵州六盘山过七十二道拐时堵车了。车子一停下来，那些卖烧鸡的、卤鸭子的、熟牛肉的、茶叶蛋的、馒头的、热饺子的、烧饼的，等等，花样百出，香味扑鼻，应有尽有，可是就是没卖粥的。

车子一直堵了三天三夜。毕娜走的那天淋了雨，有点感冒，但问题不大。毕娜本来就晕车，感冒了就更晕车了，晕了车什么都不想吃，只想喝点粥。李森把她既当领导，又当妹妹。毕娜安排的事，李森都要照办，从不过问。车子堵在那里，李森下车去很远的农户那里给她买粥，到两三里远的地方去给她买感冒药。在李森精心照料下，车子堵的第二天毕娜就好了。在那三天里，有的旅客舍不得花钱，一天只吃一顿饭，要么馒头，要么烧饼。二人一天三顿都吃，每顿吃得都好。毕娜很感激他！

第七天才到广州。到了那里毕娜才给左峰打电话。

左峰接到毕娜的电话，又惊又喜。他从办公室出来，激动而兴奋地开着车去车站接她。

左峰有很多年没有看到毕娜了。毕娜还是那么清秀，那么淳朴。毕娜把李森介绍给左峰。左峰直接把二人接到了一家五星级宾馆，给二人各订了一个房间，三顿饭都在宾馆吃。

李森洗了澡坐在沙发上看电视，毕娜在梳妆打扮。

晚饭后，李森出去逛商场，毕娜仍然回到旅馆。大约十点多，左峰打来了电话。毕娜很疲惫，见是左峰，一下来了精神，问："你还没休息？"

"没有！你累吗？吃饭没有？饭菜合不合胃口？在路上晕车没有？"问候的声音很亲切。

"很累。"毕娜说，"晚饭吃了，合胃口，有点晕车，不过，不严重，一路上有李森照顾。"

"你这次到广州来找我有什么事吗"

她很激动地说："有事，有大事找你！"

"什么大事，你能告诉我吗？"

"电话里不好说，见面谈！"

左峰有些迷惑不解：究竟是什么事这么重要？见毕娜说是大事，也不再问，说："那你休息吧，明天中午我给你俩接风。再见，晚安！"

第二天中午，左峰请了两席人来给毕娜和李森接风。左峰十二点才到的。

"首先，我向大家道歉！请原谅，我来晚了！"左峰说。

说完就在毕娜身边的一个空位上坐了下来。

这也是毕娜预先给他留的。

毕娜左边坐着李森，右边坐着左峰。

入席后他们边吃边聊。毕娜把自己的情况告诉给了左峰，同时向左峰谈了她与李森这次来广州找他的目的。

左峰很佩服毕娜的胆量和能耐，当场就答应捐资八万元。这把毕娜高兴得不知如何是好。

左峰端起一杯酒对他俩说："二位不辞辛苦，千里迢迢从家乡来，我敬你们一杯！"

说完一饮而尽。

毕娜、李森也一饮而尽。

毕娜这次来广州争取募捐是为修桥，左峰端起酒杯，慷慨激昂地说："家乡的伙计们，今天这顿饭，是为毕娜女士、李森先生接风准备的午宴。在我没来之前，我都不知道二位来干什么，刚才毕娜女士，现在是一个村的支书。毕书记要为村民修一座桥，这座桥很重要，是一座公路桥，需要二十多万元才能修好，但又缺乏资金。她这次来，就是找我募捐的。我表态：募捐八万。希望在座的老乡出点绵薄之力，支持一下这位美丽年轻刚上任不久的女书记！"

左峰讲完后，大家都说没多的有少的。有的说募捐五百，有的说一千，有的说两千，还有的说三千。说募捐三千的是与毕娜一个村的长年在外打工的一个女孩儿。

听左峰和大家这么说，毕娜非常激动。先给左峰斟酒，然后把自己的杯子倒满，说："左老板，我代表飞蛾坪村的人民感谢您了！"说罢头一仰，一杯酒下肚了。她又给同桌的几位斟满酒，接着把另一桌人的酒杯倒满，微笑着说："感谢大家对家乡人民的支持，我敬大家一杯！"说罢，她头又一仰，一杯酒又下了肚。毕娜喝了，李森又像毕娜那样，先给左峰敬酒，然后又给大家敬。酒席散后，毕娜和李森回到宾馆休息。

天黑时左峰来了。他把一张八万元的工行卡和工友们捐的两万多元现金交到了毕娜手上。

毕娜拿了十万多元的资金回去，这一消息在飞峨坪村炸开了锅。

第 二 十 二 章

　　几个村修公路如雨后春笋，蓬蓬勃勃地开展起来了，乡政府把铁壶观村一社的土地征用了，该拆迁的房屋拆迁了，许瘸子、罗瞎子等人的坟搬迁了，建设新街的障碍扫清了。按理说谌书记应该歇一歇，松一口气了。然而，资金的问题却摆在了面前。

　　财政所所长姓唐，叫唐光雨，到市财政局开会早就回来了，谌书记与他见过几次面，但因工作忙，也没有具体去找过他。一天下午，谌书记巡村回来专门去找他。

　　唐光雨三四年后就要退休了。他参加过抗美援朝战争，战争结束后在乡镇工作，"文革"时期当上了一个乡的党委书记。是年，他不满三十岁。他一表人才，挺精干，不但能说会写，实际工作能力也强。他生活上很讲究，这个讲究包括很多方面，如饮食方面、穿着方面、生活习惯方面，等等。他的生活并不奢华，但三顿饭都是花样百出。他从来不喝低档次的茶叶，什么龙井、竹叶青……他永远保持着在部队时的习惯：爱整洁。他经常把屋子打扫得干干净净，桌椅擦得一尘不染，被子叠得整整齐齐的。他头发梳得溜光，衣服整洁，裤子有棱有角的，皮鞋擦得亮亮的。他从不吸烟喝酒。由于保养得好，五十多岁了，看上去就像四十来岁的人。然而，他这个人生活作风有问题。

在他当党委书记那些年，由于他所处的地位高，又一表人才，曾与多个未婚女子发生过两性关系。那是一九六九年，他把一个未婚女青年肚子搞大了，女青年的未婚夫把他告了。才当了一年零两个月的党委书记就下了台。由于他工作出色，又参加过抗美援朝战争，上级组织经多方面考虑，保留了他的公职。从一九七〇年至一九八七年，十七八年，一直是个办事员。他虽然只是个办事员，但他原来当过党委书记，干群关系处理得好，自己又有主见，办事公道，乡上好多事都要找他。乡上和区上，见他极有能耐，破格提拔他当了荆子乡财政所所长。

他不负众望，在他当财政所所长的六年间，在省上、地区和市上前后要回财政资金三十多万元，连续三年被省、地区和市评为先进财政所、文明财政所，他本人也被评为先进个人。

"当当！"

"谁呀？"

"是我，谌亚荣！"

唐所长见是谌书记，连忙起来开了门。

"谌书记，这么晚了，找我有什么事？"唐所长披着衣服，和颜悦色地问。

"别见怪，打扰了，找你没别的事，我就是想了解了解财政资金情况！"谌书记开门见山地说。

唐所长见谌书记问工作上的事，让谌书记进了屋。他穿好衣服，给谌书记倒了杯茶。

谌书记很随便地坐在他侧面，问："财政账上还有多少钱？"

"只有三万多了。"看样子，唐光雨并不乐意告诉他实情。

"据说财政周转资金还有十二万没有动，是吗？"谌书记见他不乐意逼着问道。

"是还有十二万多，不过，这钱没有在账上，已经放出去了。"唐所长坦率地说。

"什么时候放出去的？放给了哪些单位？哪些人？"谌书记咄咄逼人地问。

唐光雨很不情愿，见谌书记追问，半天才说："放出去有几年了，至于放了哪些单位、哪些人，这也得告诉你吗？"

"必须告诉我！"谌书记认真地说，"我作为一个党委书记，连政府财政的基本情况都不清楚，当书记干什么呢？"

唐光雨见犟不过谌书记，好半天才把账拿出来。谌书记接过唐光雨的账，只见上面是：初中校一万五千元，民政所八千二百元，农技站五千元，于金花五万元……

"于金花是什么人？你把钱借给她这么多？"谌书记拿起一张于金花打的五万元借款条子问。

"于金花，于老板，你不知道吗？她给百分之一点二的月利息，比别人高得多！"唐光雨见谌书记问起于金花，急着为她辩护，生怕谌书记从中看出什么破绽来。

"哦……"谌书记记起来了。

于金花是个风骚女人，又称"十里香"，约三十六七岁，有着漂亮的脸蛋、窈窕的身材、银铃般的笑声。其父姓祝，叫祝新文，是阆中川剧团的名丑角，人长得又矮又黑又瘦，善演传统戏《滚灯》。

祝新文是个孤儿。在一个大雪纷飞的冬天，阆中川剧团赴南部一个地方演出，团长祝光辉在路途中看到了一个冻得半死不活的瘦小男孩儿。见那小男孩可怜，就动了怜悯之心，叫他的徒弟捡了回去。小孩儿不知道自己的姓名。不过，他挺懂事，管团长叫父亲，团里年老的叫爷爷，中年的叫叔叔、阿姨，年轻的叫哥哥、姐姐。祝团长也就把这个小孩当成了自己的儿子，后来，干脆跟他姓，取名叫祝新文。

祝新文从小就聪明伶俐好学。祝团长就把他祖传下来的拿手戏《滚灯》毫无保留地教给了他。祝新文个儿小，很适合演这个戏。他精湛的演出，给观众留下了很好的印象，同时也给这个剧团增加了收入。一晃，祝新文三十多岁了，还没有女人。因为他长得又矮又黑又丑，身高不足四尺三，体重不足七十斤，由于他这种身材，就是再出名钱再多，都不容易找到对象。这时，团里有个女子，人长得很标致，且是团里的主要演员，姓于，名淑芳。

于淑芳的父母早亡，跟随堂哥堂嫂长大。十五岁那年，因她人才出众，又读了四年半书，被剧团招收了。

十七岁时，她与剧团一个姓彭的小伙子恋爱了。正当他俩爱得死去活来时，小伙子突然得急病死了。

可是，于淑芳已经怀上了小伙子的孩子！

祝团长想两全其美，趁此机会就把身怀六甲的于淑芳说给了比她大二十岁的黑矮个儿祝新文。

于淑芳本不愿意，然而，不愿意也没有办法呀，她与彭小伙在一起时，还是个黄花闺女，又没与他正式结婚。在当时的年代里，未婚先孕，是极不光彩的事，更不用说是在宣传部门的剧团里了。

为了名声，为了肚子里的孩子，她无可奈何地与祝新文结了婚。

她俩结婚还不到三个月，就生下了一个女婴，这个女婴不是别人，就是于金花。

祝新文与于淑芳结婚后，两人感情不和。主要是于淑芳嫌祝新文年龄大，长得矮小丑陋。她立誓绝不给姓祝的留后代。祝新文一让再让，然而，无论怎样对她好，都得不到于淑芳的芳心。

于淑芳不爱丈夫，以她的姿色，招来了不少的男人。她先后与团里五六个人发生过两性关系。由于作风败坏，团里把她开除了。她被开除不到一年，正赶上知识青年上山下乡，她便带着刚满六岁、长得十分可爱的女儿来到了马桑坪村五社安家落户了。

她下到农村后，还是恶习不改。她不但与剧团里的人来往，又在这里结交了十多个不同身份的男人：有农民、有工人、有驾驶员、有教师……

于金花长到十二三岁时，也就逐渐明白了。她虽然从小长得就像一枝花，然而，由于她母亲的坏影响，并不受人们欢迎，才十四岁初中未毕业就辍学了。

一九七九年她母亲回城了。回城不久，母亲就跟她父亲离了婚。于淑芳离婚后就嫁给了一个姓蒋的男人。

母亲改嫁后，于金花并没有跟随母亲去。她知道母亲的作风，对她今后的前途不利。她也没有跟随父亲去。虽然，她父亲养育了她，但由于父母经常吵架，在吵架中，父亲说她不是他的种，所以她对父亲也没有感情！

母亲改嫁了，父亲不理她，她谁也不跟，于是她就留在了农村。

于金花长得美，比她母亲还好看。

　　她有许多男朋友，但没有哪一位敢爱她！这主要是她傲慢，长得太美的缘故。

　　她二十一岁时，到了广州打工。她出去是一个熟人带的路。

　　她被带进了一个理发店。这个理发店表面理发，暗地里提供色情服务。一个星期过去了，带她来的熟人再也没有出现。后来才知道，她那个所谓的熟人，得了店老板两千元的介绍费，说白了就是把她卖给了这个姓武的店老板。

　　武老板是一个极有风度，又有才华，过了花甲之年的风流老头。他见于金花美丽似仙女，于是就动了邪念。

　　在一个十分闷热的晚上，就在理发店里，武老板给了她一杯饮料，说是可口可乐，实际上他早就在里面放了安眠药。于金花不知是计，喝下肚不到半个小时，她就在椅子上昏昏入睡了。武老板叫他的徒弟们把于金花抱进了里屋，当夜就把她给糟蹋了。

　　当于金花第二天醒来时，见自己一丝不挂地躺在床上，才知道失身了。

　　于金花犹如五雷轰顶，发疯般地冲向了店里。可是，这时武老板早已躲得无影无踪了。

　　于金花把武老板店里的东西砸得粉碎，愤然离开了店里。

　　在茫茫人海中，人生地不熟，又身无分文的她饿了两天两夜后，又回到店里找武老板。

　　于金花在武老板那里要到了一笔钱。武老板初期还不愿给，于金花说，不给她就到公安局去告发他。老谋深算的武老板，遇到了对手，最后好说歹说，给了她两万元才肯罢休。

　　于金花以两万元起家，自己开了个发廊。她的手艺并不好，只是在武老板那里学了三个月。然而，以她的美色，招来了不少顾客。于金花也就像武老板一样，请理发师，招徒弟。她招来了好几个漂亮女孩，一边学理发，一边搞起了色情服务。

于金花在广州办了五六年发廊，据说赚了几十万元，公安局也查封了她几次。她的店被查封了，又开办，开办了又被查封……她在广州实在待不下去了，这才回到了家乡。

在阆中城里，她开了三个店。还是像在广州那样，一边理发，一边搞色情服务。开了不到两年，又被公安局查封了。

于金花在广州和阆中开店被查封的情况，是谌书记的一个现在市公安局当副局长的战友告诉他的。因于金花在开发廊期间，雇用打手，强迫学徒卖淫，其中一个姑娘把她告发了。

于金花先后两次被公安部门查封，共处罚了她八万元人民币，第一次三万元，第二次五万元。一次被拘留，第二次判刑两年，缓期两年。

"怎么，你认识她？"

"她是我们本乡人，我怎么不认识呢？"唐所长低头回答说。

"你知道她是一个什么人吗？"

"知道一些，但不全知道！"

于是，谌书记就把她一家两代人的情况，告诉了他。

唐所长听了，脸上是青一阵红一阵。

"谌书记，她家的情况你怎么知道得这么清楚？"

"我那时是民兵连长，公社武装部经常把我们比较精干的连长调回去维护治安，所以她家的底细，我是再清楚不过的了。"谌书记见唐所长有些不安，便提醒他说，"老唐啊，你是一个很有头脑的人，怎么能与这些人打交道？"

"她家以前的情况我确实不清楚。"唐光雨搪塞道。

"我们不谈那些了。"谌书记转换了话题，"前几次，党委研究决定，可能你也知道，今年搞场镇建设，修建塘清河大桥，五个村又要修公路，需大量资金，财政上的钱该收回的一定要收回来，在这十天之内，无论如何你要准备八至十万元现金！土地征用暂时不支付，附作物补偿、房屋拆迁和坟地搬迁，这些都要现金支付，希望你能理解支持，也希望你能做好分内的事。"

"怎么？十天之内准备八至十万元现金？"唐所长惊讶地问。

"是的，必须准备齐，不然，我们的工作就很难开展！"谌书记说得很坚决。

"办不到！"唐所长火了，"那十二万元现金是我在上面要的，我说拿去做什么就做什么，但决不能拿去搞场镇建设、建桥和修公路用！"

"办不到，你就别当财政所所长！"谌书记的火气比他更大，义正词严地对他说，"钱，是你在上面争取的，这不假，不过，钱是共产党的，不是你私人的，财政所是政府的财政所，不是你私人的财政所、小金库，它是党委政府的财政所，是全乡人民的财政所！"

谌书记话还未说完，唐所长就很气愤地走出了办公室。

谌书记见他走了，回到了自己的办公室里，一看表，已是凌晨两点多了。他感到肚子很饿，于是泡了碗方便面来充饥。

这一夜，他又没有睡好。

第二十三章

第二天，他一直睡到十点多才起床，涂班长已经到他家来了三次了。饭菜是凉了又热，热了又凉，这是他来谌书记家第四次了。

涂班长叫涂家良，本乡人，是一个在这个乡工作近三十年的老炊事员。他已经五十多岁了，二级厨师，在千佛片区八个乡镇厨师中，他是唯一的一个拿国家财政钱的。他烹调技术精湛，心地善良，人缘又好。无论是在这个乡工作了几十年的老干部、老领导，还是刚刚才调来的年轻干部、新领导或办事员，都与他相处得很好。在乡上，他不仅仅只是做自己分内的事，还做分外的事，如打扫政府院内外的卫生，等等。有时领导没在家，一些老百姓需要解决的问题，他也就附带给解决了。他家庭幸福，两儿两女，都跟他学了厨艺。两个儿子，大儿子在一家公司里专门给几个经理做饭，小儿子在区工委伙食团，女儿在城里从事餐饮业。他家算得上是餐饮世家。

这些年来，差不多乡镇伙食团都垮了，只有他和他儿子开办的伙食团没有垮。不但没有垮，而且还越办越红火。乡镇伙食团办不起来的原因有三：一是乡镇干部没有统一规定在伙食团就餐，自己开炉灶。二是各乡镇干部在外就餐，普遍存在着大吃大喝现象。三是伙食团工作人员待遇低，好厨师招不到，就是招到了，见待遇低，又很少有人进餐，收益少，做一段时间就走了。品行差的厨师倒好招，他们见利忘义，购买劣质肉菜，伙食办得差，价格又高。各乡镇伙食团，根据上述原因，早已是名存实亡了。

涂班长办的伙食团与众不同，越办越好，越办越兴旺！其原因首要的是这个乡历届领导重视。古人云："民以食为天。"谌书记刚来，涂班长就提出伙食团设备不够，他当即拍板，购置了一套新的桌椅、餐具、冰箱。再就是涂班长素质好，为别人考虑得多，为自己考虑得少，他一心一意想把伙食团办好。人家给多少钱他就办多少事，从不浪费，不巧列名目、张冠李戴、中饱私囊。他技术精湛，做饭炒菜和烧汤，都别有风味。他在这个乡三十多年了，经过了多届领导，人人都竖起大拇指说他做得好！不仅是领导，对那些办事员也是如此：谁来了，谁没有来，谁病了，谁要吃什么，他心目中都有个准数！

谌书记昨天下午，从铁壶观村一社开会回来，说是回乡上吃饭。其他几位领导都回来了，他也回来了，就是没有看见他来吃饭。门是开着的，人到哪里去了呢？一等再等，一直等到晚上十二点他才离去。

据在区伙食团的小儿子说，谌书记的三顿饭都是有规律的，很少迟来早到，或煮好不吃。然而，谌书记到了荆子乡后，就没有规律了，多数时间赶不上吃饭，或忘记了吃饭，这主要是工作太忙的缘故。

"谌书记，吃饭吧！"涂班长见谌书记起床了说。

"好，谢谢！怎么睡了这么一早上呢！真是的……"谌书记见是涂班长来喊他，怪不好意思地说。

早饭后，谌书记到了基金会。基金会即原来的农经站，行政上是政府管，业务上属于县农业局管，是两块牌子，一套人马。农村合作基金会的业务是容纳社会上的闲散资金。初期是由村社集体入股，后来是村社干部个人入股，再后来投入社会，群众入股。股金的利息分红，其宗旨是为农服务，职责是农户贷款用来购买农具、生产资料等，有时也可以投放商业贷款。说白了，这与农村信用合作社没有两样。

主任姓赵，叫赵前龙，三十多岁，长得浓眉大眼，对人和气、诚实。从建立到现在，七年时间里，在他的领导下，基金会融资额已超过了七百多万元，是全市七十一个乡镇中融资额最多的乡镇之一，在全市排名第三。

会计叫欧光科，快到花甲之年了，清瘦的个儿，人们叫他"拖链"，意思是拖沓的人。其实他并不拖沓，相反，很能干。他原是铁壶观村的一个会计提拔起来的。他业务精通，在十三个村会计中，他算是教授。凡是哪个村社、哪个单位账目上有问题，都少不了请他去清理。清理过后，问题出现在哪里、谁的责任，他都说得清清楚楚的，从不含糊。他不怕得罪人，原则性强，所以，凡是他清理过的账目，干部放心，老百姓也服。他不仅是业务精通，其他事也内行。一九八五年，他刚到农经站工作，当年十二月份，农经农技合并，各乡（镇）相继成立了农经、农技、农贸综合服务站。他不仅要收分给他几个村的上缴提留款，做站里的账，同时还要参与化肥、农药、种子经营工作。他人缘好，人又和气，加上会说话，他附带经营比专业人员经营得都好。基金会七百三十多万的融资款，有五百万元是他筹办的。他信誉极高，说到做到，哪个单位、哪个部门、哪个人，信誉好的人说要贷款，寅时说卯时就能办到。三年前，他有个远房亲戚十多万元准备存在其他银行，他知道这一消息，立即就去找那亲戚。可他亲戚不大相信基金会，认为基金会建立时间短，信誉不高，担心需要时取不出来。他苦口婆心地做工作，最后说服了那人。另外还有一件事：他们社有七八人在新疆捡棉花。新疆冷冻来得早，九月份没活了就要回来。那段时间，他天天到他们家里去等，连续等了许多天，有时甚至晚上都去。等到第四天，被一家狗咬了，但他仍然没有放弃，等到第六天他们才回来。起初他们怎么说也不同意，他们的想法与他亲戚一样。经过再三做工作，还是同意了。那次，他组织了二十多万元。类似情况还有很多很多。他有一个嗜好就是打牌。麻将、扑克等，样样精通，算得上是个全才。他打起来不要命，就是三天三夜不吃饭、不睡觉也行。他打牌大小不论，纸牌是一毛钱一局也打，就是十元钱一局也敢来。打麻将，一毛钱一个炮也来，就是十元钱一个炮照样敢打。他打牌打得耿直，不像有些人赢得起输不起。他打牌还稳重：打死不开腔！他打牌是赢多输少。他习惯打疲劳战术。在人家稀里糊涂、精疲力竭、不知所措的时候，他仍然神志清醒，越打信心越足。这样，人们又给他取了另一个绰号叫"牌王"。

据说"牌王"打牌，从不影响工作，就是打了三天两夜，从牌桌上下来，照样做好当天的事。他从来没有为打牌误过事或挨领导的批评和家人的指责。不过，家人时常叮嘱他，要多注意自己的身体。欧会计打牌，上班常常迟到，差不多都是别人在等他。他人缘好，态度好，办事效率高，打牌迟到的缺点，就敷衍过去了。"拖链"绰号就是这么来的。"拖链+牌王"，这就是欧会计。

出纳叫王有让，刚四十出头，瘦小个儿。他有四个老人，爷爷婆婆都有七八十岁了，父母也是六十多岁的人了。膝下有一男一女。农业生产时，靠挣工分吃饭，因家庭缺劳动力，他只读了一年高中就辍学了。他在村上当过会计、村支部书记。他当书记时年龄不大，还不到三十岁，那时，驻村干部是余乡长。余乡长见他年轻，又有文化，聪明能干，就提拔他到了乡农经站当了出纳。

他既当农经站的出纳，又当基金会的出纳。原来农经农技合并后，还当过公司的出纳，几百万的资金从他手上经过。他廉洁，从不挪用、贪污公款。办事讲原则，就是你跟他再好，在规章制度面前，该办的就给办，不该办的，整死他都不办！

谌书记到了农经站的办公大厅，他们三人都在那里。

"哎呀，是谌书记哟，请坐，请坐！"赵站长热情地招呼道。

"你们忙哟！"谌书记说着就与赵站长握手说，"你们三人都在这里！"

说罢又与欧会计、王出纳一一握手。

谌书记与他们三人寒暄了一阵后，就在欧会计侧面坐下了。

当他看到这装修华丽、摆设齐全、金碧辉煌的营业大厅时，打心眼儿里高兴！除城里有这么豪华的办公厅外，在乡里恐怕难找到第二个了。

"这门面都是你们单位的吗？"谌书记问。

"都是。"赵站长说，"这栋楼房是一九八八年基金会、农经站和农技站共同修建的，整栋楼房三层，底层五个门面，共计耗资二十五万元，基金会、农经站四个，农技站一个。去年，由于业务量的增加便于办公，他们把原来会计、出纳，两个办公室改造成了现在这个办公大厅，光门面装修就耗资十二三万。其中两个门面，一个做了会计寝室，另一个做了出纳寝室。第二层楼是农经办公大楼，村会计回来就在这里办公。第三层是档案室，我的寝室和部分乡干部的寝室也在三层。"

"你们真有能耐呀！"谌书记夸奖地说。

接着，谌书记就问了农经站收支节余和基金会的存贷款情况。

"农经站的结余部分，只有公积金和公益金，全乡各村加起来还有十四万六千三百五十七元，基金会总融资额是七百三十六万元，贷出去了七百零三万元，存贷款基本持平。"欧会计说。

谌书记听了赵站长和欧会计谈了农经站、基金会的情况很高兴，他说："有你们农经站、基金会的资金支撑，荆子乡的发展就有希望了！"于是，谌书记就把荆子乡如何发展，如老街硬化、新街建设、修建塘清河大桥、修通五个村公路、兴建烽火台、业乐场等事项向他们三人说了。

"在党委政府的领导下，为了本乡的建设，我们拿出资金来支持，这是应该的！"赵主任说。

"如果乡上需要资金贷款，提前五到十天打招呼，我们好准备！"王出纳说。

谌书记对他们三人说，如果财政所这几天取不出钱来，就暂时在基金会贷十万元。

第二十四章

谌书记一走出农经站和基金会办公大厅，就遇上了灯盏坝村副主任李传觉，说是他们村六社村民李良富的妻子杨秀明挺着个大肚子从广州回来了，她怀的是第三胎，李副主任正着急找梁主任哩！找来找去没有找着，于是就找到办公室来了。凑巧，正遇着谌书记从里面走出来。

"谌书记，你看见梁主任没有？"李副主任把情况向谌书记反映后问。

"没有看见，我带你去找！"谌书记说。

谌书记说着，就带着李副主任去找梁主任了。

找了半天，还是没有找着，谌书记就去了主管计划生育的孙副乡长那里。

"孙乡长，你看见梁主任没有？"

"吃早饭时还看见他哩，他到哪里去了呢？"孙副乡长回答。

"是不是打牌去了？"李副主任深知他的底细，猜测道。

"工作时间能打牌吗？"谌书记有些疑惑不解。

　　"有可能，这个人真伤脑筋！"孙副乡长无可奈何地说。

　　孙副乡长把梁主任的基本情况告诉了谌书记。

　　梁主任叫梁超，四十多岁，城附近人。一九八二年参加工作，曾在一个乡担任过民政所长。因涉嫌挪用民政资金，有人将他告到了纪委。他有个堂哥，在市里当副市长，有了这个保护伞，他从来都是我行我素，肆无忌惮地干一些违法乱纪、见不得人的事。他贪污挪用救济款一万多元、救济粮三千多公斤。要是换了其他人，早就判了刑，或者说丢掉了饭碗。他不但没有判刑，丢饭碗，相反，还把他调到乡计生部门当主任。

　　梁超调到这个乡后，仍然恶习不改。国家政策规定：第一个孩子有病或残疾的，经县（市）人民医院检查后属实，按政策规定，可以生二胎。那些生育户，不管家庭情况怎么样，他都要勒索一千到两千元不等。他还有个恶习，那就是嗜赌成性。因他工作不得力和极坏的影响，致使这个乡的计划生育工作从三年前的先进乡，成了后进乡，去年被市人民政府亮牌警告。

　　安全生产、计划生育，这两项工作，无论哪一项出了问题，就是你那个乡镇工作再出色，实行的都是一票否决。

　　"梁超这个混账东西，孙副乡长，马上到广播站发通知，要他一小时之内赶到灯盏坝村六社，赶不到后果自负！"谌书记气愤地跟孙副乡长交代。

　　孙副乡长去广播站找席站长发通知了。随后，谌书记叫了乡小车驾驶员柴师傅与孙副乡长、李副主任一道赶到了灯盏坝村六社。

　　灯盏坝村三社和四社，与仪陇县的先锋镇接壤。荆子乡挨近先锋镇的除灯盏坝村外，还有阳大坎村一社、二社、三社和四社（四社和三社部分与仪陇老木乡接界）。灯盏坝村和阳大坎村，共用一条二道河。二道河从李家湾和肖家湾水电站下来到龙潭子水电站，全长四公里多。二道河大桥架在阳大坎村七社与灯盏坝村五社中间。这座桥也是荆子乡通往仪陇县先锋镇的必经之路。灯盏坝村五社、阳大坎村一社的土门垭，是阆中市荆子乡与仪陇县先锋镇的分界线。二道河沿岸，一片沃土，旱涝保收。

灯盏坝村四社，有个天生的石盘，直径约三米多，类似灯盏。不知是哪朝哪代，说这里瘟疫四起，灾难无处不在，民不聊生。有一天，观音菩萨路过此地，放了一件宝贝，这个宝贝不是别的，就是石灯盏。自从有了石灯盏以后，就再也没有闹过瘟疫和发生过其他灾难了，年年风调雨顺，五谷丰登，人丁兴旺，六畜旺盛。唐朝武则天在位时，为了祭祀石灯盏，在侧面修了一个庙，从此以后，庙里香火不断，昼夜油灯亮着。后来把庙里面的神像取了，做了村小学，再后来小学搬走了，庙拆了，现在只剩下了一个石盘了，灯盏坝村就是根据这个石灯盏来取名的。

谌书记、孙副乡长和李副主任到六社李良富的家时，村上的支书、主任和六社社长早就在那里等候了。

"谌书记、孙副乡长，你们请坐！"支书一边热情地打招呼，一边找凳子请他们坐。

村支书姓敬，叫敬文学。村主任姓胡，叫胡文早。支书敦厚朴实。村主任细眉细眼，能说会写，二人都在四十岁上下，都带仪陇口音。

他俩都曾在部队里当过兵，也都是在部队里入的党。敬文学从部队里退伍回家后，就在本乡当了几年社长。他那个社，是全乡一百零一个社中最大的一个，三百八十多人。他当社长的那几年，各项工作都走在了别人前头，乡里见他能干，破格提拔他当了党支部书记。胡文早从部队里退伍回来，当了团支部书记，他是一九九一年当选为村主任的。

"敬支书，怀孕的田桂英是否在家？"谌书记问。

"在家。"敬支书回答。

原来敬支书、胡主任昨夜听说李良富的老婆田桂英挺着大肚子回来了，他们一早就赶到了她家。一方面，他们找李副主任给乡上报信，另一方面他们轮流看守，以防她跑了。他们给李良富和田桂英做了不少工作，要她到乡卫生院去。然而，她的工作很不好做，思想工作就是做不通，躲在屋里不出来。

孙副乡长、李副主任到她家里继续给她做工作。

谌书记叫敬支书、胡主任谈谈灯盏坝村计划生育等情况。

从他俩汇报中得知：灯盏坝村共有九个自然社，一千一百四十亩耕地，一千四百三十六口人，四百一十二户，村委会在二社龙滩子湾，离乡政府四五公里，但离仪陇县的先锋镇，还不到一公里半。

仪陇县的先锋镇，地处阆、仪边界，地势辽阔，市场繁荣。不仅现在，就是在中华人民共和国成立前，也是一个繁华场镇。这个场镇虽然繁华，然而也滋生了一些不良风气。加上又是边远地带，很少有人管，治安相当混乱。先锋场，过去叫观音场，又称烂观音。中华人民共和国成立前，流氓地痞横霸一方，中华人民共和国成立后才绝了迹。现在，除计划生育外，这个村在党建、社会综合治理等方面，工作都走在了其他村的前面。

计划生育工作一直以来都是灯盏坝村和阳大坎村的一个大难题。谌书记不是不知道，在他当区委副书记时，那是一九九〇年，他与区上的计生干部来这个村做过调查，几乎能生育的妇女都超生了第二胎，有的还是三胎、四胎，究其原因是受仪陇的影响。二十世纪八十年代初，阆中市人口八十六万，仪陇县八十五万。事隔十年后，阆中市人口没有超过九十万，而仪陇县已经突破了一百万人口大关。短短十年间，仪陇人口净增加了十个乡镇的数量。阆中市人口没有上去，关键在于阆中市计划生育工作搞得好，而仪陇县十年间，人口增加了那么多，问题在于计划生育工作没有抓上去。仪陇那边几乎都是生两胎的，生三胎的也多，而阆中普遍是一胎，极少生二胎或三胎。灯盏坝村和阳大坎村受仪陇的影响，历届党委政府对这两个村的计划生育工作都感到棘手。

"你们村，现在还有多少生二胎没有处罚的？"谌书记问。

"大约有二十几个！"敬支书回答。

"至于二十几个，"胡主任说，"我们也不怎么清楚。现在外出务工的又多，一部分是在外面生了我们不知道，另一个原因是，我们村离仪陇近，多数女子是从仪陇那边嫁过来的，我们这边的女子，又多数嫁到仪陇那边去了，谁超生了，都是相互交换躲藏。"

"唉……"谌书记长叹一声，严肃地对他们村上几位说，"再也不能这样继续下去了！"

他们正谈着，乡计生办主任梁超来了。

谌书记一看他周正的样子：高高的个子，方方的头，长长的脸，肥头大耳的，一身穿的全是名牌，横看竖看都是顺眼的，怎么也不像他们所说的素质低下，贪污腐化，不务正业，恶习难改。

他见谌书记端端正正地坐在那里，低着头，没有吱声。

"这家有个大肚子，你与村上几位把她送到乡卫生院去，我与孙副乡长还要到阳大坎村去。"谌书记交代说。

谌书记正在给梁超交代工作，李良富的妻子田桂英挺着大肚子，从屋里跑出来，对着谌书记边哭边说："我就是不去！"

"去与不去，由不得你！"孙副乡长严厉地呵斥道。

第二十五章

　　谌书记、孙副乡长和小车驾驶员柴师傅又到了阳大坎村。村东北边的二社、三社，与仪陇县的先锋镇接壤，西南边的四社与仪陇县的老木乡只隔一条壕沟。二道河中上游冲积成的三角洲，便是鱼米之乡的七社。七社对面绕河约一公里半是五社。

　　谌书记从灯盏坝村六社过来，先要经过阳大坎村的一社和七社。阳大坎村是全乡的蚕桑基地村。他们一到七社，看到一个崭新的世界：田边地岩，房前屋后，薄田瘦地，有的甚至大田大地，一眼看去，尽是桑树。有二十世纪六七十年代田边地岩的老桑，有八九十年代栽的壮年桑，也有最近几年栽的幼桑。从这些桑树可以看出，这个村老百姓栽桑养蚕的积极性很高。

　　谌书记他们到七社的欧家大院时，乡蚕桑干部沈洪亮，村上的支书唐仁申、村主任张怀德，正在那里搞今年推广的密植桑示范现场。

　　沈洪亮瘦小的个儿，穿着朴实，约三十八九岁。黝黑的小脸蛋儿，淡淡的剪眉下，镶嵌着一对炯炯有神的大眼。说话干脆利落。别看他个儿矮小，但他富有实干精神。他当上蚕桑干部，既不是从哪个学校毕业分配来的，也不是顶老子的班进来的，而是由该乡老蚕桑技术员涂照林同志推荐上来的。

涂照林，二十世纪五十年代的老干部，党员，小学文化，曾在县、区、公社当过行政干部。那时交通不便，信息闭塞，生产落后，干部下乡与老百姓同吃、同住、同劳动。涂照林在机关里坐不住，非要找一个经常能干事的工作。在他再三申请下，组织上同意把他从县级机关调到区上管蚕桑工作。在区上，跟县上差不多，很少到基层村社干实际工作。他又向组织上申请，干脆回公社当个蚕桑技术员。二十世纪六十年代末，他被调到这个乡当了蚕桑技术员。

涂照林调到这个乡当了蚕桑技术员后，不分昼夜地干。在蚕桑方面，他给乡上争得了不少荣誉，他本人也被县、区评为先进个人。荆子乡列为南充地区十大蚕桑基地乡之一，这与他那时打下的坚实基础是分不开的。一九七八年，涂照林得了食道癌，在弥留间组织问他有什么要求。他说他唯一的要求就是请求组织允许他的徒弟沈洪亮接替他的工作。

当组织听了他这话时，非常吃惊！他的儿子，一个是他那个村的蚕桑技术员，另一个还是个初中生，也时常去村社学栽桑修枝养蚕。他怎么不推荐两个儿子，而要极力推荐徒弟沈洪亮呢？

涂老革命有他的想法。他说，他是一个共产党员，共产党员首先想到的是革命事业，是别人，而不是自己，这是其一。其二，沈洪亮在十三个村的蚕桑技术员当中，最年轻，又有文化，更重要的是他热爱蚕桑事业，对工作兢兢业业，一丝不苟。他的两个儿子，哪一个都比不上他。

这是多么大公无私的行为！多么崇高的品德！

组织上无不为他的高贵品德所感动，根据涂照林同志的意见，沈洪亮上了乡蚕桑站。

沈洪亮不辜负涂照林同志和党组织的期望，一步一个脚印地为荆子乡蚕桑事业奋斗着。

二十世纪八十年代末九十年代初，农村富余劳动力大量涌向了广州、深圳等沿海城市，加之东南亚经济危机，我们国家丝绸出口受到了影响，蚕桑价格一跌再跌。蚕农见无钱可赚，且养蚕又是一个技术性极强的活，难度大，风险大，因此，蚕农养蚕的积极性受到了重创，大片桑叶剩余，绝大多数桑树被挖掉。沈洪亮见此情况，草拟了一份《切实做好保护桑树的有效措施》的方案交到了书记和乡长手上。党委政府根据他的方案，以文件的形式发放了下去。与此同时，他又在大小会议和广播上大张旗鼓、苦口婆心地跟蚕农讲，不要挖桑，茧价低是暂时的，要懂得"逢快没赶，逢慢没懒"的道理。在他的极力推动下，荆子乡的桑树才没有像其他乡镇那样大面积被挖、被砍。

"谌书记、孙乡长，你们下村来了！"沈站长亲切地招呼说。

"沈站长，你辛苦了！"谌书记、孙副乡长不约而同地回敬说。

谌书记早就听说沈洪亮是一个工作做得很不错的人。荆子乡蚕桑基地乡保留至今与他有关。谌书记想，如果我们乡干部都像他那样就好了：热爱自己的本职工作，干好自己的本职工作，勤勤恳恳地为人民服务，那么，老百姓就会信任我们，人民就会过上好日子。

"我们的乡干部都像你就好啦！"谌书记走到挽起袖子、穿着胶鞋、浑身沾满泥点的沈洪亮站长跟前，握住他的手夸奖地说。

"没有什么，这是我的职责，应该这样做！"沈站长笑着对谌书记说。

沈洪亮拿了一把桑苗在手里，就给谌书记、孙副乡长带路去找支书和主任了。

支书、主任正在给各社分桑苗。

支书姓唐，叫唐仁申，是一个五十开外的人，他稍高的个子，剪着平头，头发已经白了不少，带着仪陇口音，是过去的老初中生。他当支书的时间不长，只有三年。他原来是一社的社长，社长当了十多年。他当社长的那个社，与仪陇先锋镇接岭，离先锋场还不到五百米。一社比较大，一百六十多人。十多年来，他把一社整治得井井有条。党的方针政策和农业科学技术，在他这个社落实得好，老百姓的觉悟也较高。除计划生育外，粮油入库、上缴提留等工作都走在了全乡前列。乡上见他是个能人，提拔他当了副支书，一年后，当了支书。

阳大坎村过去是全乡有名的贫困村，地处九龙坝边缘，绝大多数田地是石谷地带。曾是"下雨一盆糟，天晴似把刀。土无三寸厚，作物收成少"的真实写照。在他没有任书记以前，一半以上的农户靠国家救济。在二十世纪七十年代，几乎年年在闹春荒。到了三四月份，青黄不接时，有些农户，把冬水田里的田藻草捞起，淘尽晒干，拿来当干酸菜煮稀饭，日子过得十分艰难。自从唐仁申同志当上了书记，第一件事就是对石谷田地进行改造：变薄土为厚土，改小田为大田，宜粮则粮，宜桑则桑，在短短几年里，就彻底改变了落后面貌。两委班子以此为契机，动员老百姓大量栽桑养蚕。在蚕桑价格极度滑坡，别人在大面积挖桑、毁桑时，他与乡上蚕桑干部沈洪亮同志和村里一群人，制定了保护桑树和对养蚕大户的奖励措施及优惠政策。这个村，每年养蚕都在三百张以上，占全乡养蚕总量的三分之一。

村主任姓李，叫李怀德，与唐支书年纪差不多，个子高矮与他不相上下，只是稍比支书身子结实些。七十年代，他曾是这个村的支书，由于有人在背后搞小动作。乡上免了他支书的职务。

李怀德被免职后，当了四年的社长，乡上见他任劳任怨，办事公道，又能干，群众基础好，由乡上提名，他又当选为村主任。

李怀德是这个村最富裕的一户。他有两儿两女，两个儿子和媳妇一九八四年就去外面打工了，现在每月都有上万元的现金寄回来。据说他家有上百万元的存款了。俗话说："越没越困，越有越挣。"常言说："大富靠命，小富靠勤。"他说他是小富，就要靠勤。因此，李怀德又是一个最忙碌、最辛苦的人。除了把村主任当好外，同时还做了近十个人的包产地，共计十五亩之多。这些包产地，都种得很好，一年要打五六千斤稻谷，挖一万多斤红苕，收五千多斤玉米、三千多斤小麦、五六百斤油菜，还养了十多头肥猪，养了三四张蚕。产这么多粮食，养这么多猪和蚕，都是他与老伴没日没夜干出来的，从来没有请过人，或找别人帮过忙。

在李怀德的带动和影响下，这个村的老百姓时常说，哟，你看李主任一家人多能干，儿子、媳妇在外挣钱，他和老伴在家种那么多庄稼，真了不起，我们都要向村主任一家学习，这样才有好日子过！

唐支书、李主任见谌书记、孙副乡长下村来了，放下手中的桑苗连忙来迎接。

"谌书记、孙乡长，你们来了！"唐支书说。

"你们辛苦了！"谌书记分别握住唐支书和李主任的手说。

"哪里，哪里，谌书记你们才辛苦哟！"他二人不约而同地说。

中午两点过了，唐支书、李主任在欧家大院留谌书记、孙副乡长和柴师傅吃午饭。

上午他们把桑苗分到了各社，下午村上干部连同沈站长，带着谌书记、孙副乡长一道看了全村的桑树。

谌书记、孙副乡长看了非常满意。然后走访了几家农户，问了他们的生产、生活等情况，他们如实地回答了，都说日子过得不错，特别是这些年来，村上号召栽桑养蚕，给他们带来了不少实惠。

谌书记、孙副乡长对阳大坎村的蚕桑发展，以及他们在工作中的成绩，给予了高度的评价和充分的肯定！并对他俩说："你们做得很对，希望你们继续发展下去，给其他村做个榜样。几年以后，等那五个村通了公路，也要像你们这样，穷则思变，宁愿苦干，不愿苦熬，要让老百姓过上好日子！"

随后谌书记、孙副乡长问了他们村的计划生育情况。

通过汇报，这个村的计划生育与灯盏坝村一样，问题严重，极不乐观。

"灯盏坝村、阳大坎村的计划生育，非抓不可！"谌书记对唐支书、李主任说。

第二十六章

　　谌书记从阳大坎村回来，在伙食团吃了晚饭就不早了。他用热水洗了脸，放了点食醋烫了烫脚。用温开水加食醋泡脚，这是他多年的习惯。谌书记年轻时脚气病较严重，久治不愈。一个民间老中医告诉他，经常用温开水加少许食醋泡脚，长年不断，既可根治脚气病，还可以保养脚。谌书记听了老中医的话，用此方法，泡了还不到半年，脚气病就好了。从此以后，也就长年累月地坚持下来了。

　　谌书记另一个习惯，就是饮茶。一些亲朋好友到谌书记家里，或到他办公室来，他招待客人的就是一杯清茶。

　　谌书记洗完脚后，泡了一杯竹叶青。淡淡的茶香，袅袅升起，弥漫着整个屋子……

　　谌书记慢慢地品尝着竹叶青。几口茶水进肚，一天的疲劳好似消去了许多，他感到一阵轻松、惬意！

　　"嘭嘭！"有人敲门。

　　"是我，谌书记！"一个怯弱而嘶哑的声音响起。

　　谌书记把门打开，只见乡计生干部梁超胆怯地站在门外，看着谌书记结结巴巴地说："谌，谌书记，我，我……向您汇报一件事……"

"什么事？"谌书记见他那样，一时也紧张起来了。

"中……中午送，送来的，那……那个孕妇田……桂英，下……午六点多钟，打……了针，现……在跑，跑……了！"

"什么，跑了？"谌书记怒不可遏，本来想狠狠地批评他一顿，甚至大骂他一顿，话到了嘴边又收回去了，见他那副可怜相，只是略带责备的语气说，"你是怎么搞的？田桂英怎么跑了的？你干什么去了？"

谌书记在屋子里走来走去，气还是没有消，指着梁超说："你还不赶快去找，要是田桂英出了什么事，你就别想回来上班了！"继而，又对孙副乡长说："田桂英是打了催生针的，万一有个什么好歹，你也脱不了干系！"

梁主任、孙副乡长受了谌书记一顿严厉批评后，他们感到事情的严重性，连夜去了灯盏坝村找敬支书。在敬支书家里停留了片刻，又急忙赶到了李良富家。谌书记、敬支书刚到，村上的胡主任也赶来了。

李良富不承认妻子回来过，孙副乡长一行六人夜晚赶到了李良富妻子的娘家——护山乡四村二社。

昨日上午乡村干部陪着李良富的妻子到乡卫生院做人流手术，她百般抵赖不愿去，几个医生反复做工作才勉强把催生针打了。就是打了针，她还大哭大闹了一阵子，他们劝了一会儿，又给她端来了可口的饭菜。

午饭后，乡村干部差不多都走了，只留下梁主任在此看守。

哪知梁超连续打了几天几夜的牌，疲倦的程度是可想而知的。

田桂英躺在床上泪水未干，梁超劝了她几句，就坐在另一张床上呼呼睡着了。田桂英见他那样，试探着干咳了几声，又喊了几声"梁主任"，见他睡沉了，假装要上厕所，便从厕所的后门悄悄溜走了。

田桂英早就听别人说，七八个月大的孩子，即使是打了催生针，只要孩子生下来是活的，同样能带活。

田桂英从医院里走出来时，天刚擦黑。她想把孩子生下来，便不顾自己的生命危险，连丈夫都未来得及打招呼，就直奔护山乡娘家去了。

田桂英一到娘家，还不到半个时辰就发作了。可是，孩子生下来不久就死了。

听说孩子生下来就死了，孙副乡长、梁主任和村上干部确认了孩子的尸体。见田桂英平安无事，谌书记这时才放了心。

鉴于荆子乡计划生育实施的严峻性，谌书记组织乡里干部对全乡计划生育来了一个彻底的清查。同时，由党委政府出面，向市计生部门打了报告，要求将原计生干部梁超调离该乡，重新调一个能力强、实干、不怕得罪人又精通业务的计生专干来。

上级计生部门考虑到荆子乡的特殊性，同意了荆子乡党委政府的意见，将梁超在荆子乡工作的情况作了严肃的处理：调离荆子乡，行政记过处分，从计生部门调到其他部门。同时，调来了曾多次被市、地区评为先进个人的侯明同志。

侯明三十出头，其貌不扬，中等个儿，清瘦的面容，剪着平头，穿着中山服，给人一种朴实、干练的感觉。一九七二年他高中刚毕业就进了乡电影队。他电影放得好，负责任，背着电影机，走乡串户，不怕吃苦，把丰富多彩的文化生活传递给了山区人民。七八十年代的电影队最吃香，走到哪里，都受到拥护和欢迎。后来，随着广播、电视的普及，电影逐渐被冷落。他没有电影放了，改了行，被招聘为计生专干，组织上调他到望垭镇工作。

侯明在望垭镇工作了九年。九年以来，他为那个镇争取了不少荣誉，是全市乡镇计生专干中的佼佼者。

一个冬雨淅沥的中午，一个中年男子剪着平头，左肩挂着工作包，右手握着雨伞，穿着灰色中山装，脚上是一双黄色胶鞋，裤子大半截湿透了，上面沾满了泥浆，鞋也湿透了。

"谌书记，我报到来了！"侯明见谌书记在办公室看报，打招呼道。

"哟，是小侯呀，欢迎，欢迎！"谌书记见小侯突然出现在眼前，惊喜地说，"没有想到今天下雨你还能来。快，快到我寝室里换换衣服！"

"不麻烦您了，谌书记，衣服我带上了，在孙副乡长的寝室里，等会儿就去换！"

侯明在孙副乡长那里拿回了衣服，孙副乡长、谌书记带着他到了早已安排好的寝室里。

下午仍然下着雨，比上午下得大。由于下雨，乡里这几天也没有安排工作。但谌书记总是忙的，下午还有个会要开，见计生专干侯明来了，就放弃了，专程来找他。

谌书记找侯明，谈了计划生育工作，并把这个乡近些年来存在的严重超生现象向他谈了。侯明对这个乡的计划生育工作知道一些，他毕竟是这个乡的人。他妻子的娘家就在阳大坎村二社。通过走亲访友，了解到灯盏坝村、阳大坎村计划生育存在的一些问题，至于全乡是什么情况，还不怎么清楚。

"小侯，荆子乡的计划生育存在的问题非常严重，尤其是灯盏坝村、阳大坎村，希望你来了认真地抓一下！"谌书记认真而期待地对他说。

"这您放心，只要您没有什么顾虑，我会下决心抓的！"

"我没什么顾虑，"谌书记坚决地说，"超生问题，不管涉及什么人，只要违犯了《四川省人口与计划生育条例》，该查清楚的，必须查清楚；该罚款的，必须罚款，决不讲情面，也决不能心慈手软！"

"谌书记，只要您能撑起，我什么也不怕，您尽管放心吧！"

第二十七章

侯明一来，乡上就成立了一个计划生育领导小组，成员有谌亚荣、孙猛、侯明和房大岭四人，组长由谌亚荣担任，副组长由孙猛担任。谌书记牵涉的事情多，除了一些重大的疑难问题处理外，具体工作由孙副乡长、计生办主任侯明负责。各村也相应地成立了计划生育领导小组。支书任组长，村主任、村副主任任副组长，村妇女主任、各社社长为成员。乡计划生育领导小组，走到哪里，哪个村就要积极地配合。

侯明来荆子乡计划生育办公室的第八天，这个领导小组的成员就走马上任了。

他们就从灯盏坝村开始。

工作组到了那里，先在村上开了"两委"会，统一了思想，争取了村"两委"班子意见后，又开了全体党员和村民代表会议。在全体党员和村民代表会议上，村上的敬支书、胡主任和李副主任就本村计划生育存在的问题分别做了详细汇报。针对灯盏坝村计划生育存在的严重问题，谌书记做了动员。孙副乡长、侯主任做了具体安排。最后村上的三位同志做了保证，保证积极地配合乡计划生育领导小组，做好本村的计划生育工作！

散会后，谌书记找村上三位同志商量，把各社社长留下，要求各社，只要是超生的，无论是今年生的，还是以往生的，都要实事求是地上报，一个也不能漏。

九个社，上报的结果是：一社四例，二社没有，三社三例，四社四例，五社一例，六社二例，七社没有，八社九例，九社三例，共计二十六例超生。

"简直不像话，一个村比别人三个乡超生的还多！"谌书记边做笔记，边气愤地说，"这梁超干的什么事？你们村里几个又是怎么搞的？从上到下，弄虚作假，欺上瞒下。我记得，这个乡前几年计划生育工作，年年还在报先进。难道说，人的良心叫狗给吃了？这一次，我们非要在你们灯盏坝村和阳大坎村搞他一个底朝天！一户一户地排查，一个也不能漏掉！凡是违法超生的，态度好的，认识到位的，缴纳罚款积极主动的，可以从轻处罚；反之，态度不好的，认识不到位的，有钱不缴的，胡搅蛮缠的，不管他是长红毛的，还是长白毛的，家有多大就罚多大！"

"谌书记，我们灯盏坝村计划生育工作搞成这样，责任不光怪我们村上，乡党委政府应负主要负责！"敬支书见谌书记气愤的样子申辩说。

"乡上的责任在于用错了梁超这个计划生育干部，是不是？"谌书记反问敬支书。

"是啊，谌书记，"敬支书说，"我们村上有责任，乡上更有责任。梁超在我们村处理超生户罚款方面，从来不与我们商量，也不按政策办，他说多少就是多少，那些胆子小的，听话的就罚了，胆子大的，胡搅蛮缠的就没有罚到。如我村八社原党支部书记宋华理的大儿子超生没有处理，二儿子又超生一个，老百姓见党员都目无法纪地超生，也就跟着学，所以，我们村里也管不了。"

"简直无法无天！这次就从宋华理入手整治！"谌书记坚定地说。

第二天，孙副乡长、侯主任在谌书记的安排下，把乡伙食团搬到了灯盏坝村。乡计划生育工作组在灯盏坝村八社安营扎寨了。

他们一行十人先进了宋华理家。

宋华理早已年过花甲，高大的个子，长方形脸，凸显的额头，高高的鼻梁，头顶上稀疏的头发，一半是黄的，一半是白的，没有胡须。淡黄的剑眉下，一双老眼暗淡无神。他曾经参加过抗美援朝战争。在战争中，当过通讯员、班长，身上有三处敌人子弹留下的痕迹，荣获过一次二等功、三次三等功。抗美援朝战争结束后，被分配到某纺织厂当过副厂长，因生活作风问题，受到处分，一九五九年被遣送回原籍。

回到农村后，他在生产劳动中处处带头，表现积极。一九七六年，当选为灯盏坝村党支部书记，直至一九八九年退休。

就在他退休的前一年，他的大儿子超生了。儿媳妇是仪陇县先锋镇人。计划生育工作队到了他家，他早就把儿媳妇送回娘家躲了起来。工作组又找到了她娘家，找了几次都没有找着。

根据计划生育有关政策规定宋华理应缴纳罚款一万五千多元。

听说要缴纳一万五千多元罚款，宋华理暴跳如雷，大骂工作组人员。

谌书记没有理那一套，限他三天之内交清罚款，否则，将请市人民法院强制执行。

罚了他大儿子的款，工作组又问起他二儿子的超生问题来。

"你二儿子第二个孩子今年几岁了，是女孩儿还是男孩儿？叫什么名字？"侯主任问。

"今年五岁了，是个男孩儿，叫捡娃子，你问他干什么？他是我从观音场上捡回来的，你们看，我这里还有物证！"说着他把预先伪造的一封书信拿出来交给谌书记、孙副乡长和侯主任看。

"捡养要通过合法手续，你知道吗？"谌书记根本就不看。

"怎么，捡孩子还要合法手续？"宋华理明知故问。

"没有合法手续，也当超生处理！"侯主任严厉地说。

"简直是天大的笑话。"他把桌子一拍，说，"我出于善心，见那孩子可怜，救了他一条命，才捡回来的，还要什么手续？你们真是无事找事，故意刁难，存心与我宋华理过不去！老大的儿子罚了款，你们还嫌没有把我整够、整惨！我给老二捡了个孩子，也找起麻烦来了。谌亚荣，你算老几？老子闹革命的时候，你还在吃奶！你看，老子这一身的伤疤！"宋华理说着，就脱光了身上的衣服，让大家看他身上的三处伤疤。

村里三人见宋华理脱光了身子，连忙给他穿上衣服，劝他别激动，放理智些。

"至于你二儿子那个孩子是不是捡的，你自己清楚！"孙副乡长单刀直入地说，"捡养，要有捡养手续，跟你说得很清楚，你二儿子那个孩子并不是捡的，你说是捡的，我们可以把你二儿子和孙子带到市人民医院去做亲子鉴定。"

"到时候，我们用科学来回答你！"谌书记见宋华理情绪稳定了，说，"即使是你捡的，根据《中华人民共和国收养法》之规定，你和你二儿子都没有收养条件。不符合《收养法》，同样当作超生处理！"

"你同不同意做亲子鉴定？"侯主任问。

宋华理没有说话。

"我说老宋呀！不要把事情搞复杂了，接受处罚算了！"敬支书打圆场地说。

"我愿意接受处罚！"宋华理低声说。

"什么时候缴罚款？"侯主任问。

"你们开票吧！"

说罢，宋华理就从屋里拿出了几张邮政存款单，交给了侯主任。

谌书记见宋华理接受了处罚，语重心长地对他说："老宋呀，你作为一个老革命、老党员、老前辈，照理说我们应该敬重你！向你学习！但是，就在你当支书接近退休时，违背了国家的政策，带头超生。超生一个还赚不够，又超生第二个。也正是在你的影响下，这个社，通过我们排查，现在已有九户超生，全村共有二十六例，这些都没有得到处罚。二十六例啊！照你这个社、这个村发展下去，几年时间一个乡、一个县、一个地区、一个省，乃至到全国，不是又多增加了几亿人吗？我们国家的人口压力大，你应该知道的！老宋啊！你真糊涂，你这不是在犯罪吗？"

宋华理见谌书记理直气壮、严厉地批评了他，知道自己错了。他坐在那里耷拉着脑袋，半天不说一句话。

罚了宋华理两个儿子的超生，这个社九个超生户，都接受了罚款，同时对育龄夫妇采取了上环等措施，有效地遏制了超生势头。

工作组用了十八天时间整治完灯盏坝村的计划生育工作后，又到了阳大坎村。

他们先到的是阳大坎村七社。这个社还不到一百人，就有几个超生，仅次于灯盏坝村八社。

这个社，超生盛行是由于两件事没有处理好。一是原社长王号，有一个脑瘫儿九岁了，申报办生育二胎手续，村上报到乡上，梁超见王号没有给他"好处费"，就没有往上报。

王号见那些根本就没有任何疾病和残疾的人领到了《准生证》，自己的儿子脑瘫了那么多年，近邻四处，谁人不知，哪个不晓？却偏偏领不到《准生证》。他一气之下，不管准不准生，把妻子带到外地取了环，怀了孕，大张旗鼓地回来就生了。

孩子生了，梁超带着几个乡干部就要罚他的款，他气不过，撇下脑瘫儿，交给亲戚代养，与妻子带着还未满周岁的婴儿逃往他乡了。这一走，就是好几年。他当社长，牵涉到村上与社上，社上与农户的账目往来，这一走，留下了许多问题。

另一个叫欧明于，哥哥欧明奎是个哑巴，自己已有一女。为了生一个儿子，掩人耳目，谎称他哥哥要抱养。他的哑巴哥哥，除了聋哑以外，还有神经病，连生活都难自理，哪有能力抚养孩子呢？乡村干部多次去处理，也没有一个结果。这个社的群众见有些人明也在生，暗也在生，计划生育工作就放松了，没人管得了，于是就有了现在这么多超生户。

谌书记的事情很多，麻石垭村、龙成沟村、飞蛾坪村、私大寨村和铜鼓岭村的公路早就开工了，场镇施工进展也很顺利。接近年关了，还有其他的事情要安排，如安全工作、民政、农田基本建设，等等。这些安排完后，他又投入到阳大坎村的计划生育工作中去了。

孙副乡长、侯主任他们在村上待了两个小时，就直接到了七社欧明于的家。

欧明于住的是个三合头的房子，他家里养了一只大花狗，见有人去了，不停地狂吠着。当他们走到他家院坝时，那只大花狗凶猛地向他们扑来。如果不是躲闪得快，他们其中一人，早就被狗咬了。

女主人听到狗叫声，出来把狗赶走了。

这个女人就是欧明于的妻子吴明秀。

吴明秀三十八九岁，长得标致，一见孙副乡长、侯主任来了，便明白了他们是来干什么的。因为灯盏坝村八社与他们是挨边接岭，乡上在灯盏坝村搞计划生育，她早有耳闻了。

吴明秀见工作组来了，连忙端来了凳子，接着又去拿烟、泡茶。

"你回来，不要往里走了，我们几个都不抽烟，你坐下，我们找你有事！"侯主任说。

吴明秀见侯主任这么说，突然紧张起来，站在那里没有动。

"你知道不，我们为什么找你？"孙副乡长问。

"不知道。"吴明秀早已明白，生硬地回答说。

"你哑巴哥欧明奎那个孩子是不是你生的？"侯主任单刀直入地问。

"不是我生的，是他捡的，不信你们去问他。"吴明秀红着脸说。

"他明明是哑巴，你这不就等于没有说吗？"孙副乡长说。

吴明秀不说话了。

正在这时，从屋后冲出一个人来。他高高的个子，粗黑的皮肤，前面头发剪得短短的，后面留得很长，粗眉大眼，满脸的胡茬。他穿着黄色的衣服，青色的裤子，脚上是一双破旧皮鞋，一条裤腿裂了几道口子，身上很脏，好像从来就没有洗过似的，老远就能闻到一股臊气。他走到离孙副乡长和侯主任三米远左右，左手叉着腰，右手指着孙副乡长和侯主任，口里不停地"哇哇"叫着。他，就是欧明于的哑巴哥哥欧明奎。

"他说的什么？"孙副乡长问吴明秀。

"他说他那个孩子是他捡的，你们无权过问！"吴明秀解释说。

这时乡上的谌书记、村上的唐支书、李主任来了。

吴明秀又给谌书记他们端了两条凳子出来。

"你们家欧明于到哪里去了？"李主任问。

"出坡去了。"吴明秀简短地回答了一句。

见来了这么多人，哑巴退在了一边。

这时，欧明于回来了。

欧明于与他的哑巴哥哥长得一模一样，只是脸上好像多生了几块横肉，身上收拾得比哑巴干净一些罢了。

"欧明于，今天乡上计划生育工作组到了我们村，关于你哑巴哥哥那个孩子的情况希望你能当着谌书记、孙副乡长和侯主任的面说清楚！"唐支书说。

"你们真是没事找事，哑巴哥哥那个孩子已经九岁了，关于他的事，早处理过了，你们还问这个干什么？你们是来找饭吃是不是？找饭吃，没有饭给你们吃！别说吃饭，就连洗碗水都没有给你们喝的！"欧明于蛮横地边说边欲走的样子。

"站住，往哪里走？"谌书记威严地吼了他一声。

"我要去干活，没工夫跟你们闲扯！"欧明于鼓起一双大眼，凶狠地对谌书记说。

"今天不要你去干活儿，把事情搞清楚再说！"孙副乡长说。

"我有什么事情需要跟你们说清楚？"欧明于骂人了。

"你嘴巴放干净些，你骂谁，站好了！"谌书记走到他面前吼道。

谌书记严厉的吼声，一下就把欧明于给震慑住了。谌书记义正词严地对他说："计划生育，是我们国家的基本国策。超生，就是违法。违法，你知不知道？"

"我不懂什么法不法的，孩子是我哑巴哥哥从外面捡的。难道你们不知道吗？他一个人，又是残疾，神经又有问题。他捡个娃娃，将来好养老送终，难道这不应该吗？你们做得也太绝了，他哑巴是不好惹的哟！"欧明于理直气壮的样子，不过没有刚才那么凶了。

"捡养，要有捡养手续，你把手续拿出来，手续拿不出来，就是超生。超生，就要接受处罚！再说，你哥哥本来就是个残疾人，神经又有问题，他自己的生活都难以维持，都要靠集体和国家救济，怎么能养得起孩子？如果你一定要说那孩子是哑巴捡的，我们就把你和那孩子带到市人民医院去做亲子鉴定，如果那孩子不是哑巴捡的，是你的又怎么说？"孙副乡长说。

听说要去做亲子鉴定，欧明于没有话说了，他的老婆吴明秀低下了头，哑巴好像也听明白了，也不"哇哇"地闹了，乖乖地站在了一边。

"做了亲子鉴定，如果孩子是你的，来去的车旅费、务工费，一律由你出！不是你的，是哑巴捡的，也要去办理捡养手续！"谌书记说。

"欧明于，你说实话，据你们七社群众说，你哑巴哥那个孩子确实是你与吴明秀生的，你还拐那么多弯弯干啥呢？实话实说，当着谌书记、孙副乡长和侯主任的面说了算了，免得重罚！"唐支书劝道。

"你说，哑巴那个孩子究竟是你们夫妇生的，还是捡的？"谌书记温和地问。

欧明于的心理防线彻底崩溃了，看了看哑巴，又看了看妻子，见抵赖不过，只好说了真话。

"我哥那个孩子是我与妻子吴明秀生的。"

欧明于和吴明秀承认了，孙副乡长、侯主任当场做了笔录。

......

第二十八章

　　计划生育工作暂时告一段落后，谌书记又分别在五个村公路上与干部群众同吃同住同劳动了二十多天。他的这一举动，大大地鼓舞了五个村男女老少、干部群众修路的积极性。

　　谌书记从铜鼓岭村走到私大寨找涂支书等村上同志和小苏讲了公路的进展情况。一个中年男子抱着毛线衣、满头大汗跑来对涂支书说："书记不好了，我们二社出事了，社长涂兴双跌得头破血流，孕妇赵翠柳滚到坟山里血流不止。"

　　涂支书、谌书记和小苏连忙赶到二社。

　　二社是私大寨公路红碑嘴最艰巨的一段，离谌书记与涂支书谈话地点只有三四百米距离。他们到了那里，人们早已把二人抬到宽敞的地方。原来涂社长与几个男子抬石头，妇女们捡石块，涂社长曾受过伤，腿脚不利落，他倒下去把身怀六甲的少妇赵翠柳绊倒了。眼看赵翠柳就要滚下坟山，他一把将其抓住。赵翠柳是一个身高一米七几身材结实的胖女人，涂社长不但没有抓住她，反而因用力过猛，一头撞在石头上，顿时血流如注，昏过去了。坟山高出公路三四米。

下面不仅有坟头石，还有许多修公路放炮滚下去的乱石头。赵翠柳滚落下去后，肚子正好磕到一个大土坟的石头上。一阵剧痛，血从裤裆里流了出来。

涂支书、谌书记和小苏看了看两人的伤都非常严重，涂支书焦急地说："这咋个办哟！"

"赶快找人往医院里送！"谌书记说，"快，小苏，你去通知柴师傅，乡卫生院不行，就往市人民医院里送！我去找邓院长，叫他马上组织医生抢救！"说罢，就与苏干急忙向医院里跑去。

到了医院，只有药房捡药的医生在，谌书记问："邓院长和其他医生呢？"

"邓院长和其他医生到学校打预防针去了。"医生说。

"你把药房关了。"谌书记说，"快去叫邓院长回来，私大寨村村民修公路出了事，两个重伤，伤势严重，现在已经抬到半路了。"

捡药医生听谌书记这么说，及时关了门向学校跑去。

捡药医生刚走，私大寨村涂支书满身是血、大汗淋漓地背着他的弟弟涂兴双向医院跑来，后面还跟了几个村民。谌书记连忙去接应。他们把伤员放到医院大厅的椅子上。伤员昏迷不醒。

这时邓院长带着四五个医生回来了。邓院长一回到医院，就进了手术室。

涂兴双被推进了手术室。在清理伤口时他醒了。并无大碍，他昏迷是太累造成的。伤口虽较大，流血较多，但没有伤到骨头，只是皮外伤。邓院长把伤口处理了，上了药叫他静养一段时间就会没事的。

听说没事，大家松了口气。

柴师傅开着车到了医院门口。小苏问谌书记："涂社长伤情如何？"

"邓院长说没有伤到骨头，只是伤了皮，他昏迷是疲劳过度。"谌书记说。

见伤势不重他也就放心了。

这时五六个村民用滑竿把赵翠柳从侧门抬进了手术室。

赵翠柳呻吟不断。

几个人把赵翠柳从滑竿上抱下来，她身上的血，不仅把裤子全部浸湿了，就连滑竿上垫的被子都被血浸湿了不少。邓院长看了看赵翠柳的脸，又摸了摸她的脉搏。脉搏跳动得很慢。邓院长叫过来妇产科医生。

妇产科医生是个工作二十多年的老医生，经验丰富。

"你哪里不舒服？"医生问。

"哎哟，我肚子痛！"她回答的声音很小很微弱。

医生摸了摸赵翠柳的脉搏，用剪子剪掉了她的血裤子，检查了胎位，用助听器仔细听了听，对邓院长说："胎儿已经死亡，大人流血过多，现在还继续在流。"

"谌书记，"邓院长说，"大人需要手术，我们这里条件有限，只有往市人民医院里送。她流血过多，还在继续流，我们医院要做的是：一是给她止血。二是给她输血。"见他们叫她赵翠柳，邓院长也叫她的名字，问，"赵翠柳你知道，你是什么血型吗？"

赵翠柳吃力地摇了摇头。

"她家人知道她是什么血型吗？"

"她男人在外务工，只有她一个人在家里。"涂副主任说。

"没人知道，那就化验！"邓院长说。

妇产科医生给她打了止血针，用一个小瓶取了赵翠柳的血样，送进了化验室。

赵翠柳的血止住了，但她非常虚弱。

"必须马上输血，你们在场的所有人做好输血的准备！"妇产科医生焦急地命令道。

一个小时过后，化验结果出来了，她是 O 型血。

"谁是 O 型血？"妇产科医生问。

"我是！"

"我是！"

"……"

五六个人都说是，包括谌书记、涂支书以及抬涂社长的一个村民。

妇产科医生在两个村民那里各抽了一百毫升给赵翠柳输了。

输了血，赵翠柳渐渐清醒了些，但仍处于危险期。邓院长要求谌书记找车把赵翠柳及时送进市人民医院。

送市人民医院，问题来了。荆子乡与狮子乡交界的地方有个加油站，加油站往荆子方向约两三百米，上面有个囤水田，是农业学大寨时修建的，从修好关了三十多年都没有漏过。三月份，当地的一个叫彭松林的村民在他家坡上打片石放炮，震动了上面的囤水田，从此囤水田就开始漏水了。囤水田漏出来的水，引起了公路岩二百多米的山体滑坡，致使荆子乡一月多没有来客车，每天客车只能停在加油站。这下可苦了那些乘车的人，去时在那里上车，回来在那里下车，来去都要走十多里，老百姓怨声载道。

公路堵了，通不了客车，谌书记找养路队的邱队长。邱队长说，垮的土石很多，如果用机器需要资金一万五千多元。谌书记与曹乡长商量，给养路队拨了一万五千元。邱队长在财政所领了钱找来装载机。并讲好价钱，每小时一百二十元。公路下面是几块光秃秃、寸草不长的石谷子台台，邱队长准备把土石方就倒在那里。第一天去请，第二天铲车就开来了。邱队长见车子来了，在他们养路队找了一个人记时间，安排完就走了。驾驶员第一斗斗倒了，第二斗斗倒了，第三斗斗才铲起，只见年过半百的彭松林，长着一脸横肉，气势汹汹地跑来，不由分说，几步踏进驾驶台，抓住驾驶员正在操作的右手，说："师傅，下面是我的坡，那里不准倒土！"师傅叫记时间的人把邱队长找来。十多分钟过后，邱队长来了。邱队长跟彭松林好说歹说，他就是不同意。没办法，邱队长只好骑着摩托去找谌书记。谌书记派房部长去，房部长没有解决下来。谌书记又派王副书记去，还是没有解决下来。谌书记再派曹乡长去，仍然没有解决下来，最后他只好亲自出马。

谌书记没有直接去找彭松林，而是去找了狮子乡党委书记，书记姓张。谌书记曾经在区上当过副区长，几个乡镇的党委书记他都熟悉。张书记听说彭松林不准放土，张书记连忙就去找村支书。

张书记把彭松林不准荆子乡堆放土石方的事向村支书说了。支书愁眉苦脸，一脸无奈，他说，彭松林是他们村上最难缠的人。邻居关系不和，社上得罪的人也不少。大家对他都很有意见。支书见党委书记都来了，就是彭松林的工作再不好做也要去。支书找来社长。张书记、支书和社长，与谌书记、邱队长一起到彭松林家里商量堆放土石方的事。谌书记打算把那几个石谷子台台征用了，可彭松林怎么也不同意。不同意征收，就只好暂时租用。租用他也不同意，说：

"堆放一次算一次。"谌书记问:"把公路上的塌方土石放下来要多少钱?"彭松林说:"少不了五千。"经过两个乡干部一天一夜苦口婆心地做工作,给了彭松林三千才算了事。

山体滑坡不只是滑一次就算了,而是滑了多次。滑一次坡,车辆就进不来,不仅是客车,农业生产上的化肥、种子要运进来,农民种的粮食等要运出去,所以不管困难有多大,乡上都要想方设法使那条路畅通无阻。

第一次堆放了,第二次彭松林又不准了。每次塌方,每次都要给他拿钱,不给他就不准堆放。

前段时间接到市政府的电话,说地委书记到仪陇要从荆子乡经过。杨主任把这一消息汇报给了谌书记。谌书记便担心加油站那里塌方堵车。除了办公室杨主任,谌书记把所有的乡干部带到路上清理路障。

五点半吃早饭,六点出发,七点多就到了那里。迟不塌方早不塌方,乡干部们刚走到那里上面连泥带水就垮了一堆下来。

公路上三四百米的地方有半尺深的稀泥,公路岩陆续还在流水和落土。一塌方,那边的车子进不来,这边的车子出不去。自从那里塌方后,邱队长便带着他的队员守候在那里。有土石方滑下来,就用车运走,多的就找车铲,少的就用斗车拉。没有土石方滑下来,就在本乡地界上打片石。塌方处三四百米的地方,由于水的长期浸泡,加上来往车辆的碾压,路面经常出现大坑小坑,邱队长他们打出来的片石只够用来填坑。

"今天地委书记要从我们荆子过,你去找铲车来,及时把土石方铲走!"谌书记对邱队长说。

"彭松林不准往下倒土。"邱队长愁眉苦脸地说。

"这个你放心，我去找他！"

谌书记说着就与曹乡长等乡上领导去找彭松林。彭松林只同意放这一次，下次就不行了。

邱队长去请装载车，谌书记和所有乡干部与养路的人一道用铁锹铲稀泥，斗车拉片石填坑，直到下午一点多钟才把路面清理出来，坑填好。下午三点多钟地委五六辆小车才从那里经过。

地委书记的车子从那里经过已经有二十多天了。

"塌方那里堵车不？"谌书记问柴师傅。

"我是大前天过的，不知今天能不能过。"柴师傅说。

"不管能不能过，车子开到那里再说。"

柴师傅把车开到医院门口，几个人把赵翠柳抬进了小车里。以防万无一失，谌书记要求邓院长至少派三个医生护送。邓院长说，用不着那么多医生，妇产科医生经验丰富，她一个医生，社上派一两个妇女就行了。再说，人去多了小车也坐不了。

谌书记同意了邓院长的意见。村里除了跟去两个妇女外，涂副主任也去了。他们走时没有带钱，谌书记叫小苏到财政所冯出纳那里取了一万元交给了涂副主任带上。谌书记仍然不放心，担心加油站堵车，又叫小苏找了一辆农用车，他与小苏跟在后面。

果不其然，前面小轿车开到塌方的地方过不去了。谌书记问柴师傅是怎么回事。柴师傅说前面又塌方了。听说前面塌方了，在场的所有人都叫起苦来。谌书记与小苏、柴师傅向前面塌处走去。只见桌子大的三块石头堵在公路中间，石头是从囤水田边垮下来的，那里有个决口，决口处不时地还在往下掉土，决口处有酒杯粗的一股水往下流着。公路上不只是那三块石头，还有小石块、土，半尺厚的泥浆。

自从医生给赵翠柳打了止血针后，她就没有流血了，输血后精神也好多了。但她的肚子还是痛，呻吟不断。妇产科医生说，如不尽快把死胎取出来，赵翠柳仍有生命危险。时间就是生命！谌书记不敢怠慢，马上就去找邱队长。在那里打片石的只有四个人，以往有七八个。

"你们邱队长呢？"谌书记问。

"邱队长已有好几天都没有来了。"其中一人说。

"他为什么不上班？"谌书记问。

"彭松林净找麻烦，他就没有来上班。"那人说。

"找麻烦难道就不上班了？"谌书记生气地说，"你们谁知道铲车师傅住在哪里？"

其中有一人说："我知道。"

谌书记叫另外三人搭把手，几个人才把摩托车抬过了路障。那人开着摩托把谌书记带上就去找铲车。

铲车是养路队的，离堵车的地方只有三四公里。养路队队长与谌书记很熟。谌书记说明了原因，队长二话没说就叫驾驶员把车开去。

铲车刚铲第一铲，彭松林就来了。他破口大骂，边骂边走向装载机，跳进驾驶室里，一把将驾驶员的手抓住。驾驶员无法操作，只好停下来。

谌书记跟他说好话，并说明了原因。彭松林见是往大医院里送产妇，起了怜悯之心。

铲了二十多分钟，路终于通了。谌书记和在场的所有人才算松了口气。

柴师傅把车开走了，谌书记和小苏以及养路队的人目送着他们。装载机开回了养路队，四个打片石的回到了工地上。谌书记叫小苏随同农用车回去，通知曹乡长等领导来商量公路塌方的事。

他们都走了，谌书记与彭松林闲聊着。在闲聊的过程中，谌书记把他公路下面的几个石谷子台台和公路岩的坡提了出来。彭松林语气没有原来那么强硬了，也许与荆子乡几十次的磨缠，身心也已经疲惫了。见此机会，谌书记便问他公路边和公路岩要多少钱才卖。他说至少在两万元以上。

约莫一个多小时，曹乡长等党委成员坐着农用车都来了。在彭松林家里，多次讨价还价，以一万二的价格买下了那几块荒台。

一经落实，谌书记、曹乡长等党委成员在公路岩进行了实地考察，就如何砌堡坎、如何将囤水田的水排出去、需要多少资金等问题做了研究。

堡坎砌起后，要在堡坎上面修一条排水渠，将囤水田里漏出来的水排除去，需花资金四五万元。花钱再多也要搞，因为这是荆子乡车辆进出唯一的通道口。

谌书记、曹乡长连夜找到邱队长，与他商量。邱队长以四万元的价格承包了下来，为确保工程质量和速度，由曹乡长监管。

压在谌书记心中的公路不通的事，终于有了着落。

晚上从市人民医院传回了好消息，说赵翠柳手术很成功。

涂社长又带领二社一百多名群众，奋战在红碑嘴上。

第二十九章

　　年关快要到了，要做的事情很多，尤其是乡镇这一级。年终要办总结，总结一办，各单位、各部门要钱的就来了。学校要教育附加费来了，医院要小儿注射防疫费来了，兽防站要畜禽防疫费来了，农技站要植物统防统治款来了，麻石垭村、龙成沟村、飞蛾坪村、私大寨村和铜鼓岭村修公路要炸药钱来了，等等，等等。虽然新街建设，征用了铁壶观村一社的土地，土地款是暂时拖欠在那里的，但土地征用的附作物补偿、房屋拆迁和坟地搬迁都是用谌书记的私人存款抵压在信用社贷款支付的。眼看贷款马上就要到期了。这让谌书记有些招架不住了。

　　一天晚上，谌书记为年关节资金紧缺问题召开了党委会。

　　在解决资金紧缺这一问题之前，首先解决了财政所所长的问题。

　　"根据我们乡的实际情况，从发展的角度考虑，我与党委几位同志多次交换意见，认为唐光雨不适合再担任乡财政所所长职务，由会计胡毅同志担任。"谌书记提议。

　　胡毅二十六七岁，一九八七年被聘为财税干部。他朝气蓬勃，精明能干，办事利索，对党忠诚，尊重领导，团结同志，办事原则性强，在他当乡财政所会计时，曾连续三年被南充地区评为先进个人。

"我没意见！"曹乡长表态。

"我也没意见！"吴老书记表态。

"我同意！"管组织的王副书记表态。

"我也同意！"孙副乡长表态。

……

撤了唐光雨的财政所所长职务，他大不满意，尤其是对谌书记成见最大。说什么，他又没有犯错误，凭什么要撤他财政所所长的职务呢？他要上告谌书记！还无中生有地说，谌书记在修几个村的公路时毁了不少林木和耕地，在改造荆子乡场镇、修建塘清河大桥中收了吕老板和付老板的贿赂，并挪用了计划生育超生款，等等。

唐光雨这一招真灵，在他财政所所长被撤后的一个星期，市纪委就派人来调查。来的人官职还不小呢！是一个副书记。

经过一周多时间的走访、摸底、调查取证，除了挪用计划生育款以外，没有调查出任何事实来。

"谌亚荣同志是清白的！"最后市纪委副书记下结论说。

是啊！谌书记是清白的！几个村修公路毁林问题，党委政府早已向市政府和林业局打了报告，改造街道的吕善道、修桥的付勇给谌书记送没送钱他俩是最明白不过的。但说他挪用计划生育超生款是事实。不过，他没有把钱揣进自己的腰包里，也没有拿去跟别人合伙做什么生意，而是拿去支垫了炸药、雷管和火线钱，用于几个村修公路。告他挪用计划生育款的，不仅仅是唐光雨，还有原计划生育干部梁超。一次，市上开计划生育会，午休时，市计生委主任找过他，谌书记对他做过解释。

无论梁超、唐光雨怎么告，谌书记是不会理睬的。他心中无冷病，不怕吃西瓜！由他们去告吧！该做什么，还做什么 —— 为了党和人民的利益！

农历的腊月十七那天，天空中飘着雪花。天还没亮，谌书记就出发去到麻石垭村、龙成沟村，随后就到飞蛾坪村、私大寨村和铜鼓岭村，看沿途五个村修公路的进展情况。当看到群众那种热火朝天的修路场面时，他感动了！他忘记了饥饿，忘记了寒冷，忘记了劳累！

"胡毅，我想找你单独谈谈！"谌书记从龙成沟村回来，把财政所所长找到了他的办公室里。

"有什么事，谌书记？"胡毅拘谨地问。

"你这个新任的财政所所长担子可不轻哪！"谌书记意味深长地说，"荆子乡的发展，靠的是资金！你懂吗？"

"这我知道，谌书记！"胡毅坚定地说，"您怎么说，我就怎么做！"

"我就希望你说这句话！"谌书记说，"你不仅要把现有的资金管好，原来放出去的财政周转金收回来，同时还要在上面争取一些资金。另外与基金会和信用社的关系要处理好，到时我也找一下他们。在资金紧缺的情况下，该贷的就贷，需要多少就贷多少。荆子乡的发展，需要的是资金，没有资金，什么事情也办不成！"

"谌书记，您放心吧！我在市财政局还有几个熟人，每年要五至十万元钱是不成问题的。我与基金会和信用社的关系都不错。"

谌书记听他这么说，放心地点了点头。

　　送走了财政所所长胡毅，谌书记又把赵主任、欧会计和王出纳叫到了他的办公室，就今年年终结算、如何兑现各单位的集资款、发放村社干部工资等做了安排。与此同时，还对基金会资金的运转情况做了详细的了解。

　　当基金会三位同志走出谌书记的办公室时，已是凌晨三点了。

第三十章

　　年关节即将到了。单位上农历腊月二十一就放假了，荆子乡政府腊月二十六才放假。放假后谌书记又到了麻石垭村、龙成沟村、飞蛾坪村、私大寨村和铜鼓岭村察看了几个村的公路进展，以及新街居民建房情况等。谌亚荣来荆子乡前后还不到一年，荆子乡就发生了翻天覆地的变化。荆子乡是变化了，这变化，来源于他和他的党委政府同事们的坚强领导。几个月以来，谌亚荣黑了、瘦了，头上又增添了许多的白发。谌亚荣来荆子乡以前，体重是一百七十多斤，仅仅不到一年时间，体重就只有一百四十来斤了，足足减了三十斤！这三十斤减得值！这三十斤，换来了荆子乡场镇前所未有的改造；这三十斤，换来了五个村公路的修建；这三十斤，打开了灯盏坝村、阳大坎村计划生育工作的新局面；这三十斤，换来了各项工作的新面貌。

　　腊月二十七，谌亚荣的幺弟谌亚富从新疆回来了。

　　谌亚富四十四五岁，比他哥哥谌亚荣长得还魁梧，一米八二的个子，方头方脸，浓眉大眼，络腮胡。一九七五年在新疆当过兵，一九八〇年退伍回来，一九八七年经战友介绍在石河子承包了一个宾馆。从一九八七年到一九九〇年，没有赚到什么钱，一九九一年至一九九三年才开始赢利。今年春节，他本不打算回来，但听姐姐说哥哥为了家乡的建设与发展，为改造荆子场场镇，得罪了个别人，把他家的祖坟给挖了。谌亚富当时听了非常气愤，问哥哥有没有此事。谌亚荣说，他们乡上已经摆平了，只是父亲气得起不了床。谌亚富情急之下就回来了。

腊月二十八日早晨，谌家一家人正在吃早饭，乡上广播响了。只听席站长在广播上说：“请注意，荆子山发生了火灾，请谌书记和在荆子乡工作的所有乡干部，听到通知后，立即赶到现场。另外，请灯盏坝的敬书记、胡主任组织村民救火！荆子乡人民政府。×年×月×日。”

通知是春节值班的吴老书记、杨主任发出的。

谌书记听到广播，饭还没有吃完，放下筷子，就急急忙忙向事发地点赶去。

谌书记半个多小时赶到了。荆子山像埃及金字塔似的屹立在二道河下游。荆子山海拔七百多米，分正坡和两个斜坡。正坡面积很大，有两三百亩，两个斜坡面积总和还不足五十亩。正坡山脚下的北面，解放前有一个庙子，叫白庙子。白庙子占地十多亩，经常有一二十个和尚在那里吃斋念佛。庙子前面的小弯里，有手腕粗的三股泉水，甘冽清爽。那三股泉水不仅供那些和尚饮用，还供周围几十户人家饮用。庙子建于唐朝，修好的当年，就毁于一场火灾。那年正逢天大旱，庙子的火星飞到山上，引发了山火。火从山脚燃起，一直烧到山顶，整整烧了七天七夜。从四面八方来的人去救火，就是拢不了身。庙子熊熊的火焰燃得有一丈高，加上坡上风吹来的滚滚浓烟以及热浪，别说挑水去救火，连走都不敢走近，眼睁睁地看着官府用五六年时间修建的庙子化为灰烬。过了多年，换了一个新皇帝又才重建。白庙子在历史上重建过四五次，三次毁于火灾。最后一次重建于明代洪武年间，据说那次火灾还烧死了几个和尚。中华人民共和国成立初期拆了修了乡政府。

因山大而高，在山脚看不到火场，要离开一百多米才能看到。谌书记走到庙子的边上，只见高高的荆子山半山腰里，有几处着了火。火势在不断蔓延。从四面八方来的人陆续地往山上走。谌书记也上去了。

谌书记一上去，就看到乡林业站站长王云修同志在那里与灯盏坝村敬支书、胡主任商量如何组织群众灭火。

王站长是一个不到三十岁的年轻人。他中等个子，长得眉清目秀，属于招聘干部，一直在这个乡从事林业工作，对工作尽职尽责。

见谌书记来了，都向他走去。

"你们辛苦了！"谌书记分别握着他们三人的手问候道。

"哪里，还是谌书记辛苦！"他们三人不约而同地说。

谌书记问起了起火的原因、采取什么措施来灭火。

"起火的原因不明，"敬支书说，"估计是小孩玩耍放的火。荆子山不仅是今年失火，去年的这几天也失过火。不过，去年失火燃的只有五六亩地，我们组织附近的农户很快就扑灭了。今年从十月份起至今都没有下过一场雨，山上的草和灌木丛都是干的。以前，农户每年都要上山割草砍灌木丛喂牛或当柴火烧。改革开放以后，外出务工的人多了，也没人来割草砍柴了，所以山上的草和灌木长得非常茂盛，一旦起了火是很难扑灭的。"

"依我看，"王站长不紧不慢地说，"灭火的措施有三条：第一条，先动员灯盏坝的村民，全力以赴赶到荆子山来灭火。但荆子山山大，山上又没有水，这给灭火带来了困难。不过，荆子山整个山上长的全是草、灌木丛和小小的树木，没有大树，这又给我们人工灭火带来了便利 —— 没有大树，就说明火焰不大，完全可以人工扑灭。村民来时，拿上镰刀、弯刀、斧头。一部分人用树枝或黄荆条子扑，一部分人在离火几十米远处，用工具把前面的草、灌木丛、小树木割掉砍去，抱走，腾出一条空壕，火来了没助燃物，自然也就灭了。第二，荆子山不仅属于灯盏坝村，东北边还牵涉到铁壶观村三社、山顶上荆子山村五社以及西北面的护山乡，我建议，通知铁壶观村三社、荆子山村五社的村民一道来灭火。第三，一旦火势控制不住，立即给林业局打电话。"

王站长说得头头是道，谌书记听了很佩服。

这时，家在荆子乡的所有乡干部都到了，包括曹乡长、吴老书记、办公室杨主任、胡所长、蚕桑站沈站长等。

曹乡长来了，谌书记根据王站长提供的情况，叫敬支书回去开广播，通知全村村民来山林灭火。又找了两个乡干部，一个去找铁壶观村的王主任叫他通知他们三社社长，带领全社村民立刻赶到荆子山来灭火，一个去找荆子山村的支书，叫他通知五社社长，带领全社村民来灭火。接着谌书记又给乡干部分了工。一切安排完后，大家投入灭火战斗中。

山上全是半人多深的草，一人或两人多高的马桑、黄荆等。那些草，有的是当年生长的，有些是多年生长的。当年生长的绝大多数都黄了。多年生长的，有大部分都干枯了。落了的叶子全部堆积在根部。火的走势取决于风向。不吹风，火就向上下左右蔓延，燃烧的速度不快。只要风一吹，火的蔓延速度便非常快。风从西北面吹过来，东北面坡上的草、马桑、黄荆等就迅速被火吞噬了。当时一会儿有风，一会儿没风，一会儿风大，一会儿风小。人们只有在没有吹风的情况下才能灭火。风一来，火势就大起来，燃烧的速度也快，夹杂着浓烟，别说去灭火，躲得不及时就会被火烧着。

谌书记和王站长加入灯盏坝村灭火的队伍中。灯盏坝村共有四个社的柴山在这个山上，除此以外，还有村里上百亩公坡。四个社各家各户都有坡，山上失了火，除了外出务工的人没有来外，在家的不论男女都来了。他们灭火很有经验，风来了就避开，风一过又去灭，动作麻利、熟练。王站长手拿大把柏丫枝拍打着火苗。谌书记见王站长那样，也学着，把一棵小柏树掰过来，拼命地扑打着前面的火。他人高大，又有力气，打起来十分厉害，一个人要顶两三个，三五下就把手中的柏丫枝打坏了。打坏了又去掰。他发现柏丫枝不经打，便要来一位村民手中的镰刀，割了一把黄荆条。黄荆条大拇指粗细约两米长，连枝带棍，举起条子，上下左右开弓，凡是从他那里来的火苗，几下就被打熄了。当他正打得起劲时，一阵大风吹来，一股浓烟铺天盖地卷来。在谌书记身边的王站长连忙大喊："谌书记快退！退！！"谌书记听到喊声后，急忙后退，但还是没来得及，衣服被烧了，额头和手也被灼伤了。这一阵风好大哟，所有人都停下，从火场上退了下来。风吹了很长时间都没有停下来。风没有来之前，人们聚精会神、有条不紊地扑着火，火势得到了一时的控制，可是几阵风过后，火势又大起来了，且越燃越旺，面积越烧越大。

　　这时灯盏坝村的敬支书、铁壶观村的王主任、荆子山村的支书、主任，带领着村民陆续赶来了。谌书记叫敬支书通知村民离开火场，等风停了后再去扑灭。

　　村民们都撤离下来。

　　风足足吹了一个多小时，火也足足肆虐了一个多小时。谌书记与曹乡长、王站长、吴老书记、杨主任、胡所长、沈站长及几个村社干部商量着灭火对策。原来准备用镰刀、弯刀、斧头砍割出一条空壕来断火，通过现场扑救，发现这个办法用不上了。用柏丫枝和黄荆条扑打就完全可以。

　　眼看着燃烧的面积迅速在扩大，大家心里很是着急。正在大家心急如焚时，风突然停了下来。风一停，火势也就没有那么旺盛了。

　　原来分了三个组，负责各自的地界，现在是哪里有火情就在哪里扑。根据现场经验，为了安全起见，谌书记要求三个组风来就撤离，风停就扑灭。

　　经过一个多小时的奋战，火势得到了控制。又过了一个多小时，大部分火已经被扑灭，这时已是下午两点多了。妇女回家做饭去了，只有男人留在山上继续灭火。

　　妇女们刚走，乡伙食团的涂班长、小车驾驶员柴师傅，他俩背着馒头，挑着葱花、醋、开水，来到了山上。

　　乡干部们见涂班长、柴师傅挑来了午饭，都很高兴。大家早就饥肠辘辘了，都说他俩考虑得周到。

　　涂班长、柴师傅把馒头挑到一个宽敞的草坪里。乡干部们都走来吃饭。大家个个就像从煤窑里出来似的，脸上、身上、手上、脚上到处都是黑的，不仅如此，有的衣裤鞋子被灌木丛划破了，有的被火灼伤了。谌书记的额头和手被灼伤了，衣服也被烧坏了。曹乡长的络腮胡被燎了，脸部被灼伤。吴老书记伤了脚。杨雪主任不仅被火燎了前额的秀发，还燎了那弯弯的眉毛。她拿出镜子一照，见没了眉毛，伤心地哭了。她退出了火场，犹豫了一会儿后，又加入进去。不仅是领导受了伤，一些办事员、村民也都受了不同程度的伤。

乡干部们身上全是脏的。山上没有水，没法洗手脸，他们就在草上、石头上把手擦了擦，拿起馒头，舀了一碗汤，狼吞虎咽地吃了起来。

这时村妇们陆陆续续地把中午饭也送来了。

一直到下午五点多才把火扑灭。

春节很快就过去了。总的来说，谌书记今年这个春节过得很愉快。两个姐姐、一个妹妹和一个弟弟都回来了。两位老人都到了耄耋之年，大家回来看一看二老，吃个团圆饭，共享天伦之乐。

第三十一章

春节一过就该上班了。每年都是如此，乡上的正副职领导正月初八就要到市里开会，会议的内容是布置来年的工作任务。一九九五年的工作任务：全党动员，大抓农业。

市上会议开了两天，来去就是四天。谌书记回到乡里，就是正月十二了。这几天，吴老书记在组织乡干部学习。

今年工作怎么搞？谌书记一直都在考虑。五个村的公路正在修建中，场镇改造还没有结束。上面号召大抓农业，说的是今年省农牧厅要在河溪镇的五马乡搞万亩玉米丰收工程示范片，即玉米覆膜工程，玉米要实现地膜化。

修公路、改造场镇和粮食生产，都是大事，这几项工作交织在一起，真使谌亚荣为难了。他召开了几次党委会，决定村社公路修建工作暂时停下来，集中精力抓粮食生产，但场镇改造不能停！

他找了管农业的副乡长谭小兵。

谭小兵二十七八岁，黑瘦的身材，戴着一副眼镜，曾在乡办农校任过教，一九八八年招聘为文化干部，在千佛镇工作，一九九二年被选为该镇副镇长。一九九五年元月调入荆子乡任副乡长，分管农业、林业、蚕桑、农机、水利、国土和城建。这个人长相不怎么样，黑瘦的个儿，不引人注目，但却很有个性，知识面广，什么都懂点。他对人诚恳，事业心强，不打牌，不抽烟，唯一的爱好就是看书、看报。在千佛镇工作了几年，干部、群众对他评价都不错。

"谭乡长，你对市上今年抓粮食生产，尤其是玉米丰收工程有什么看法？"谌书记问。

谭小兵把眼镜往上一推，沉默了一会儿说："正月初十，市上会议结束以后，我与农技站罗雨站长在市农业局安阁瑞开了两天技术培训会。我虽然生长在荆子乡，但是，对荆子乡的情况并不了解，不过，罗站长对全乡的情况是熟悉的。前段时间，我找过他。我认为，荆子乡粮食生产主要抓如下三个方面。"

谭副乡长说到这里，谌书记叫他别忙着说，他要拿笔记本做下记录。待谌书记准备好，他才接着说："全乡大春常年种植水稻五千五百亩，玉米四千五百亩，红苕四千亩，其他农作物两千六百亩左右。今年农业生产布局：减少水稻种植面积，增加旱地作物。旱地作物，首先要狠抓玉米生产。全乡常年水稻面积在五千五百亩以上，建议今年水稻限制在三千五百亩以下，减少两千亩，增加两千亩玉米。玉米种植面积增加，就要增加播种量，据说今年玉米种紧俏，尤其是好玉米种。在抓好玉米种的同时，还要抓住微膜。微膜每公斤十一元七角，一公斤微膜要覆盖一亩玉米，而一亩可增产玉米一百五十斤至两百斤，这样太划算了。全乡有六千多亩玉米，按市上给我乡下达的指标完成百分之八十，就需五吨微膜，五吨微膜要近六万元，而这钱？"

"找罗站长？"

"对，找罗站长！"谭副乡长说，"第三，化肥。据我最近在供销社和农技站调查统计，全年需要化肥三千五百吨。春节过后，春耕在即，大春化肥需要两千五百吨，占全年需肥量的百分之六十以上。现供销社库存还不足两百吨，农技站库存一百五十吨，市农资公司全年才分了八百吨，由此看来，我乡还有一千多吨的缺口。氮肥厂化肥只外销，农资公司又不准任何单位和个人在外调运，谁调运，市上将责成工商、税务、公安等部门将其没收。"

"不管市上怎么说，我们都要把化肥准备充足！"谌书记搁下笔记本说。

"是啊，我也是这么想的！"谭副乡长停了一下，说，"我们乡内部有一个人才，只要把话给他说到，事情来了给他撑腰，他能满足我们乡的化肥。"

"你说的是谁呢？"

"农技站站长罗雨是个人才，既懂农业技术，又很会做生意，在农技站干得有声有色，远近有名。他不但与农业局正副局长关系好，还与几个化肥厂有来往。据说，他很有钱！"

"罗雨！好，太好了，你马上把他给我找来！"谌书记迫不及待地说。

谭小兵找了几个来回都没有找着，后来听他们站上的人说，罗站长出差去了，还要几天才回来。

刚过完元宵节没几天，听说农技站站长罗雨从广元出差回来了。谌书记本人生长在农村，年轻时当过农科组的组长，对于农业，不管是传统的，还是现代的，并不陌生。不过，近些年来，由于抓其他方面的工作,尤其抓经济工作,农业生产上的事就管得少了。因此,对于农业生产这方面的情况就不怎么清楚,尤其缺乏农业新技术这方面的知识。今年是特殊年,全党动员要大抓农业,其他工作可以放在一边,农业生产却不可忽视,需要好好地抓一抓了。在抓的同时,也好全面了解一下全乡的农业生产情况,学一学农业新技术。

谌书记、谭副乡长,吃了早饭就来找罗站长了。

罗站长的家住在桥头上,是一个成一字形、五个门面的砖瓦房,约有三百平方米。院坝边是长势茂盛的刺槐、樟树、杜仲、麻柳等。房屋左边是大片的农田,右边是一条公路,离院坝边三四米处是清凌凌的塘清河。这里还有一座二十世纪五十年代修的石板桥,是铜鼓岭村、私大寨村、飞蛾坪村大部分和垭口镇到荆子场的必经之路。乡初中部就在屋后,桥对面是荆子场。因此,这里有很好的商机。当场天赶集的、买东西的,人来人往,热闹非凡。除此以外,还有那些来了一批又一批买小零碎的人,诸如买笔墨纸砚、小玩具和一些小零食的学生。地处河边,既有小桥流水,又有旖旎的田园风光;既有茂密的树木,又有幽静的竹林,住在这里舒适、惬意!

谌书记、谭副乡长走进罗雨家时,商店和饮食店拥挤了许多学生,他们有的买小东西,有的买小吃,罗雨的父母、妻子都忙得不可开交。

"罗站长在家吗?"谭副乡长问。

随后,从二楼的屋里走出来一个中等身材,年龄在三十二三岁,方头方脸,乌黑的头发,五官端正,细眉细眼,一身穿的全是名牌的中年人。他给人的印象:仁义、谦逊、和蔼、聪颖、富贵!

"原来是谌书记和谭乡长哟,快上楼来坐!"罗雨见是谌书记、谭副乡长,很热情地说。

谌书记、谭副乡长随罗站长上楼去了。

"罗站长，您好！"谌书记第一个伸出手来与他握手。

"谌书记，您好！"罗雨热情地伸出手来回握。

"今天找您，谈一下工作上的事！"谌书记开门见山地说。

"好，好，你们稍坐片刻！"罗雨说着就给谌书记、谭副乡长沏了两杯西湖龙井茶。

罗雨给谌书记、谭副乡长沏好了茶，就把全乡农业生产情况向两位领导作了介绍。不仅如此，罗雨还把全乡的水利情况（包括塘库堰）、旱山村等情况都向谌书记、谭副乡长作了详细介绍，这为今年大抓粮食生产、抵御特大天旱提供了依据。

"除了你讲的那些事外，还有这么几件事需要找你商量一下！"谭副乡长说。

于是，谭副乡长就把前几天与谌书记谈的关于种子等农业生产资料对罗雨说了。

"种子的事，没有问题。"罗雨说，"就是你们不安排，今年我也准备在全乡推广三千多亩的成单14，去年我乡种植了八百多亩，反应不错。化肥要多少有多少。尤其是碳铵，每吨至少比供销社少五十元。只是市农资公司、供销社责成执法部门来检查时，需要乡政府帮我挡一下！"

"这个没问题！"谌书记坚决地说。

"有谌书记这句话，我罗雨就放心了！"罗雨开心地笑着说。

"地膜呢？"谭副乡长问。

"买地膜的款，我可以先垫付，同时不赚一分钱。不过，这资金回收？"

"您只要把五吨地膜组织回来，资金的回收您就放心好了，我们党委政府可以给您保证！"谌书记说。

他们谈了很长时间，谈得很好。从言语中可以得知，谌书记很佩服眼前这个既懂农业技术，又会做生意的农技站站长！

第三十二章

罗雨从乡基金会取回资金，从农业局运回了五吨半超微膜，谌书记、谭副乡长按当年的玉米种植面积分给了各村。

二月二十七日，市委市政府组织各乡镇党委书记，管农业的副乡（镇）长和各乡镇农技站站长、市上涉农部门，在河溪镇的五马乡五马村召开了玉米覆膜现场会。

会上市委市政府，给各乡镇下达了硬任务：按各乡镇常年玉米种植面积下达，以百分之八十为起点，完成百分之八十，不奖不惩；超出一个百分点，奖一千元，少一个百分点，惩一千元。任务只完成百分之六十以下的乡镇，党委书记和管农业的副乡（镇）长就地免职，地膜供应，覆膜技术由市农业局负责。

市上现场会议后，各乡镇都回去召开了现场会。荆子乡也不例外。

谌书记从市上回来没几天，就召开了乡、村、社干部和全体共产党员以及全体村民代表大会，将市上在河溪镇五马乡五马村召开的玉米覆膜现场会作了传达，同时，让各村签了责任书。

会议精神一传达，绝大多数村社干部、党员代表是理解的并积极支持的。然而，也有少数村社干部、党员代表认识不足，甚至有抵制情绪。鉴于这种情况，为了更进一步统一思想，提高认识，谌书记又组织乡村干部召开了两次会议。会上下了军令状，按照市上会议精神：完成任务的有奖，完不成的惩罚，完成差的，支部书记免职！

党员干部统一了思想，谌书记又在全乡召开了广播大会。他讲：第一，从气候方面来讲，搞玉米覆膜丰收工程是避免旱灾。第二，从科学角度来讲，搞玉米覆膜工程有如下几个好处：前期保温，中后期保湿保肥，成熟期提前。第三，从丰产角度来讲，比常规种植增产百分之三十到四十。第四，多产玉米，有利于养殖业的发展……

各种会议开了，谌书记找罗雨了解种子情况、化肥存储量。罗雨说："今年玉米种，尤其是成单14，比原来预想的还要紧张，全市一抢而空，市种子公司，目前正在与省种子公司联系。我乡今年种子供应是没问题的，成单14已经供应了五吨半，占全乡玉米品种的百分之八十五以上。化肥库存只有一百吨。"

听了罗雨的汇报，谌书记对种子很满意，他又到供销社了解化肥储存情况。经理汇报说，乡供销社，包括各个代销点，化肥储存量还不足两百吨。

春耕在即，化肥紧张，形势严峻！

当天下午，谌书记把农技站站长、供销社经理请到了他的办公室。

"今年的玉米丰收工程，"谌书记说，"市上是下了决心的。从我了解的你们农技站、供销社统计的种子与化肥的数据来看，种子的准备量是充足的，但是化肥的存储缺口很大，现在储存量还不足三百吨。每年开春需要多少吨化肥，你们不是不清楚，更何况今年又要搞玉米丰收工程！罗站长你是内行、农业方面的专家，五六千亩玉米，就需要五六百吨化肥，还不说水稻、红苕和花生，全年三千多吨化肥，开春占了大半，这区区三四百吨，能解决什么问题？今天请你们二位来，主要是谈化肥问题。现在给你们一个任务，在三月中下旬，供销社组织三百五十吨，农技站组织三百吨，你们有没有意见？"

谌书记的话音刚落，供销社经理就抢着说："谌书记，化肥供应是没问题的，我们保证完成调拨任务。市上有文件规定：只准农技站经营复合肥，不准经营碳铵、尿素、硝铵、磷肥等单一性化肥。同时市氮肥厂还给我们乡分有销售任务，一旦完不成任务，就要造成化肥的大量积压……"

"我们市实行化肥垄断经营，"谌书记气愤地说，"不准在外调运，对于这个问题，我在市上也是开了会的。不过，这不符合改革开放的政策，不利于我们这个地方的经济发展。我认为，无论购哪里的化肥，只要质量过了关，价格便宜，降低农业生产成本就是正确的。市农资部门、化肥厂和供销社，明知化肥供不应求，还不准别人在外地调。本市的化肥，每吨比别的地方高一百多元，还说自己的价格低。罗站长，你到外地去组织，出了问题，由乡上负责！"

听谌书记这么说，罗雨很乐意。但经理却不高兴。

罗雨向谌书记打了招呼，就离开了办公室。经理还想向谌书记说些什么，谌书记知道他的想法，无非就是不要农技站罗站长到外地组织化肥。他摆了下手，示意他不要说了。

不到二十天，罗雨就到广元、旺苍、南江调回了两百多吨碳铵、二十多吨尿素、三十多吨硝铵、五十多吨磷肥和二十多吨复合肥，共计三百多吨，分别放到了农技站仓库和农技站下设的网点。

化肥刚运完，区供销社和工商所就来人了。他们一来，罗雨就把责任推到了乡上。

他们找了谌书记，谌书记给他们讲了道理。他们要收农技站的税，罚农技站的款，谌书记没有理睬。

有谌书记给农技站撑腰，区供销社和工商所没有办法。于是，他们就把情况向市督察办汇报了。第二天，市督察办责成农资、供销、商贸、工商和经委五大部门，市上管农业的蒋熙乐副书记（他是省里的下派干部，后来当了该市的市委书记）和管商贸的尤光荣副市长，开了三辆小轿车来到了荆子乡。

会议是在乡基金会会议室里开的，除了市里的几位领导、五大部门负责人外，还有区供销社的主任、乡上的曹乡长、谭副乡长和罗站长。

"你们乡农技站擅自在外地调运化肥，谌书记，你把情况谈一下！"蒋副书记说。

于是，谌书记就将乡里春耕生产、农用物资的准备、化肥库存量，农技站在外组织化肥等情况向蒋副书记、尤副市长做了汇报。

听了谌书记的汇报，蒋副书记满意地点了下头。只是尤副市长见荆子乡农技站在外地组织化肥大发雷霆，对谌书记说："你作为一个乡党委书记，难道不知道市里的文件精神吗？文件上明确规定，除农资公司、供销社以外，任何单位和个人不得在外地组织化肥！"

"我知道，市里的文件是为个别部门而发的，这与中央、省上文件是相悖的！"说罢，谌书记就把中央、省上有关化肥放开的文件摆在了蒋副书记、尤副市长面前。

蒋副书记没有看文件，问了农业生产上的其他事情，没有再过问荆子乡农技站在外地组织化肥的事，可尤副市长却穷追不舍。蒋副书记见状，推说今天走访的乡镇多，时间紧，坐了不到半个小时，就叫尤副市长带着下面的人到了其他乡镇。

为何蒋副书记与尤副市长意见不一致呢？

事情是这样的：关于化肥放开经营权，省政府文件在去年的六月份就出台了。谌书记给蒋副书记、尤副市长递交的是文件复印件。原文蒋副书记、尤副市长早就看过。上几次，在市委班子常委会议上，对化肥放不放开经营权，展开了激烈的讨论。在讨论的过程中，有两种意见，一种是：为了适应改革开放政策，贯彻执行中央和省委省政府关于放开化肥经营权的政策，化肥经营权应该开放，这是大政策，大气候！就是今年不开放，明年，乃至后年，仍然要开放！另一种意见是：为确保本市利益，氮肥厂不倒闭，农资公司、供销社几千人的吃饭问题，化肥经营权不能放开。市委书记、尤副市长和管商贸的人认为化肥不能放开经营权。市长、蒋副书记和管农业的主张放开经营权。蒋副书记是省上的下派干部，市委书记的话，他可听可不听。化肥垄断经营，是违背中央和省政府文件精神的。然而，为了班子的团结，他保持了中立。当尤副市长强词夺理地说谌书记他们乡农技站在外地调运化肥不对时，他没有表态，只是听之任之，敷衍搪塞，草草地收了场。

化肥风波并没有停止。事隔三天，市上召集各乡（镇）党委书记，开了农资专营会议。会上尤副市长点了荆子乡的名。

在市上开了农资专营会议回来以后，谌书记觉得自己顶了市上领导，很有可能被撤职。

"一个乡（镇）党委书记算什么？撤就撤吧！只要是为了老百姓的利益着想，就是撤了职也无所谓！"他想。

他正想着这事，罗雨来了。

"尤副市长在会上点了荆子乡的名！"罗雨急了，问谌书记，"我们那三百多吨化肥，该怎么办呢？"

"怎么办？不要管它，有我哩！"谌书记给他壮胆。

听谌书记这么说，罗站长放心了。

是啊，罗雨怎么能不着急：税务所要收他百分之三的营业税，工商所每吨要收他五十元的管理费及罚款，农资供销社要没收他的化肥，如果谌书记顶不住，农技站就彻底破产了，而这化肥款全是在基金会贷的。

市上农资专营会一结束市督察办又带着那几个部门的人来了。为首的还是蒋副书记、尤副市长。

"你们乡农技站的化肥，据说还没有处理？"尤副市长直截了当地问谌书记。

"怎么处理？我正想请教一下几位领导呢！"谌书记笑着说。

"怎么处理？"尤副市长生气了，"化肥全部转交给供销社，接受罚款，你写检讨！"

"化肥不能转交，罚款不能接受，写检讨可以！"谌书记义正词严、毫不示弱地说。

"转可以，但我要现钱，所有的肥料，一律转交给你们。"罗雨是做生意的行家里手，精明得很。他想，如果转给供销社，按本市化肥的批发价，每吨化肥还净赚八十元，三百多吨化肥净赚两万多。他们除了这三百多吨外，还有一百多吨不好销售的复合肥。

"那不行，价格按调拨价，另加运费，同时，我们只转碳铵、硝铵、尿素。"区供销社主任说。

要转好销售的化肥，按进价算，显然罗雨是不同意的。

在双方僵持不下的情况下，蒋副书记带着商量的口气，叫谌书记、罗雨转运一半给供销社。

谌书记、罗雨还是不同意。他们无可奈何，最后还是悄无声息地走了。

过后，乡农技站既没有把化肥转走，也没有缴税和罚款，谌书记也没有写检讨。不到一月的时间，省上农资检查小组来到了阆中。从此以后，阆中的化肥政策就放开了。

谌书记保护农技站的合法经营，不畏权势，在荆子乡传为佳话。

四月上旬，正值玉米移栽时。玉米覆膜，说起来容易，做起来难。工序要比常规种植复杂得多，栽时不但要施足底肥，而且还要把土整平、整细，不这样做就不好盖膜。盖膜也挺讲究，要盖成瓦背形，在微膜上掏个小孔栽上玉米苗。一个劳动力一天连整地带施肥，最多只能完成二十平方丈。

初期大家信心还足，因工序耗时，加上外出务工的人多，精壮劳动力没有在家，家里剩下的都是些老弱病残和妇女儿童。玉米覆膜，有些村社搞了一半就失去了信心，有的村社完成的还不足百分之二十。要么敷衍了事，把玉米栽上，盖上薄膜，玉米苗露在外面，用土只压了两边，也不管它好歹。有些农户，干脆不盖，说由你去说，款由你去罚。鉴于此种情况，谌书记又多次召开了干部会议，实行乡干部包村，村干部包社，社干部包户的责任制，千方百计要完成今年的覆膜任务，严把质量关。

由于干部负责，层层把关，加上今年天公作美，土壤墒情好，很适宜玉米移栽。在短短的两周之内，全乡就完成了百分之三十以上，市督查组来检察时，荆子乡还得到了表扬。

虽然绝大多数村社都完成得较好，但也有少数村社没有完成，有的村社只完成百分之三四十，有的村社甚至完成的还不足百分之二十。谌书记驻的渔溪沟村完成得最差，只有百分之十七点几。

谌书记所在的渔溪沟村，是全乡面积和人口最大的一个村。全村一千七百多人，九个社，分山上、河下。山上是一、二、三，三个社，这三个社都比较大，占全村面积的一半，除一、二社外，乡道横穿三社全境；四、五、六、七、八、九，六个社在河下，水源条件较好。

这个村的支书叫马怀汗，已到了不惑之年，高高的个子，魁梧的身材，方头大脸。他在这个村群众基础较好，威信极高。他头脑聪明，能说会写，党性极强。据这个村的干部党员说，一般人他是不放在眼里的，历来是独断专行，上级下达的任务，即使有意见，但还是照样完成。正因为他有诸多优点，才当了二十年的支书。在荆子乡，支书当得长的，他算是其中一个。

谌书记是很尊敬人才的，马支书这个人，他是再清楚不过的。因为谌书记的妻子张丽凤娘家就是马支书那个村的。他与张丽凤结婚时，还是他写的介绍信呢！

谌书记进驻这个村后，曾多次找他谈工作上的事。马支书也敬重谌书记。他看重的是谌书记说话算数，有远见、有胆识、有魄力，办事利索、果断、公道！马支书对玉米覆膜丰收工程不了解，认为谌书记是跟着上级在胡闹，瞎指挥，是在搞一刀切，即使是科学，也要老百姓了解了才行，得慢慢来，不能吃急酒。

　　为这次玉米覆膜，谌书记曾多次找过马支书，他的思想工作就是做不通。思想工作做不通，整个村的工作，就不好做。

　　四月二十三日，乡党委政府对全乡玉米覆膜工程进行了交叉检查验收。验收的结果：全乡玉米覆膜已达百分之八十一点三，一半以上的村社达到了百分之九十五以上。然而，谌书记所在的渔溪沟村才达百分之十点几，此项工作完成得差，谌书记对马怀汗支书很是失望。

第三十三章

通过党委研究决定：撤销了渔溪沟村支部书记马怀汗的职务。渔溪沟村的支部书记由乡上派一个人下去担任。

春耕生产，抢种抢收结束后，谌书记、曹乡长等党委政府一班人，又研究了下一步的工作：规划烽火台和业乐场两个村级场镇。

除渔溪沟村外，烽火台村是全乡十三个行政村中排名第二的大村。全村一千五百六十七人，十一个农业合作社，荆千路贯通大部分社，少部分社在山背后，与渔溪沟村一社相连。烽火台村离荆子四点三公里，离千佛十二公里，离狮子七公里，左与千佛镇的大唐湾村相连，荆千公路从烽火台过。

烽火台一百多年前兴过场，取名叫跃龙场。跃龙场有二十多家店铺。一九三三年，在兵荒马乱、血雨腥风的年代里，一帮土匪与官兵交战。一天晚上，不知是土匪还是官兵，把跃龙场烧了个精光。由于跃龙场没有救火的水，又正值阳春三月，闹春旱，大火燃了三天三夜。从此，这个场也就毁灭了，再也没有兴起过。不过，中华人民共和国成立前仍有日用商品在此交易。中华人民共和国成立后，区供销社设有百货、农用物资、农用工具销售点，乡卫生院设有医疗站，乡学校设有小学，等等。同时，还有不少的住户。

烽火台上场右边是千佛镇的大塘湾村、猪垭子槽村和赵家垭村；左边是荆子乡二村七社、六社一部分。烽火台村六社与狮子乡的石板垭、龙吟山村相连。荆千路从烽火台场中间穿过。下场右边山背后（烽火台处在山梁中间）是烽火台村八、九、十、十一，四个社。左边直至通往荆子场是烽火台村的七、三、二、一社。一社与渔溪沟的三社相连。烽火台场兴起后，周围有六七个村在这里赶场交易。

这天，天气有点热，谌书记、曹乡长他们在个体户牟利生家里。牟利生是村主任的岳父。前几天，谌书记就与村上的支书、主任打了招呼，说要来烽火台村规划场镇，叫他们在那里等候。

谌书记、曹乡长到来时，村支书早就到了。

支书姓王，叫王自春，年过花甲，高高的个儿，黑瘦的脸，当了十多年的支书。他连续四届当选为乡人大代表，两届当选为市人大代表。烽火台村是荆子乡的北大门，基本的农田保护、扶贫攻坚等都在这里搞过。

谌书记还没有来这个乡时，乡上就已经把它纳入新村建设的范围了。这个村历来是先进村、红旗村。不仅是农业、计生、基本农田保护、扶贫等在这里搞现场，同时还是金花梨、杜仲、川明参基地村。烽火台村能做到这一步，这与王支书领导的"两委"班子带领全村人民科学致富和勤劳致富分不开。

"谌书记、曹乡长你们早呀！"王支书从屋里出来招呼道。

"王支书，还是你早哟！你不是比我们先来的吗？"谌书记笑着说。

"主任还没有来？"曹乡长问。

"我来啦！"随着一声吆喝，从屋里走出一个人，只见他边走边擦着汗，嘴里还在吃着东西。

主任姓汤，叫汤德富，四十五六岁上下，中等个儿，肥胖的身体，剪着平头，红光满面。曹乡长叫他时，他正在他岳母家吃早饭，便知道是谌书记他们来了，饭还没有吃完就放下碗筷出来了。

"谌书记、曹乡长你们早啊！"汤主任笑着问候道。

谌书记、曹乡长、王支书和汤主任到村会议室商量烽火台村的场镇建设。谌书记说："农村'双抢'基本结束了，这是闲五月。俗话说：'能过端午不过年，过了端午渐渐闲。'端午节已经接近，农闲即将来到。虽是农闲，但我们却不能闲。去年，我们在规划麻石垭村、飞蛾坪村、龙成沟村、私大寨村、铜鼓岭村的公路建设和荆子场的场镇改造时，就把烽火台村、业乐场村纳入了今年的规划。近一年来，几个村的公路修建初见成效，干部的决心大，群众的热情高。荆子场场镇建设，虽然困难重重，阻力很大，但是，我们终于战胜了各种困难，排除了一切艰难险阻！目前，场镇建设开展顺利，塘清河大桥正在修建中，现在就轮到你们烽火台村、业乐场村了。据我父亲讲，烽火台原来建过场，那时叫跃龙场，场赶时很热闹。一九三三年才烧了，至于为什么被烧，原因不明确。烽火台梁上没有水，才烧了个精光。现在我们把这个场建好后，可以在这里建一个自来水站，彻底解决用水问题。我们这一届党委政府，不遗余力地支持你们在烽火台建场！烽火台场能不能建，建不建得起，关键在于你们'两委'班子！通过我们在这个村的走访了解，烽火台兴场，全村人民是支持的。村上在建场中，如征地、迁房等遇到一些疑难问题，可以直接来找我或曹乡长！"

谌书记的话，深深地打动了王支书、汤主任。接着曹乡长说："烽火台村建场，乡上由谌书记负责，因为他也是你们烽火台村人，家乡观念强嘛！烽火台场镇规划落实后，再到业乐去规划，我负责业乐场的规划建设，因为我是业乐那边人。你谌书记烽火台场兴起了，我业乐场兴不起，又怎么向业乐那边的老百姓交代呢？"

曹乡长的话，逗得大家哈哈大笑起来。

"只要有你们党委政府的支持，为了兴建烽火台场，就是舍了我这把老骨头都值得！"王支书表态说。

"岳父一家，土地征收和房屋拆迁，算我的！"汤主任表态说。

认识统一了，他们就做了下一步的安排：一是村上成立烽火台建场领导小组，组长由王支书担任，副组长由汤主任担任，成员由烽火台村各社社长组成。二是规划建场需要多少面积。经过村上前几次丈量，除公路外，下场还要砌一道堡坎，大约需要土地七八亩，拆迁房屋六家，其中就有汤主任岳父家。既要征他家的土地，又要拆迁房屋。三是征地办法。凡是建烽火台场镇占了农户土地的，社里用机动土补。房屋拆迁，每间屋补助一千元，资金来源，乡上补助少部分，绝大部分由村上负责。在烽火台建房有个优惠条件：新建房屋时，国土、城建不收一切费用，需用多少，就占多少，不受限制。

时间不早了，这天中午，村上安排在汤主任岳父牟利生家里吃饭。

牟利生是一个年近七旬、肥胖高大的人，体重足有两百斤。他养育了三男三女。大儿子在通、南、巴一带做木材生意。二儿子给区供销社代销化肥、百货和农用工具等，销售额每年都在上百万元。

三儿子曾在某部队里给师长开小车，转业回来后自己买了一辆东风牌汽车，常年在广元、旺苍、巴中、通江、南江等一带跑运输。大女婿当村主任，二女婿也在经营汽车，幺女儿未出嫁在广州打工。牟利生本人除经营百货副食外，还经营石灰、水泥、木材、煤炭。他家常年请有两三名帮工。牟利生不仅是在烽火台村有名气，在荆子乡，乃至在全市都有名。

中午饭很丰盛，鸡、鸭、鱼、牛、羊肉样样俱全。牟利生把他的大女儿、二儿子、二媳妇都喊回来了。这天中午他很高兴，把谌书记、曹乡长请到上席，自己坐在侧面。谌书记、曹乡长不同意，最后实在推辞不过，谌书记、牟利生坐了上席。

牟利生叫老太婆端了一缸自己配制的天麻、鹿茸、大枣、枸杞酒出来。他给每个人倒满，大家品尝后，都夸是好酒！谌书记给牟利生斟了一杯说："今天借花献佛，首先，我代表党委，向您老人家敬一杯酒！"谌书记说着，举起杯一饮而尽。

牟利生见谌书记那么爽快，也举起杯子喝了。

谌书记又给他斟满，把自己杯子也倒满说："您老积极响应带头致富，不仅给全村人民，也给全乡人民树立了榜样，我敬您一杯！"

牟利生面带笑容，连说："好！好！！"举起杯又喝了。

谌书记见他喝了，端起杯也就喝了。谌书记再次给牟利生斟满，自己的酒杯也满上，说："第三杯酒，荆子乡党委政府在烽火台建村级场镇，还望您和您的家人理解、支持！"说罢又一饮而尽。

牟利生见谌书记干了，端起又喝了第三杯。

谌书记又给他倒上，说："最后一杯酒，祝您老人家快乐、健康、长寿！"

谌书记跟牟利生喝了，又跟王支书、汤主任喝。接着曹乡长又分别跟牟利生、王支书和汤主任喝了。

酒足饭饱后，谌书记对曹乡长、王支书和汤主任说："下午把国土所的何所长、城建所的杨所长以及附近几个社的社长找来。"

下午三点多，何所长、杨所长以及附近四个社的社长都来了。

谌书记他们从上场规划到下场，街道宽十八米，共计需占七点八亩面积，其中上场征用土地四点三亩，下场三点五亩。拆迁房屋五套，房屋拆迁就要支付八万多元。规划完以后，谌书记、曹乡长当场表态，在资金方面，乡上资助三万元，其余五万多元，由村里自己解决。

第一天，谌书记、曹乡长一行，在烽火台村搞兴场规划，很晚才回去。第二天一早，谌书记在基金会贷了三万元，叫国土所何所长带到了烽火台村。

王支书、汤主任吃了早饭就来到了村上。他们见乡上带了三万元现金，非常感动。上午村上干部和四个社社长成立了烽火台村兴场领导小组。在这里要说明的是，烽火台场镇建设与荆子场不同。荆子场是先征用土地，然后才进行房屋拆迁，而烽火台村是先动员房屋拆迁，后才土地征用，除周长武家外，土地都是留好了的。领导小组成立后，先动员了那五户进行拆迁。他们把那几家安排在附近房屋比较宽敞的农户家里住下，工作做通一户，拆迁一户，村上就兑付现金。牟利生一家有两个门市部，货物多，不好安排，他二儿子有一间大空屋，交给了他父亲暂用。牟利生搬了，接着就是他大媳妇。之后就是赵家、何家等几家也开始行动，只是周长武家还没有动静。王支书、汤主任去了几次，他家仍然不理不睬，甚至还出口伤人。

周长武家中共有四口人，妻子、一个未婚的女儿和未结婚的儿子。他五十多岁，这人说起来也还直爽，家庭收入还算不错，有一全套打米粉碎磨面机，又开了一个门市部，家里养了两头种猪，全家人都很勤快。然而，周长武一家人都比较固执，小心眼儿，最苦恼的是他妻子。他妻子患有精神病已经有十多年了。不过，她不是经常疯，只是每年的春天才发作一次。病一发作，又说又闹，甚至几天不吃不喝，跑到外面一段时间才回来。一段时间过后，又像一个正常人似的。她受不了刺激，一受到刺激疯病就犯。据说，她是与邻里争边界被气疯的。周长武一家不但与邻里不能和睦相处，与干部和社里的人关系也不好。周长武的老婆姓王，与王支书是亲戚关系。王支书的祖父是周长武老婆的祖父。王支书几次尽心竭力为他家处理与邻里的纠纷，结果他家不但不领情还说王支书没有为他们家说话，故意在整他们。两个子女也深受他们夫妻的影响，只要有一个人在闹，全家人就跟着起哄，不分场合，不分地点。他家与谌书记也是亲戚关系。谌书记的母亲，就是周长武的亲姑姑。

兴场领导小组遇上了周长武这一家，真是伤透了脑筋。王支书把周长武一家得罪了。叫汤主任去，汤主任说，周长武历来就与他岳父家有矛盾，他也不好去说。叫社长去，社长说他与周长武更说不拢。前几次，周长武家里的狗把别人咬了，是社长去调解的，社长要周长武带被咬了的人去注射狂犬疫苗，周长武却说社长是在乱开条。那人无奈，只好自己去注射疫苗。推来推去，谁也不愿意去。然而，工作还得做，没有办法，还是何所长、杨所长把村干部带去做的工作。

周长武早就知道烽火台要规划场镇，他也清楚自己的房子要拆迁。他有两个顾虑：一是认为他家现在打米、磨面加工生意好，又在给农技站代销化肥，还经营了一个百货门市部，一年算下来也有个两三万元收入，如果烽火台兴了场，人多了，门面多了，生意也就多了，生意一多，他家的收入也就减少了。二是他这几年确实有困难：女儿出嫁需要钱，儿子结婚需要钱，房子拆迁了要重建还需要钱，实在是没有这个能力。如果村里硬要他家拆迁，首先得把房子修好，不然，无论如何也不拆迁！

王支书等人到了周长武家。

周长武五十六七岁，稍高的个儿，瘦瘦的，挺有精神，他正在加工面粉。见王支书来了，便把机器停了，勉强端了两条凳子出来。王支书他们也就随便坐下了。这时，从屋里走出了一个披头散发、衣服穿得很脏、骨瘦如柴、大约五十五六岁的女人，她就是周长武的老婆。她见家里来了那么多人，出来了一下，又钻进屋里去了，口里不停地叽叽咕咕、骂骂咧咧的。

王支书等人也没有管她，先是何所长、杨所长向周长武说明了他们的来意。

无论怎样做工作，他的工作就是做不通。无奈，王支书等人只好"收兵回营"。

晚上，何所长、杨所长把当天的工作情况向谌书记、曹乡长作了汇报。当听到周长武不愿意拆迁时，谌书记感到非常棘手。谌书记已料到，他表哥家的工作不好做。然而，不好做，也得做啊！

没过几天，谌书记带上礼品，专门到他家去做工作。然而，周长武并不领他的情，口口声声说，谌书记是为了表现自己，为了创政绩，想往上爬，才这么做的，烽火台兴场，是兴不起来的，谌书记是在专门整他们一家，就是整死也不拆迁。谌书记拿这个蛮横不讲道理的表哥一点办法也没有，最后也给他表哥发话了：同意也得拆迁，不同意也得拆迁！除非他不当这个党委书记。

谌书记没有把周长武的工作做通，曹乡长对谌书记说，是不是可以优惠些，多给周长武拿点补助款。谌书记说不行，他的亲戚决不搞特殊。没有办法，曹乡长又到周长武家里去做工作，还是不行。后来，曹乡长来到现场，前后左右看，周长武家是一个凿箕口房子，用不着全部拆迁，只需拆掉一边就行了。周长武暂时修不起，等到以后再修。曹乡长的建议，得到了大家认可。这时，曹乡长再次去做工作，周长武欣然同意了。

房子拆了，那几户都妥善安排了，接着就是丈量土地，社上补土地。这项工作并不顺利。土地有好坏，有远近。牵涉到土地的农户有十多家，最多的有一亩多，最少的只有一两平方丈。土地越多的越难办。这里又有周长武的，他家的还不少，接近五十平方丈。他家的这块地好，又处在场正中，想在这里修门面的就有好几家。没有规划场之前，七社的一个驾驶员早就给村上交了五千元订金，他要修四个门面，加之他与周长武是一个社的，两家的关系历来就不好。真是冤家路窄！眼看冤家要在周长武的承包地上修房子，他一家横竖不干，不分青红皂白地不是吵，便是骂。好在那家大量，根本不在意，不理他，由他骂去，只装没听见。

王支书、汤主任与何所长和杨所长等就房屋拆迁，给占了土地的农户补土地就搞了十多天。除周长武家土地没有落实外，其余都落实了。

周长武不同意调换，他们把这事向谌书记做了汇报。谌书记听了，非常生气。平静下来后，谌书记又对王支书、何所长和杨所长说，要耐心些，多给他做思想工作，多开导些，要动之以情，晓之以理！

七月十六日，谌书记把情况向派出所任所长说了，要求派出所出面干涉。早上十点多，任所长带着两个民警、乡治安室的华刚到了烽火台。

这天，何所长、杨所长、村上的王支书和汤主任以及四个社的社长到了现场。

周长武一家人早在那里了。

何所长、杨所长手里拿着卷尺在丈量，王支书、汤主任放线。见这样，周长武一家像疯了似的。周长武把凿箕抢了不准放线，其儿子、女儿，分别把何所长、杨所长的脚抱住，又哭又闹，周长武的妻子拿起土块向二人扔去。四个社长将他们又劝又拉，根本不济事。

这时，区派出所任所长和乡治安室的华刚到了现场。

任所长喝令周长武一家不要捣乱，否则是要受到治安处罚的。

周长武见人多势众，又有公安民警在场，这样闹下去，对自己没有好处，于是，便乖乖地放下装石灰的簸箕，不吵也不闹了。儿子和女儿，见父亲那样，也松了手，兄妹俩只是坐在地上干哭。疯疯癫癫的妻子早不见了踪影。

"烽火台建场，是为了活跃市场，方便群众，解决老百姓买难、卖难问题，村上这样做，是给本村的老百姓以及临近的老百姓办了一件有益无害的事，你们作为村民，本应该积极支持才对，你一家，不但不支持，相反，还处处设障碍！"王支书教育周长武一家说。

"在这里跟你们一家说清楚，土地是属于国家的，你只有管理权，没有所有权，国家和集体要征用你的，你挡也挡不住。"何所长也教育他一家说。

"如果你们一家继续捣乱，后果自负！"任所长严厉地警告他们一家。

王支书、汤主任、任所长、何所长和杨所长把周长武一家带到了村委会，再次狠狠地批评教育了一顿，这才消了火气。最后，周长武认识到了错误。

兴场领导小组把周长武一家这颗钉子拔了后，工作进展顺利多了。谌书记知道了，非常高兴，说感谢任所长对荆子乡工作的支持。

第三十四章

　　玉米快要成熟了。在收玉米之前，市政府又在河溪镇的五马乡五马村召开了现场会。参加会议的人员有市主管农业的蒋副书记、农业局局长、农业局下设的各科室负责人、各乡镇的党委书记、管农业的副乡（镇）长和各乡镇农技站站长。

　　农业局局长姓黄，叫黄再平，大学本科，才三十二岁，曾给市上管农业的副书记当过秘书，后来又被调到市政府办公室当副主任。他黑瘦的个儿，相貌平平，不过很有本事，口才好，写一手好文章。当时的农业局，在市级部门中，除公安局、财政局外，算是最大最好的局了。它除了财政全额拨款外，下设有种子公司、国有农场等企业；掌管着化肥、农药、种子审批权和经营权。除此之外还有上面拨的改土经费，农村合作基金会。仅农村合作基金会全市融资额就有几个亿。而改土经费，每年国家要拨上千万元下来。谌书记与黄局长早就认识了。那还是谌书记在三庙乡当党委书记时，黄局长在市政府办公室当主任。

　　"谌书记，你在荆子乡还算轻松吗？"黄局长问谌书记。

"怎么轻松得了呢？荆子乡比三庙乡大一倍，人口多一倍，经济落后，交通不便！"谌书记说。

"正因为荆子是一个大乡，所以才把你调到那里去的！"黄局长笑着说。

"要想唱好戏，离不开一班人，"谌书记说，"光我一人能干是不够的，一方面要靠我们整个党委政府成员出谋划策，团结一心，共同努力，以及全乡人民的支持才行。另一方面，还得靠你们这些掌管经济实权的部门的大力支持，尤其是您黄局长！"

"只要我们有项目，尽量给您！"黄局长说。

他们边走边说着，已经到了现场。黄局长向谌书记、罗站长说了句"会后再见"，就拿着话筒，走到最前面做现场介绍。

省农牧厅在阆中市河溪镇五马乡搞了五十多亩的玉米覆膜高产示范现场，品种选用的是产量高、耐旱情较强的成单14。推行的是"三高一化"。三高是指选用高产良种；高投入，化肥施用量要比一般玉米高百分之四十以上；高密度。在一般情况下，玉米亩栽植在两千八至三千窝左右，而成单14，一亩可栽植四千五至五千窝，只有成单14才能这样种植。一化是指玉米覆膜化。

玉米现场会只开了半个多小时，市上蒋副市长在现场会上要求各乡镇回去后也要开好现场会：覆了地膜的，与没有覆的做好对比，要把这项适用科学技术长期推广下去。要相信科学，要有长期抗旱的思想准备，抓好粮食生产。

荆子乡的现场会是在一周后开的，气候要晚一两周。

会议规模较大，参加会议的人员主要是乡村社全体干部，另外，各村还通知了相信科学、膜覆盖得好的少数农户。他们把覆了地膜的玉米，与没有覆的作了对比，通过对比得出结论：覆了膜的玉米生长整齐，棒子大，成熟期提前了一周以上，同时还很少空秆。且无论是山上河下、肥田与瘦地，玉米都获得了好收成。没有覆的，尤其是一些旱山村，土地瘠薄的地方，几乎绝收。没有按标准覆的与按标准覆的也作了对比，产量悬殊。没有盖好的，因天旱，起不到保温保湿的作用，与没有覆的，差别不大。通过谭副乡长、罗站长在全乡十三个行政村，一百零一个社抽样调查，全乡玉米覆膜只有百分之六十七点五，原来报来的百分之八十一是有水分的，这百分之六十七点五达到技术要求的只占百分之三十七。听了谭副乡长、罗站长的汇报，谌书记的心情有些沉重，决定以玉米覆膜这件事，开一个乡、村、社干部作风整顿会。

这天，谌书记与以往不同，与乡干部也不说话，一走进会议室就板着脸，看着会场里稀稀拉拉的几个人。这天天气并不热，一直吹着凉风。通知的是九点半开会，都十点半了还没有一半的人来，他对管组织的王副书记说，不等了，开始点名。

王副书记点名时，亦有些人陆陆续续地走进会场。等他把名点完后，无论是乡干部、村干部，还是社干部，来一个批评一个，后来的人都搞得面红耳赤，尴尬得很。

"现在开会啦！"谌书记一边发着脾气，一边把这一段时间以来的工作做了一个总结，说，"通过谭副乡长、罗站长在全乡对玉米覆膜丰收工程的调查，我们乡玉米覆膜率只有百分之六十七，与各村汇报的百分之九十以上，大不相符。这百分之六十七，其中只有一半是合格的。覆与不覆、覆得好与坏，与玉米的产量关系很大。按技术要求覆了的，每亩要比常规栽植多产三到四百斤。我们乡是六千多亩春玉米，按百分之九十计算，就该多产二三十万斤。为覆膜，我们撤了一个村支部书记职务！"他将目光投向了渔溪沟村村社干部，"今年渔溪沟村玉米情况怎么样？你们自己回答！塝上几个社，没有盖膜，几乎绝收。同志们，这是在给人民犯罪！这说明，我们撤这个支部书记的职是撤对了的！"他讲到这里，会场上显得异常安静。见会场上的人听得认真，便意味深长地说，"通过玉米覆膜这件事，就可以看出我们干部的作风。有的村社覆了膜，有的村社没有覆膜，有的村社膜覆得好，有的村社膜覆得差。膜覆得好，相信科学，玉米就丰收了，与之相反，膜覆得差，或没有覆的，玉米就减产，甚至绝收。覆与不覆、覆得好与差，这些都与我们的干部工作作风密切相关！工作飘浮，不相信科学，不讲真话，这样的干部不是好干部，与其说是给人民办事，不如说是在犯罪！"当他讲到这句话时，下面响起了热烈的掌声。最后他讲："荆子乡的粮食丰收，要靠我们在座的广大干部，荆子乡人民要想奔小康，要靠我们在座的广大干部，荆子乡以后的发展，还是要靠我们在座的广大干部。干部是决定因素，因此，我们要建立一支高素质的干部队伍！"

谌书记讲完后，党委副书记王直松同志宣读了党委制定的干部纪律条例，其中就有"四讲""五不准"。"四讲"是讲学习，讲正气，讲真话，讲奉献。"五不准"是开会不准迟到早退，上班不准赌博，干部下队不准收烟，不准喝醉酒，不准讲不利于团结的话和做不利于团结的事。

前几天还没有这样热，天不时还吹着丝丝凉风，早晚还有些凉意，这几天，突然变得闷热了。白天气温最高达到了四十三摄氏度，晚上都在三十摄氏度以上。这年春旱没多久。然而，夏旱的时间却很长。

夏旱过后，接着就是秋旱。有几个村别说禾苗用水，就是人畜饮水都成了问题，还有的村社农户要到两三里远的地方去找水。

旱情是一天比一天严峻，谌书记、曹乡长等党委政府一班人，走访了全乡所有村社。旱情最严重的是荆子山村、麻石垭村和私大寨村。他们送去了背水袋，并将该乡旱灾情况以书面形式向市委市政府做了汇报。当然，上级也极为重视！阆中这一带，是川北地区旱情最严重的，省委省政府给阆中拨来了大批救济粮和救济款。上面要求，旱山村的村社，要在有水源、人群集中的地方建好供水站，确保人畜饮水。另外，要调解好因旱灾引起的各种矛盾。七月十一日下午三点，市委市政府要开紧急电视电话会议，主要传达省委省政府抗旱会议精神。参加会议的人员是全体乡干部和各单位负责人。乡办公室主任杨雪同志接到通知后，迅速通知了所有的乡干部和各单位负责人。

除了乡治安室华刚和广播站郑文，所有乡干部都通知到了。当天早上，由天旱引起的麻石垭村争水纠纷，几家打得头破血流。村干部去劝架，没劝住，却被误伤，伤势很重，村上要乡上去解决。华刚是管治安的，可找了半天都没有找着人。另外，席站长出差了，广播站的大门没有上锁，可郑文却不在家，通知不到人杨主任很着急，更重要的是，根据上级要求，电视电话会议后，各乡镇要开广播会，需迅速把省委省政府和市委市政府抗旱会议精神传达给人民。治安室的华刚找不着，郑文又不在家，杨主任及时将情况汇报给了谌书记。

据乡上同志说，他们这两个人有点好赌，是不是打牌去了？于是，谌书记就动员所有乡干部对荆子场各单位、各部门进行了拉网式搜查。

没有费多少工夫就在一家饭馆里找到了华刚、郑文。他们正在与社会上的一些闲杂人混在一起赌博。谌书记他们当场就没收赌资三千多元，并将华刚、郑文带进了办公室。

"整风会才开了几天？"谌书记问。

"我们错了！"华刚、郑文异口同声地说。

谌书记知道这两个人，都是很不错的。他们都是高中文化，且都是乡上招聘来的干部，工龄最长的有十五年了，最短的也已经八年以上。

华刚高中毕业后就参了军，在部队里入了党。一九八八年被招聘为乡治安员。刚聘进来时，积极上进，对工作兢兢业业，守本分，连续几年都被上级主管部门评为先进个人。他善于解决各种民事纠纷。在干部和群众中很有威信。然而，因几次没有转成正式干部，有些情绪，纪律上有些松懈，有一种破罐子破摔的想法，加之他有能力，一般领导他都没有放在眼里。

郑文比华刚小几岁，能写一手好字，说话声音洪亮、口齿清楚。他性格温和，与任何人都合得来，也乐于帮助别人。正因为能写一手好字，所以请他写字的人很多，有单位上的，也有私人请他写的。为了给别人写字，他有时甚至忘记了做自己的本职工作。为这，席站长对他很有意见。说他工作不分主次，生活没有规律，每年年终开总结会，都把这些问题提出来。然而，他就是不改。因为这些缺点，至今都还没有转正。他也爱打牌，但又不像华刚那样偏爱，那样专业，十有八九都是输。早饭后，华刚约他去打牌，他没有钱，便在别人那里借了三百元。哪知，一打就输了个精光，还欠了一百多元的赌债。

"你们两个都是明白人，我也不想多说，三天前在三级干部会上才讲了'四讲''五不准'，现在也只好按规定来，所有的赌资全部上缴乡财政所，同时每人扣除一个季度的奖金，另外，写好检讨及保证，交到我这里来，你们赌博一事，暂不上报。若要再犯，加倍处罚，同时还要上报！"谌书记说。

华刚、郑文二人，向谌书记认了错误，并态度诚恳地表示愿意接受一切处罚，保证今后在上班时间不再打牌了。

华刚、郑文上班时间打牌，被谌书记当场抓住，从此以后，再也没有哪个乡干部敢在上班时间打牌了。

第三十五章

旱情一天比一天严峻，坡上的草干死了，山上的树木光秃秃的，大片农田荒芜，有的水稻秧栽在田里是多高，现在干死在田里还是多高。山梁上和二塝上大片水稻都是谷在胎里死。上级领导在大春播种之前就号召各乡镇高塝望天田和无水源保证的地方，一律走旱路，种植如玉米、高粱、红苕、豆类等旱地作物。有的听安排，走了旱路，玉米种得早，覆了膜，收成好。红苕现在看起来还是一个小苗苗，但生长期还有五六个月，还有希望。那些不听安排的，认为上面是在瞎指挥，胡安排，根本就不听，仍然采用老方法，只要田里有点水，理所当然就要栽上秧。栽了水稻的，尤其是山梁子上和水源无保障的二塝田，颗粒无收。

荆子乡旱情最严重的是荆子山村、私大寨村、麻石垭村，其次是烽火台村、渔溪沟村、铜鼓岭村个别社。

市上抗旱领导小组，第一天来到乡上，第二天八点多，谌书记就把他们带到了旱情最严重的荆子山村。

荆子山村海拔在七百米以上，是全乡最高的一个村。整个村几乎把荆子山中部和顶部占完了。六个自然合作社，其中就有五个社是在山顶上和山坪上。业乐到荆子的公路，从渔溪沟村三社穿过该村的三社二塝下面，二社中塝部分和一社下塝部分。

荆子山就像一只巨鸟的背部，从李家嘴上去半公里，山头右侧下面百米远处，就是荆子山村委会，也是四社，地处全村中心，早就通了公路。一直往西走一公里半处，是五社，也是荆子山边沿。站在边沿上放眼看上去仪陇县的先锋镇（观音场）尽收眼底，不仅如此，灯盏坝村，阳大坎村除三、四社外，全能看到。翻过十来米远的挺嘴，还可以看到铁壶观村，塘清河上游流向二道河的水系。每年的大战"红五月"，抢收抢种和每年的八、九月份水稻收割时，乡上领导检查农业生产进度情况，根本就用不着村社干部汇报，只要到这里来一看，就能把三个村的抢收抢种情况看得一清二楚。荆子山坪的东北方向，是荆子山一社，又叫马家垭。马家垭地势险要。过去曾是千佛、业乐场到仪陇县城和赶阆中的玉台、凉水和护山场的路；同时也是业乐赶仪陇先锋镇（观音场）的必经之路。兵荒马乱年代，曾是兵匪经常出没之地。十多年前，由于公路通了，又改了道，才冷清了。

荆子山村耕地面积九百多亩，几乎全是良田。除了四、五社有两口比较大一点的堰外，其余几个社只有几口小堰。碑垭子大堰算是全村最大的。不过堰的管理权属铁壶观村二社，只有荆子山村三社一部分农户才能受益。荆子山村稍一遇上天旱，就栽不上秧。即使是勉强栽上了，雨水跟不上，也收不了水稻，更不用说像今年这种大旱年了。荆子山只有碑垭子堰小半堰水，其他几口大小堰塘早就干了。六个社，有上百口大大小小的堰塘和水井，现在中小堰塘早没水了，只有四口井有水吃。一口是四社李家塝。井里的水大，基本上供得了本社和五社村民用水。第二口是马家垭。水虽大，但地处偏僻。再就是碑垭子堰和邓家湾。

这个村玉米收成有百分之七十，水稻是百分之七十无收，红苕和一些瓜果蔬菜都是半死不活的。坡上看不出青山的样子，全是光秃秃的。不说用水灌溉禾苗，就是人畜饮水都困难，全村一半以上的村民，不是在碑垭子堰里挑水、背水，就是到其他地方去找水。

谌书记与市上派来的建供水站的五个技术人员先到了邓副主任的家（顺路，他住在公路边）。他们走进邓副主任家时，邓副主任正在吃早饭。

邓副主任，叫邓明任，稍高的个子，近花甲之年。他上身穿着灰白色衬衣，下身穿天蓝色裤子，打着赤脚，双脚还带泥，脸上、身上也都沾了些泥。别小看这人，他可是荆子乡村会计中的能人儿！他记忆力强，能写会说，精通会计业务，同时，他又是一个天不怕地不怕，敢于说真话的人。

谌书记说明了他们的来意。

"感谢党给我们送来了温暖！感谢上级部门给我们荆子山村人民的援助和支持！"他饭还没有吃完，放下碗筷，边说边从屋里走了出来。

"你快吃饭吧，吃完饭你还得给我们带路哩！"谌书记说。

对于邓副主任，谌书记早有耳闻，他很尊重他！

"李支书昨天在五社还没有走哩！"说罢他就在里屋换了衣服，

穿上鞋，走在前面给谌书记他们带路，向旱情最严重的五社走去。

五社老百姓家家户户整天都在给人畜找水。他们五社三十多户人家，没有一口井里有水。他们不是到碑垭子堰里去背水，就是不分昼夜地到四社李家塝水井里等水。

谌书记他们来到五社，走访了几家农户，问了他们生活情况，老百姓说，粮食吃上几年都不成问题，最大的问题就是缺水。

李支书正在找五社社长商量建供水站的事。

李支书叫李朝银，四五十岁上下，稍高的个儿，剪着平头，穿着较为随便。他上身穿黄色短袖衬衫，下身穿灰色裤子，脚穿肉色塑料凉鞋，一双红肿的眼睛不停地眨着，整个人看上去比较憔悴，好像熬了几个晚上了。

"谌书记你们来啦！"李支书激动地握住谌书记的手说，"我们根据乡党委政府的安排，正在与社长落实建供水站的事哩！"

"上面拨来了八万元抗旱资金，党委政府重点考虑的是你们荆子山村、私大寨村和麻石垭村，其次是烽火台村、渔溪沟村和铜鼓岭村个别社。这些资金，主要用来建好供水站。根据气象部门预报，川北一带的旱情，一时缓解不了。所以，上级党委要求我们，必须做好长期抗旱的思想准备。要做好这方面的工作，首先要建好供水站，确保人畜饮水，其次才是农业生产用水。"谌书记说完，就把上面派来建供水站的两名技术员介绍给了李支书。

"供水站要建在有水源保障的地方。上级要求，一个社至少要建一口，有条件的地方要建两至三口。溶水量在三百立方米以上才有补助，三百立方米至五百立方米，补助三千，五百立方米以上，补助五千，你们村需要建多少口？"其中一名技术员问。

"我们村准备建四口。"李支书说，"一社在马家垭建一口小型的，容量在三百五十立方米左右；二社在邓家湾建一口，也是小型的，容量与一社马家垭那口差不多；三、六社在碑垭子堰岩建一口，容量在一千立方米左右的中型供水站；四、五社在李家塝建一口，容量一千五百立方米以上的大型供水站。关于建供水站这件事，乡上抗旱会议结束以后，村上一直都抓得很紧，现在就等上面来的技术人员规划了！"

现说还不如现做。李支书、邓副主任和社长，把谌书记、两个技术员带到了李家塝水井处。

李家塝水井是很有名的。正常年景，有手臂粗的泉水往外淌，小旱一般影响不了水流量。

谌书记他们走近时，那里正挤了至少三四十人在挑水，这些人除了个别几个是四社的，绝大多数是五社的。前天晚上，四、五社争水打了起来，四社群众担心五社把水井担挑干了就不要他们挑，说水井是他们四社的。幸好李支书、邓副主任等村里的人及时赶到，一场恶性事件才没有发生。

李支书对大家说，这口井要扩建，足够保证两个社的人畜用水。

四、五社的老百姓，见李支书、邓副主任和社长领着党委谌书记一行人来了，听说要扩大水井，解决人畜饮水问题，大家都喜形于色。

李支书把四、五社社长叫到一块儿。谌书记把其中一名技术员留下，让他们共同商量建供水站的事。安排妥当后，谌书记、李支书、邓副主任和另一名技术员到了一社。

除三社外就数一社大，全社二百五十三人，六十九户。马家垭处在荆子山与韩坡垭交界处，地势险要，右面的东北边是龙成沟、大柏山、业乐场、荆子山顶部和护山梁尽收眼底；左面是渔溪沟、龙吟山、天穆观、寨子山和烽火台一览无余。马家垭右面往下走一百五十米左右，与护山乡护山村交界处有一股泉水。在这里建一个供水站，不仅能解决一社村民人畜用水问题，而且还可以解决二社部分村民和护山乡离井近的村民人畜用水问题。

马家垭这里落实了，他们又到了二社。二社就是李支书所在的那个社，在下塝，这里用水的农户不太多。不过，他们也做了规划。

中午午饭安排在李支书家里。李支书家属见突然来了几个人，预先又没有打招呼，拿不出什么东西来招待，加之谌书记又是第一次到她家里来，真叫她左右为难。谌书记好像看透了她的心思，便自报说自己喜欢吃面条，叫嫂子给每人煮一碗面就行。支书的妻子无奈，只好给每人煮了一碗面，并在每碗面里放了两个荷苞蛋。

中午天气热，他们休息了两个小时，下午四点半，又到三社碑垭子去规划。

碑垭子堰左侧有一股泉水，泉水只有小酒杯大小。但是，在那里挑水的、背水的、等水的村民就有好几十人。那么小的一股水，供给那么多村民，显然是不够的，要解决这个问题，只有在堰里想办法，再往下打两米深，堰里的水就可以渗透到池子里来。不过，这个供水站建好后，相当部分是堰里的水，不卫生，要隔一两周就往里面放一些漂白粉和白矾，这样才能确保人畜饮水卫生。

荆子山村规划完了，紧接着谌书记带着两名技术人员又把私大寨村、麻石垭村和铜鼓岭村等规划了一部分，分别是：荆子山村四个，私大寨村四个，麻石垭村三个，烽火台村两个，铜鼓岭村两个，渔溪沟村两个，大柏山村一个，共计十八个，耗资八万多元。除上面拨的抗旱救灾款外，乡里还拿出了三万多元。供水站的建成，大大地缓解了旱山村的人畜饮水问题。供水站建成后，又干旱了近四十天，直到八月中旬才下了场中雨。

第三十六章

　　一年多的大旱，苦了老百姓，也累坏了乡村社干部。第一场雨是大旱后第二年四月中旬下的。有一年多没有下过这么大的雨了。这场雨，真是把老百姓乐坏了，禾苗有救了，瓜果小菜有救了，牲畜有救了，人们看到了希望。下了第一场雨，没过几天又下了第二场、第三场。山被下活了，地被下活了，塘库堰也有水了。七月份，就下了几场暴雨，塘库堰装满了，五个村新修的公路，有的被雨水冲坏了，但并不严重。七月份雨水还不算多。到了八月份，雨水便是正常年同月份的三倍。八月十八、十九、二十日，连下了三天暴雨。农技站罗雨的住房旁有一个屠宰场，屠宰场下面两米远的地方就是石桥。这座桥前面已经介绍过，它是铜鼓岭村、私大寨村、飞蛾坪村和部分铁壶观村赶荆子场的近路，也是场那边赶望垭场和仪陇老木口的近路，同时屠宰场上面还有一所中学。从二十世纪六十年代屠宰场修好后，只被淹过一次。八月十九、二十日接连两天三次水位都上了屠宰场。食品店三次被淹。酒厂被淹时，曲子、酒糟、烤酒用的高粱、麦子、稻谷，还有烤酒器具等全部报废。

八月二十一日五点多，天刚蒙蒙亮，既没有打雷，又没有闪电，更没有刮风。没有一点儿要下雨的征兆。大约五点过四十就开始下雨了。下了一阵中雨后就是大雨，大雨下了十多分钟就是暴雨。路上的雨水有两寸深，山沟里飞流着轰轰的瀑布。沟渠满了，塘库堰满了，四面八方的水都流进了河里，河里的水不断往上涨。水把庄稼冲了，树木、树根、稻草、南瓜、冬瓜、葫芦、死猪、死猫等东西，漂得满河都是。桥还没有淹时，漂浮物争先恐后地向桥洞涌去。河里的水越涨越高，塘清河两岸的树木，小的被完全淹没了，稍大的只看得见树冠，大的只剩下半截，不一会儿，桥便被淹了，暴雨下了半个多小时才稍停了一下。接着就下中雨，中雨下了还不到五分钟又是暴雨。这次暴雨下了有一个多小时，塘清河河面上的漂浮物没有了，全是波涛滚滚。屠宰场是土墙，墙土带沙性，经不住水泡，才淹了几分钟，就听到"轰"的一声巨响，屠宰场的屋子坍塌了。瞬间，洪水就把檩棒、椽子、门窗子等冲走了。屠宰场倒了不多久，又听到"轰"的一声，酒厂垮了。所幸的是没有人员伤亡。

八月十九、二十日，前两次暴雨，所有乡干部都下村检查灾情去了，家里只有谌书记和办公室杨主任。其实谌书记第一天还是下了村的，第二天在乡上。杨主任二十四小时在办公室收集情况和向市里汇报灾情。谌书记先看了乡政府各个地方有没有危房。乡政府是二十世纪五十年代修建的，在修建时由于基础打得牢，材料选得好，除了个别地方沟瓦和亮瓦坏了一些外，其他没什么大碍。看完政府大院后，他又到了学校。学校放假了，但还有两个复习班在上课。大雨前康校长在家休假，大雨过后他来到了学校。他把两个学校的情况向谌书记做了汇报。谌书记叫他带路他要亲自去看一看。先看的是小学，谌书记把每间教室、每个教师的寝室都看了。前两次大雨，小学一半的房子都在漏雨。房子上，不仅是瓦坏了些，檩棒和椽子也朽了一部分。小学看了又看中学。中学教学大楼侧面的堡坎，出现了筷头宽约五米长的一条裂缝。两所学校看完后，谌书记与康校长商量着怎样维修。当场谌书记就答应在教育经费中拿出两万元资金来。

然后他又去看新街。他走到新街时，吕老板正在指挥挖掘机清理沟渠。这吕老板确实经验丰富，街道一硬化，两边的排水系统就搞得好好的，前两次大水对街道和两边的房子没有任何影响。

当谌书记走到修建的大街时，老百姓都围拢来，向谌书记问这问那。

"你们觉得住在老街好还是新街好？"谌书记问。

其中有个居民说："当然是新街好哟！"

其他人都跟着说新街好。

迁到新街的几家，有一人说："要不是搬迁到新街来，这两次大水就把我们淹了，感谢谌书记救了我们！"

中午只有谌书记、杨主任两个人在乡上，没人做饭，他与杨主任各泡了碗方便面。

午饭后，谌书记去看两座桥修建的进展情况。塘清河两座桥如果修不好，就会影响五个村通公路，所以这两座桥非常重要。谌书记极为重视两座桥的建修。他有几个月没有去看了，塘清河大桥清基时去过多次，下墩时去过三次。而铁潮桥总共才去过三次，清基时去过两次，下墩时去过一次。

现在桥墩已经修好，但被洪水淹没了。

谌书记走到河边，只听见怒吼的洪涛发出巨雷般的响声。几个人在工地桥头的一间工棚里往一家农房扛水泥。

"你们付老板呢？"谌书记问。

其中一个工人说："今天一早走了。"

见付老板不在，谌书记转身就离开了。

谌书记来到了塘清河下游的铁潮湾。铁潮湾是整个塘清河最深的地方，平均水位在五米以上。飞蛾坪村修公路，桥架在铁潮湾上游一个关口上，两边都是石山，中间是个深槽，河底是石坝子。河水起来时，水可达六米，河水没有起来时，也少不了四米。天旱，河水断流，河里的水也不深，他们就把上下河堤一筑，用抽水机把槽里的水向两边抽。抽干了，然后两个桥墩已经露出来了，桥头两边也已完工，就只等桥面了。

谌书记站在桥头上，看着即将要完工的桥，他的脸上露出了欣慰的笑容，心想：五个村通公路，原来最担心的就是两座桥，现在看来，担心是多余的了。

看完了桥，谌书记就回到了乡上。他一回去，杨主任就把市气象局发来的天气预报交给了他。谌书记接过来一看，只见上面写道：接省气象台通知，仪陇、阆中等地，在未来48小时内有大到暴雨。

"不知通知是否有误？"

"我当时看了也有些怀疑。"

"不管通知是否有误，我们都要认真对待，要求各村，务必要做好防特大洪灾的准备。你把通知写好交给广播站，叫席站长及时播放出去。"

杨主任去写通知了，这时有乡干部陆续从村上回来了。

　　乡干部边吃晚饭边听广播。当他们听到广播，都说不可能再下暴雨了。

　　晚饭后，乡上开会。驻村干部汇报了两次洪灾给老百姓造成的损失。会议从七点开到十一点。从十三个村的驻村干部汇报中得知，房屋倒塌十一间，危房五十三间。地质滑坡五处。荆千路三处塌方，业荆路两处塌方。五个村新修的公路损坏严重。农业生产方面：河下沟里，水稻成熟得早，收割快，基本没有损失，平坝和山梁上，成熟得较晚，损失了一部分。根据汇报的情况，谌书记做了如下安排：一是将全乡的受灾情况由办公室用书面形式汇报市政府；二是通知养路队，组织人员排除两条公路上的障碍物，以确保公路畅通；三是号召全乡人民组织生产自救。接着曹乡长又安排了一些事情。

　　谌书记睡下时，已经是午夜一点了。

　　下暴雨时乡干部正在吃早饭。饭后，全体乡干部穿戴好雨具，下到各个村去组织村干部抗洪抢险。可是雨越下越大。屠宰场垮坍的巨响，把人们惊动了。乡干部以及场镇上绝大多数居民，冒着暴雨，穿戴着雨具跑到新街上看：屠宰场房子不见了，一片汪洋。刚过了一会儿，又是一声比刚才更大的响声，两层楼二十多间屋的酒厂垮坍了，瞬间，滔滔洪水吞没了酒厂。

　　谌书记对在场的乡干部们说："河对面几个村暂时去不了了，这边几个村，雨稍一停立即下去！"

　　谌书记的话刚说完，一个穿着雨衣的男子走来，带着哭腔说："谌书记不好了，水电站被洪水冲走了，里面还有几个人没有出来，包括胡文遠！"

　　说话的这人是韩厂长。

人命关天，容不得半点迟缓。谌书记听到后，立刻叫青年干事小苏与另外两名乡干部与他一起去水电站。走时，他又对十多个乡干部说："等雨稍停，驻河对面的乡干部，就想方设法过去，但要注意安全！"

说罢，就冒着暴雨随韩厂长走了。

一会儿雨下小了，乡干部各自奔到所驻的村。

谌书记他们到了那里，雨停了。根本就看不到水电站，沿河两岸的田地全被淹没了。只见汹涌澎湃的洪流直往下倾泻。水电站两边的老百姓，向谌书记反映：水电站里冲走的三人，已经救起两个，那两人，一个姓李，一个姓王，是胡文逯请去抬机器的。第一两天涨水，对水电站没威胁，这次水就不同了。胡文逯看河里的水越涨越高，觉得大事不妙，他便把机器卸了，请了两人往一家农户里抬。先抬的是粉碎机，然后抬磨面机，磨面机刚抬走，二人一走进屋里，一个巨浪过来就把水电站冲走了。

"我对胡文逯说，要注意安全，"韩厂长说，"涨洪水时人不要在里面，把机器搬出来。昨天晚上乡上的广播，不知胡文逯听到没有。今天一早我便往水电站赶，走到半路上，雨实在是太大了，于是我就到一个农户家避雨。这家房子到处都在漏雨，屋后阳沟满了，水就漫到屋里来了。一会儿，屋里便全是水，我和他们一家人又往另一家躲。等雨小了，我继续往水电站走。还没有走到水电站就听到有人说水电站被洪水冲走了，胡文逯等人还在里面。听到这个消息后，我调头就往乡政府跑……"

水电站的房子都是框架结构，连接之间没有用铁钉，用的是隼，自然结实，洪水将其冲下去后，框架还完好无损。他们仨紧紧抓住房屋框架不放。住在河边的人都会游泳，他们仨也不例外。房屋框架在河里打了三个翻翻后，姓李的看着逃生的机会来了，便随着洪流向河对岸游去，游到浅处抓住了一棵柳树上了岸。姓王的见姓李的上了岸，他也学着他的样子上去了。可是胡文逵就没那么幸运了，他尝试了几次都失败了。他毕竟是六十多岁的人了，体力不支，不敢贸然行动，只好听天由命了！房屋框架在河里打了几个翻翻后就再也没有打了，几个浪就把房屋框架推了上百米远。下面的水域更宽，几次大的洪峰过后，就很少有洪峰了。胡文逵四平八稳地坐在房屋框架上，就像驾驭着一只巨型的怪兽似的，乘风破浪，在宽阔的河面上向前驶去。

房屋框架把胡文逵带到了两三公里外二道河大桥下，桥附近的村民才把他救上来。胡文逵被救上来时，已浑身是伤。他向救他的人鞠了一躬，带着累累伤痕十分疲惫地朝家里走去。

谌书记、韩厂长等一行五人，顺着河岸寻找，当得知胡文逵已经获救，身体无大碍，现已回家时，他们心中悬着的一块石头终于落了地。

谌书记他们走进胡文逵家时，他刚从村上医疗室回来。谌书记见他身上、脸上、头上、胳膊上、大腿上到处缠裹着纱布，内心感慨万千。

胡文逵见是谌书记、乡上几个干部和韩厂长，眼泪流了出来，说："谌书记、韩厂长啊，我虽从鬼门关过来了，可水电站没了，我一家以后怎么养活呀！"

谌书记走到他面前，安慰说："老胡，常言道，大难不死必有后福。只要人在，水电站没了就没了，你放心，只要有党委政府在，没有克服不了的困难。你好好养伤，伤好了我专门来找你！"

韩厂长接着说："谌书记，这几次洪涝灾害，我们乡办厂彻底完了。酒厂没了，水电站没了。"

谌书记安慰了胡文遂后，便带着三个乡干部到阳大坎村、灯盏坝村检查灾情去了。这两个村绝大多数处于平坝，除了垮了几套房子外，没有多大损失，只是灯盏坝村九社夜牛湾有一处垮山。

夜牛湾是荆子山山脚的一部分，上面就是荆子山村，从夜牛湾左面上去就可以到业乐场，从此处到业乐场只有三四华里，不过这三四华里全是爬坡路。村上的敬支书、胡主任把谌书记他们到带了现场。荆子山高大雄伟，不知从什么地方垮下来约两三座房子大的几块石头，一块石头掉下来砸了农户的一座房子，所幸那家人在下暴雨时躲到邻居家里去了，同时把猪、牛也牵走了，一家人才幸免于难，也没有遭受重大损失。

"这湾里类似那家的农户有多少？"谌书记问。

"十一户。"敬支书说。

"你们动员他们搬迁没有？"

"没有。"

谌书记严肃地对支书和主任说："要想方设法，由社上选址，村上统一规划，把住在山脚下的十一户村民全部搬迁到安全地方。给你们下个死任务，这项工作限定三年完成。"

见谌书记这么说，他俩面面相觑。

"那十户你们村里过没过问，安没安排？"谌书记问。

"每次下大雨村上就动员他们不要在家里住。"敬支书说。

谌书记怕他俩谎报，接连走了几户，家里确实没人，他才放心。

谌书记带着三个乡干部汗流浃背地到了业乐场。

谌书记一到业乐场，就有人反映，说大柏山村七社燕家湾水库出现了管涌，已造成地质滑坡，致使九户人家的房屋出现倾斜，家里没法住人。这九户中包括门徒会小头目的老党员和泼妇贾兰珍一家。村上已安排了七户，两户安排在他们亲戚家，三户安排在邻居家，两户安排在村委会。村上说，不给那两户做安排，老党员不是门徒会的头目吗，他说神灵会保他们一家，那就让神灵保他吧。董支书见他可怜，就把他暂时安排在村上住。贾兰珍因耍泼，又爱争强好胜，社上没有哪家她没得罪，因此没有哪一户愿意收留她。找社长，社长说去找村上。她去找董支书，董支书不理她。她又去找谢主任。谢主任见她来了，像避瘟疫似的从后门跑了。没办法，她只好往乡上跑。

谌书记又带着三个乡干部到了燕家湾水库。燕家湾水库是二十世纪五六十年代修的，灌溉三个社的八百亩庄稼。水库修好三十多年都没有干过，去年干见底了。下了几次中雨，水库里蓄了一米深的水，前两天下大雨水库才被灌满。水库因干的时间长，堤坝裂了缝，所以水库一满就出现了管涌。第一次出现管涌村上就向乡上汇报了，谌书记及时派了谭副乡长、房部长等乡干部到了村上。乡上和村上的同志商量：一方面打开闸门放水泄洪；一方面动员三个社的群众拿蛇皮袋装土堵塞管涌。管涌堵住了，可是出现管涌的外坡出现了两百多米长、二指宽的裂缝。外坡下面有九家农户。九家农户中的八户搬了家，就只有贾兰珍一家没有搬。

谌书记等人一走拢，看到谭副乡长、房部长和村上的同志在那里与群众紧急地抢修水坝，他们也立即加入到劳动队伍中。

在劳动时谌书记问董支书："老百姓都转移完了吗？"

"都转移完了。"董支书说。

谌书记与董支书正说着话，一个中年男子，满脸汗水、气喘吁吁地跑到董支书面前说："董书记不好了，伍老头又跑到家里去了。"

"快把他弄出来，屋里很危险！"董支书说。

董支书边说就边跟着中年男子走了。谢主任也跟了过去。谌书记和在场的乡干部也跟着去了。

他们来到贾兰珍的家。贾兰珍家五六间房子墙脚全部被水浸泡过，墙上很多地方已经有裂缝，房子随时都有垮塌的可能。

伍福坐在屋里流着泪说："我那不争气的儿媳妇，把干部得罪完了，别人都安排了，偏偏我家不安排，我伍福无脸见人，坐在这屋里，等墙倒下来砸死算了！"

"老人家，你这说的是啥话？谁不管你？"谌书记问他。

"谌书记，是你呀，救救我们一家吧！"伍福说着就跪在了谌书记面前。

"老人家，你这是干什么，快起来。"谌书记把他扶了起来，问，"你儿子、媳妇呢？"

"儿子伍喜打工走了，媳妇贾兰珍到乡上找您去了！"

来时听到群众的议论，现在又听到伍老头这么说，谌书记非常气愤地对董支书、谢主任说："你们村上安没安排他一家？"

"社里没有哪一户愿意收留他们一家。"董支书说。

"社里没人收留，那你们村上呢？其他人都安排了，为啥不安排他一家？难道他一家就不是你们村上的村民吗？村上还有房子吗？"

"其他的都住完了，只有会议室还是空的。"谢主任说。

"那就住会议室，现在就给他搬家！"谌书记对董支书说，"你去找社长请几个人来搬东西，我们几个乡干部一起动手，越快越好！"

谌书记正要给伍老头一家搬东西时，一个披头散发的女人从外面跑进来，一下跪在谌书记脚下，哭着说："谌书记，您才是个青天大老爷呀！"

这个女人不是别人，正是贾兰珍。

谌书记对贾兰珍说："赶快往外搬东西！"

贾兰珍连忙起来跟着公公和谌书记搬东西。不多久，社上又来了五六个人，一起把她家所有的东西都搬了出去。

谌书记他们刚离开贾兰珍的家只听得"轰"的一声闷响，贾兰珍家的房子倒了。

谌书记打了一个寒战！乡干部和村干部以及给贾兰珍一家搬东西的五六个群众，一看这情景都吓呆了。

燕家湾水库的险情排除了，谌书记、谭副乡长他们疲惫地回到了乡上。

晚饭后乡干部开会汇报各村的灾情。全乡房屋倒塌四十一间，危房一百零三间；地质滑坡十七处；荆千路、荆业路全部瘫痪，五个村修的毛路绝大多数被冲毁，不仅如此，还引起了多处地质滑坡；水稻损失八百五十亩，牲畜损失四百五十头。在汇报中，驻烽火台村、渔溪沟村、铁壶观等乡干部对养路队大有意见，说，天旱了一年多路都是烂的，下了大雨更不用说，强烈要求养路队要重新换人。谌书记认真地听着。

会后，谌书记把党委成员留下，商量着养路队的人选问题。谌书记把胡文逵提了出来。除了提胡文逵外，其他党委成员又有人提了两个。谌书记把胡文逵前后情况及他面临的困境详细地向大家说了，大家都同意谌书记的意见。

胡文逵命运多舛，前一天虽没有葬身洪水之中，但也算是命悬一线，九死一生了。第二天，他那智力障碍的妻子下午带着智障女儿出去摘南瓜，经过屋后水沟木桥时，脚踩滑了掉下去被洪水冲到山坡下的一个塘子里。智障女儿跑回去跟他爸爸说了，胡文逵动弹不得，急忙叫女儿去找社上的人。当社上的人赶来时，胡文逵的妻子早已淹死在沙塘子里了。

听说妻子死了，胡文逵受不了这个打击，他昏厥了过去，两个多小时后才苏醒过来。当他苏醒过来时，号啕大哭。"老天爷呀，你为啥要这样来惩罚我呀！"胡文逵的妻子死了，胡文逵起不了身，家里又是两个残疾孩子，见此情况，他们村上安排专人照顾胡文逵和他的两个孩子，并买来棺材将他妻子葬了。

谌书记听说胡文逵的妻子死了，第二天下午，与民政所的同志带了五百元专门去慰问，并将党委会上聘请他担任荆子乡养路队队长一事告诉了他。胡文逵听了这信息后又是一阵痛哭，说："感谢政府对我们一家的照顾！"

胡文逵很快就恢复了健康，烧了妻子的"三七"后，把两个残疾孩子寄养在孩子外婆家，便组织了一个养路队。他就像当年修水电站组织突击队那样，带着他的队员，意气风发，不惧酷暑，奋战在公路上。养路队在他的领导下，仅两个月时间荆子乡两条公里就焕然一新。

胡文逵的能力，大家有目共睹，大柏山村和马桑坪村两个村又把业荆路，即业乐场到荆子场的公路承包给了他。他在业乐养路，有人给他介绍了个对象黄彩华。黄彩华还不满四十岁，可是胡文遘已过了花甲之年。黄彩华早就听人说他能干，又是一个有文化的人，加之接连死了几个男人，年龄相当的没人敢娶她。她进出门别人都指指点点，说三道四的。找个男人，正正经经地过日子，也算是扬眉吐气了。

认识一月以后他俩成亲了。成亲后，胡文遘把两个残疾孩子带到了黄彩华家里。

第三十七章

洪涝灾害造成的损失稍稍得到恢复，谌书记、曹乡长、何所长和杨所长就到了业乐场规划场镇建设。

燕家湾水库出现了管涌，造成地质灾害，致使九户人家房屋无法居住。乡上非常重视，责成村上，要以此为契机，把九户的房子规划到业乐场。规划房子要占贾兰珍的土地。开始村上还有些担心怕不好做她的工作。哪知，找人去说，她便满口答应了。她说："建业乐场是谌书记的意见，谌书记是个清官好官，没有谌书记就没有我贾兰珍，也就没有我一家。只要谌书记说要建业乐场，我坚决拥护！建业乐场，要多少土地，就调多少，全部调都行！"

这真像换了一个贾兰珍。

除了那九户在业乐场建房外，青年干事小苏的朋友谢亮，黄彩华与胡文遨，推豆腐的老杨，共计有二十多家要在业乐场修房子。

谢亮与他的妻子乔小姬，不想在外面打工了，准备在业乐场修三四个门面回来经商，同时还以村里的名义办了一个图书室。

　　一个初冬的上午，谌书记、曹乡长等人到了大柏山村村委会。村上没有人，据学校老师说，董支书、罗支书他们在业乐场。

　　他们到了业乐场，果然村上的三个同志都在那里。

　　大柏山村、马桑坪村书记、主任以及两个村的社长在前面带路，从场的这头走到那头，最后在一家姓何的大院子里开了会。

　　会上主要是曹乡长讲话。他说："今天，我们乡党委政府，把大柏山村、马桑坪村的村社干部召集来开一个具有现实意义的特别会议。会议内容，就是业乐场兴场！

　　"我是生长在业乐这边的人，我们的吴老书记也是这边的人，在没有改革开放以前，在谌书记没有调到荆子乡任党委书记以前，我们想都不敢想业乐场兴场这件事。据我所知，横竖几百里，不说业乐这个村级场镇没有兴起场，就是好多乡所在地都没有兴起。当然，业乐兴场还有很多困难，尤其是土地的调换、房屋的拆迁等棘手问题。但我相信，只要在乡党委政府和村"两委"班子的坚强领导下，在人民群众的大力支持下，业乐兴场指日可待！"

　　曹乡长太激动了，他喝了口茶，意味深长地讲："今天，谌书记他说他不讲，这个话要我来讲，我想，他这样安排是有道理的。因为，我是业乐场这边的人，我又是这个乡的一乡之长，我有责任来完成业乐场的建设和兴场！"

　　曹乡长讲到这里，看了一眼坐在他旁边的谌书记，并向他微微地点了下头。曹乡长这一点头，既是对谌书记这两年多来工作的赞扬，也是对他的人格表示敬意！

　　"同志们，我们乡上面派来了一位好书记，在他坚强、正确的领导下，在短短两年多的时间里，首先对荆子场镇进行了大刀阔斧的扩建和改造。为了扩建和改造荆子场镇，他付出了许多，遇到了不可想象的困难，遭受了很大的阻力，有的人甚至以掘他家的祖坟来威胁他、阻止他，但是，他没有畏惧，没有让步！第二，领导了对麻石垭村、铜鼓岭村、私大寨村、飞蛾坪村和龙成沟村五个村公路的修建。那几个村的干部和群众，热情之高，干劲之大，是史无前例的！经过两个冬天、两个夏天夜以继日奋战，绝大多数公路已经竣工了，只是还有少部分没有修好，本预计明年可以通车。但是，今年遇到了特大洪灾，把已经修好的公路冲得面目全非，经过五个村干部群众两个多月的重建，已经恢复了。第三，修建了塘清河大桥。塘清河的修建，既连通了铜鼓岭村、私大寨村和飞蛾坪村一社的公路，又连通了望垭到荆子的公路。荆望路一修通，比原来荆子到石曲子再到望垭的路线缩短了三分之二。第四，启动了烽火台场的规划和建设。以上四个方面，都是实实在在，有目共睹的，这些成绩，都是在谌亚荣同志的领导下取得的！我相信，在党委政府和村支部、村委会的领导下，也像其他村的人民一样，团结一心，奋发图强，一个街道宽阔、经济发达、市场繁荣的新型业乐场，即将展现在世人面前！"

曹乡长慷慨激昂的讲话引起了会场上长时间热烈的掌声。会上吴老书记也表了态。他说，为了业乐场的扩建和兴场，他愿发最后一点光和热！与此同时，两个村的支部书记、村主任，临近业乐场大柏山村七社社长和马桑坪村四社社长都分别在会上发了言。

午饭后，他们又对土地征用、房屋拆迁、场镇建设的规模，等等，都一一地进行了详细的商讨。

根据两个村的实际勘察，大柏山村需征用土地七八亩，拆迁房屋七栋，马桑坪村需征用土地五六亩，拆迁房屋五栋。两个村共计征用土地十三亩多，拆迁房屋十二栋。

谌书记把烽火台村对土地征用、房屋拆迁的办法和补偿标准的方案交给了两个村。根据业乐场的实际情况，两个村对这个方案提出了许多具有建设性的意见。相同的是，两个村都是土地征用和房屋拆迁。不同的是，烽火台只是一个村征用土地和房屋的拆迁，而业乐场是两个村，其难度远远超过了前者。然而，无论难度有多大，乡村社三级干部都是下定了决心要干到底的！

第三十八章

会议还没有结束，乡上来人带信说，承包修建塘清河大桥的付老板运钢材，在千佛邵家湾转弯处翻了车，两死三伤，要谌书记马上去一下。在场的人都大吃一惊。

"付老板伤着没有？"谌书记问报信的人。

"付老板也伤了，据说伤得不重。"报信的人回答说。

听说付老板出了车祸，谌书记便把业乐场规划的事交给曹乡长、吴调研、乡治安室的华刚、国土的何平和城建所的杨峰来办，自己租了辆摩托车赶到了出事现场。

谌书记赶到时，这里已是人山人海了。交警早来了，用灰线标明了出事现场。只见一辆载重二十多吨的大货车，六轮朝天地翻在公路旁边，周围是凌乱的钢筋，在离货车约三十米远处，用两床竹席遮住两个堆，那竹席里面是两个死人。

交警大队队长说，驾驶室里除了驾驶员外，还有付老板和修桥的技师。车上六人，两死，一重伤，两轻伤。死的原因是车翻后，被上面掉下来的钢筋压死的。那个重伤的人，右腿断了，左面肋骨断了三根，腹部有瘀血。驾驶员和技师都只是受了点皮外伤，付老板的右手腕骨折了，头部被玻璃划了几条口子。现在驾驶员被交管所带走了。那个受重伤的是付老板的舅舅。付老板与他舅舅被救护车送进了市人民医院。死的二人，一个是付老板的大舅，一个是他堂哥。其余两个轻伤的是付老板的邻居。

"付老板把他们叫到车上干什么？"谌书记茫然地问。

"他说他要把他们带到荆子乡去做临时工！"大队长说。

"通知他们家属了吗？"

"通知了，他们刚离开这里不久！"

谌书记看完出事现场，就乘车赶到市人民医院。付老板住在市人民医院骨科五楼第七病室。

谌书记走进病房时，看到付老板头部缠着纱布，右手也缠着厚厚的纱布，正半躺在床上打着吊针。他的侧面坐着一位三十岁上下的女人和一个十二三岁的男孩。女人身材苗条，长得标致，穿着华丽，戴着黄金项链，手上戴着白金戒指、翡翠玉镯，美丽的脸上挂着泪痕。此女人不是别人，正是付老板的妻子。去年冬天，付老板带着她来荆子乡承包塘清河大桥时谌书记见过。显然，那男孩儿就是她的儿子。

付老板见是谌书记，"哇"的一声哭了起来。

"谌书记，我这次惨了！"

他妻子也跟着啜泣起来。

付老板说，压死的二人，一个是他大舅，现年五十六岁，家里上有七八十岁的父母，下有两个子女，大女儿在重庆一所大学里读书，老二还在读初中。另一个是他堂哥，才三十八岁，还没有成家。受重伤的是他三舅，他三舅现年五十一岁，三个子女均已成家，都在外面打工。

"这都是我的错！谌书记，那些死的、伤的，几乎全是我的亲戚，这次怎么向他们家人交代哟！两个死人，光赔偿下来就要几十万元，另外还有一个生死未卜地躺在医院里，这叫我咋办呀！"说着就号啕大哭了起来。

妻子、儿子见他哭了，也都跟着哭了起来。

谌书记看到这种情景，也流下泪来。

后来，付老板对谌书记说，他是为修荆子乡塘清河大桥，为了荆子乡的建设才付出了惨重的代价。修桥虽然是签订了合同的，但从人道主义讲，他无论如何也要要到几万元来弥补他的损失！

谌书记叫他好好养伤，说回去商量商量。

谌书记回去与党委的几个同志商量决定在合同之外，又给付老板拿了三万元，找人送去。

付老板的出事，引起了谌亚荣的深思。他决定开一次党委会，把安全工作当头等大事来抓。

稻谷收完，中秋节一过，谌书记便把麻石垭村、铜鼓岭村、私大寨村、飞蛾坪村和龙成沟村的党支部、村主任，荆子场建修的吕老板，烽火台村、大柏山村和马桑坪村的党支部，村主任召回乡，就安全生产开了专题会议。会上成立了安全生产领导小组，组长由曹凤彦同志担任，副组长由王直松、孙猛担任，成员有谭小兵、房大岭、华刚等。党委书记谌亚荣，顾问吴子华二位同志为监察员。凡是有建设的各村村主任为组长，村副主任为副组长，成员由各社社长组成。党支部书记为监督员。荆子场镇，塘清河大桥安全责任人分别是吕善道和付勇。乡上武装部房部长和治安室的华刚，从即日起，不驻村，主要负责各施工地点的安全生产检查，每天向乡上汇报一次，有事报事，无事报平安。各村和施工单位在会上签订了安全生产责任书。

乡上安全生产会议开过不久,市上又召集各乡镇党委书记、乡（镇）长和主管安全生产的副乡（镇）长开了两天安全生产、计划生育工作会议。市委书记在大会上通报了承包荆子乡塘清河大桥工程老板付勇，在建桥拉运钢筋，货车搭人，超载翻车造成的两死一重伤、两轻伤的重大交通事故。为全市敲响了安全生产警钟，号召全市上下各部门、各单位，特别是一二把手，务必对安全生产高度重视，确保人民群众的生命财产安全。

乡上的安全生产会议和市上的安全生产会议开了，责任落实后，谌书记总算松了口气。

时间过去将近一个月了。付勇只在医院住了一周左右就回到了荆子乡。他舅舅和堂哥的后事，由于是亲戚关系，没有遇到多大麻烦，妥善处理了，付老板给他们每人赔了三万元。只是他的三舅还在医院里。他已脱离了生命危险。从医生那里得知，他不会留下残疾和后遗症，目前已经花了近四万元。

付老板平静了许多，前不久他在医院里，乡上给他送去了三万元，后来又补助了三万元，一共是六万元。因此，塘清河大桥从原来承包的二十二万元，增加到了二十八万元。一部分干部和老百姓有意见，但绝大多数干部和老百姓是能够理解的。付勇刚搞工程，底子薄，这次在荆子乡搞工程，又死了两人，伤了三人，现在还有一人住在医院里，不知道还要用多少钱呢！

付老板收了六万元，真是感激不尽！他也知道，这座桥的重要性。谌书记他们，在他极其困难的时候帮助了他，他决不辜负谌书记和荆子乡人民的期望，他要积极想办法，尽快地把桥修好。

塘清河大桥桥面是混凝土和钢筋结构，就在几个桥墩都要完工时，付老板去拉钢筋，他的几个亲戚，从开始就在这里做零工，他们已有一个多月没有回家了，很想回去看看，他们请假，付老板同意了。一辆运沙石的空车把他们带了回去。他们在家里只待了两天，又随着拉钢筋的车子，一道回工地，哪知工地未到就出事了。

从付老板的车祸中，谌书记看到了安全生产的重要性。他与管治安的华刚来到塘清河大桥工地，对荆子乡场镇和正在建设中的烽火台场、业乐场以及正在建修公路的几个村存有安全隐患的地方进行排查整改。

第三十九章

　　谌亚荣调到荆子乡来工作，已经两年多了。在这两年多里，他领导党委一班人，做了不少的事。他本人也实在是太忙、太累了。为了荆子乡的建设，为了荆子乡人民早日脱贫致富，他不分昼夜地工作着！他为荆子乡的建设和发展操碎了心！

　　这天是国庆节。国庆节放了三天假，谌书记的两个女儿也回来了，他们一家人团聚在一起，愉快地过着节日。

　　谌书记陪着二位老人在家闲谈着。

　　谌书记在家待了一天多就闲不住了。第二天下午，他去找了财政所所长胡毅。

　　胡毅住在渔溪沟村一社。谌书记到了胡毅家，他没在家，家里只有他父母和弟弟。

　　胡毅的父亲说胡毅到他岳父家去了，他岳父就是伙食团的涂班长，他叫二儿子去喊他。

　　老二去喊他哥哥，谌书记与胡老闲谈着。

　　他们闲谈了约两个小时，胡毅和他妻子回来了。

"谌书记，久等了！"胡毅怪不好意思地说。

"哪里哟，对不起，打扰了，影响了你们过节！"

"耍了一天多足够了，我知道谌书记有事才找我，其他都是次要的！"

"是啊，本来国庆应该好好地耍几天，不过，事情堆着闲不住呀。我来找你，想与你单独商量几件事！"

谌书记说，全乡场面拉得这么大，不仅场镇建设需要资金、建桥需要资金，而且修几个村的公路、烽火台建场和业乐建场也需要资金。就目前来看，几个摊子加在一起，急需资金上百万元。原来计划的那些资金与现在所需资金相比，缺口太大了。财政所只是把其他放出去的资金收回来了，唐光雨放给于金花的钱，不说收利息，连本金都没有收回来一分。去年和今年，全乡老百姓集资三十来万元，从基金会贷了二十多万元，现在仍有四十多万元的缺口。前几天，党委研究了国庆后的工作。鉴于目前资金缺口这么大，乡上调整了工作思路：曹乡长负责全面工作，他与胡所长专门负责资金的筹集。筹集的渠道，从以下几个方面着想：一是争取国家改土项目。市上每年都有上千万元的中低产田的改土项目资金，这个项目是农业局具体在实施。今年无论如何也要力争列项。前几次，在市上开会，他曾找过黄局长两次，黄局长当时没有明确表态，他打算最近再去找他一下。如果资金拿回来了，也可以解燃眉之急。当然这个资金不能拿去搞场镇建设和挪作他用，不过，暂时周转一下还是可以的。其二，争取财政周转金。财政局局长，他不怎么熟悉。不过市上的蒋市长他很熟悉（原来的蒋副市长）。今年春耕，虽然他顶撞了他们，然而，当时蒋市长并不在意。今年七月份，市上开财税工作会议，会后蒋市长还专门请他去吃了顿饭。在酒席上，蒋市长鼓励他说："你在荆子乡好好干，工作中有什么困难就找我！"谌书记激动地说："蒋市长，我们的党，有您这样高学历、高水平，顾全大局，体贴民心的好领导，不愁阆中市的建设和发展！我谌亚荣决心在市委市政府的领导下，坚持改革开放，认认真真地把荆子乡建设好，让人民过上好日子！"于是，他就把乡党委政府这一届的计划，向蒋市长做了汇报。蒋市长听了很高兴。

"现在我就与你一起筹资金，财政所的事，就交给冯其贵同志负责！"谌书记语重心长地说。

胡毅听了谌书记的话后很感动，感到自己身上的责任重大。

国庆后的第二天，谌书记和胡毅就到了市上。其实谌书记与胡毅到市上除了争取资金外，还有一件事就是找扶移局，想要解决石滩水库淹没马桑坪村三、五、六三个社的土地问题。

谌书记到荆子乡两年多了，有两件事一直挂在心上。一是巴山民工。二是石滩水库淹没区。谌书记先后在民政局争取资金三万多元。首先把史进生带到市人民医院进行治疗。史进生被查出矽肺病，已经到三级，仅他一个人，就花去上千元。接着又安排民政所把全乡八十多名巴山民工带到人民医院进行体检，查出一、二、三级矽肺病四十多人。凡是得矽肺病的，按病历的程度，一级，每月两百元，二级三百元，三级五百元。不过，这只是杯水车薪，实际上，得矽肺病，营养费和医疗费每月至少在一千至两千元不等。他这么一做，周边乡镇的巴山民工，就去找当地政府。当地政府的领导说："上面没有安排这笔资金。"巴山民工说："你看荆子乡，是怎么样做的？"他们不相信，就打电话问荆子乡办公室杨主任，果有此事。领导问：

"你们资金从什么地方来的？"杨主任回答说："从上面争取的。"领导对巴山民工说："荆子乡解决巴山民工的资金是在上面争取的，我们争取不了。"巴山民工听到这话后，非常气愤，说："荆子乡是共产党领导，咱们乡也是共产党领导，人家都能解决，你们就解决不了？解决得了也得解决，解决不了也得解决！"于是巴山民工就围攻乡政府。乡政府没办法，只好硬着头皮去找民政局、市政府。他们要来了一部分资金。然而，一个乡的巴山民工不是几十人，而是几百人，资金少了是解决不了问题的，这月解决了还有下月，上半年解决了还有下半年，今年解决了还有明年。那些乡只解决了一两个月，两个月过后又去找政府。乡政府无能为力了，他们就集体到市上、地区、省上上访。

马桑坪村共计有三十八亩土地被淹，马桑坪村被淹的农户，找了十多年都没有结果，农民应该摊派的款项收不起来，干群关系恶化，村上无法做事。自谌书记调来荆子乡后，第一年就着手解决，曾六次找扶移局。谌书记先到了扶移局。

扶移局局长姓唐，叫唐波，矮矮的个子，总是笑眯眯的，见是谌书记，又是打招呼又是倒茶的。唐局长有点怕他。谌书记第一次到扶移局，他说，荆子乡没有纳入淹没区范围，不能解决。

唐局长说这话，谌书记很生气，想与他闹，又觉得这不是办法。他回去找依据，然后再来找他。谌书记回到乡，一个社一个社核对，一家一家核对，田叫什么名字，地叫什么名字，每个田地多少面积，由村社盖章，农户签字按手印交到扶移局。唐局长又说，没有这笔资金。

见唐局长赖账，谌书记只好去找蒋市长。接连去了四次才找到。

蒋市长条子上批复的是：由扶移局根据政策按该社农户土地面积立即解决，不得拖延！

谌书记拿着条子再次去找唐局长。

局长看着条子无可奈何地说："这是十年前遗留下的疑难问题，要我这一届来解决真为难呀！"

谌书记接着他的话说："你们扶移局上几届没有给老百姓兑现，你这一届理应兑现，毋庸置疑！"

按政策，一亩补助七千五百元，三十八亩，应该补助二十八万多元。唐局长让谌书记等一段时间。

谌书记这是第七次找扶移局了。

唐局长亲手将茶递到谌书记的手上，说："款马上到账，请谌书记放心！"

谌书记放下手中的茶，二话没说就走了。

从扶移局出来又到了农业局。他就去找黄局长。黄局长没在家，只有一个叫李泽善的副局长在家。谌书记在区上工作时就认识他了。

"谌书记，您好！"李副局长从椅子上站起来。

"李局长，您好哟！"谌书记一边问候李副局长，一边把胡毅介绍给他，"这是我们乡财政所胡毅同志！"

于是，胡毅与李副局长握手。

谌书记说明了他们的来意。

"改土项目是市上在安排，农业局改土办具体在实施，你们最好找一下黄局长！"李副局长说。

"我跟黄局长关系很好，是老朋友了，这事我曾与他说过，我乡争取点改土项目，这也得要李局长打打援和！"谌书记笑着说。

"哪里，哪里，应该，应该！"李副局长谦虚地说。

李副局长听谌书记说他与黄局长关系不错，自己又与他早就认识了。于是，直接就把谌书记带到了改土办。

农业局改土办公室里有好几个人，黄局长也在那里。

黄局长一见到谌书记，急忙走过来与他握手，并热情地说："谌书记，欢迎您到农业局来！"

"您不欢迎，我也要来的！"

说罢，他俩便友好地笑了起来。

谌书记把胡毅介绍给了黄局长。

黄局长把改土办的几位同志介绍给了谌书记和胡毅。

二人握过手后，黄局长又指着一位五十多岁不胖不瘦，花白头发，穿着灰白色西装，蓝色衬衣的人说："这就是农业局副局长、项目办主任、实施改土工程副主任、高级农艺师寇志和同志！"

接着，他又把改土办公室其他同志介绍给了谌书记和胡毅。

人员介绍完了，谌书记说明了他们的来意。

办公室主任说，今年的改土项目已经完了，等到明年再说。

谌书记感到很失望，但是，他并没有放弃，对黄局长、寇志和等人说，是不是可以在其他多的乡镇项目中挤一部分出来。

他这个要求，黄局长同意了，其他几人没有办法，只好在已经落实了的几个乡镇中，挤出了二十五万元的改土工程项目，交给了荆子乡。

谌书记很高兴，非常感谢黄局长。这天中午，谌书记请他们吃午饭，黄局长婉言谢绝了。

晚上，谌书记和胡毅住宿在财政局招待所。

当天晚上，谌书记就打电话把在农业局争取到的二十五万元改土项目工程告诉了曹乡长。曹乡长听后很高兴，他们一同商量、研究落实在哪个村最好。

第二天是星期六，谌书记和胡毅八点就到了市政府找蒋市长，据市上领导说，蒋市长到省上开会去了。于是他们又到了财政局。

市上几十个局中，最有油头的是财政局。财政局虽然没有农业局大，但那里面的派头，从局长到副局长乃至到各科室个个都是财大气粗、傲慢十足。

胡毅虽然对几个局长不怎么熟悉，但是，他与各科室的人混得还不错。

他与谌书记到了财务科，把谌书记介绍给了科长。科长只是对谌书记点了下头。他又带谌书记到了出纳科，他把谌书记介绍给了科长，傲慢十足的出纳科长，连头都没有点一下。

胡毅又把谌书记领到了局长办公室。局长姓岳，叫岳成功。里面没有人，问其他科室人员，说岳局长刚出去，一会儿就回来。一位女主任叫谌书记、胡毅在办公室里等着，她给他俩倒了开水，热情地向他俩打着招呼。他俩在办公室里等了两个半小时，都没有看见岳局长回来，他俩下午又在办公室里等了整个下午，仍然没有等到岳局长出现。

第三天是星期天，他俩继续来等，还要继续等。中午，他们请了农业局的黄局长、李副局长、寇技师和财政局的两位科长以及办公室女主任，在三星级宾馆吃了顿饭。

第四天，他俩又去找岳局长，等了半天还是没有等来，直到第九天，也就是星期六的下午，才把岳局长等来。

在两位科长、办公室主任的撮合下，岳局长这才勉强会见谌书记和胡毅。

岳局长已上了年纪，他身材高大，秃头，大鼻长脸。一字形的长眉下，一双大眼睛没有光泽。一口稀疏的焦牙。从他的相貌上看，给人一种畏惧和不悦之感！

一走进办公室，女主任就把谌书记和胡所长找他的事向他汇报了。

岳局长听了女主任的介绍，觉得有点过意不去，便对谌书记和胡毅说："让你们久等了，真对不起！"

谌书记向岳局长说明了来意。

听说是来要钱的，岳局长还没有等谌书记把话说完，就推诿说："连我们的资金周转都困难，哪还有给你们下面拿去周转的！"

说罢，便低头去看报纸。

谌书记和胡所长被搞得很尴尬，半晌胡所长才怯生生地说："岳局长，若有就给我们荆子乡考虑考虑哟！"

"有了再说，有了再说。"岳局长连看都不看他俩一眼，口里这样回答，仍然看他的报纸。

谌书记、胡毅觉得无趣，向岳局长打了个招呼就走出去了。

他俩无可奈何地回到了招待所。谌书记认为，不认识不熟悉的领导，要想争取到财政周转资金，那是不可能的。现在唯一的办法和希望就是等蒋市长从省里开会回来。

他们每天都盼蒋市长回来，终于在一个晚上，蒋市长回来了。

谌书记把十三天来等他的事向他说了，同时，向他汇报了这一年多以来自己在荆子乡工作的情况。蒋市长听了很赞赏，也深受感动！第二天中午十点过十分，蒋市长把岳局长叫到了他的办公室。

"蒋市长，您找我来有事？"他忐忑不安、毕恭毕敬满脸堆笑地问。

当他看到侧面坐着的谌亚荣、胡毅时，脸上掠过一丝惊讶。

"请坐，来，我给你介绍一下，这就是荆子乡党委书记谌亚荣同志。"他指着坐在谌亚荣右侧后的胡所长说，"那位就是你们财政系统荆子乡财政所所长胡毅同志！"

"认识，认识，我们十多天前见过！"岳局长惭愧地说。十多天前，那种高高在上的傲慢早已不见了。他笑着轻声问胡毅："这几天你们住在哪里？"

"我与谌书记一直住在招待所等蒋书记回来！"

"财政周转金还有吗？"蒋市长严肃地问岳局长。

"有，蒋市长，您是说……"他试探地问。

"有就给荆子乡拿一点。"他问谌书记，"你们需要多少？"

"二十万！"谌书记说。

"如果资金充足，你们就给他们准备二十万，如果资金不充足，在其他地方挤都要挤出二十万来给他们，这是我批的条子。"说着便把条子交给了岳局长。

岳局长接过条子，不敢怠慢。他知道蒋市长的性格，在财政资金问题上，蒋市长是从来不乱开口的。

"你们财政账上还有多少周转金？"

"还有八十多万，"他赶紧回答道，"即使是没有，只要蒋市长说要，我们也得想办法！"

过后，蒋市长就把谌书记在荆子工作急需要资金的情况向岳局长说了。

下午，胡毅在财政局出纳科取出了二十万元。

他俩满载而归，虽然，农业局那二十五万元的改土资金暂时还没有拿到手，但他们有信心，那钱迟早是他们的。

为了把这项工作做扎实、做好，谌书记安排了专人。一旦这项工作做好了，还可以扩大项目，以后还可以争取到更多的资金。

谌书记一回来，就与曹乡长商量，开了一次党委会，把农业开发这一项纳入了议事日程。农业项目开发，地点落实在烽火台村一、二、三社。

谌书记从市上回来的第六天，扶移局的二十八万多元的石滩水库淹没款到位了。款一到，谌书记叫杨主任通知马桑坪村将款领回去。这个一直放了十多年石滩水库淹没问题彻底解决了。

第四十章

转眼间又到了农闲。谌书记、党委几个成员，经研究决定，及时召开了会议，就几个村的公路建设上工、烽火台、业乐场开工等做了全面动员。

过了几天，下了一场小雨，谌书记、曹乡长和青年干事小苏到了修公路的几个村。

他们先到龙成沟村看了。原来认为，这个村过大柏山村一社土地不好调整，没有想到龙成沟村没有费多少事，用最低的价就把那个社两亩多土地、三亩多柴山用一万多元买过来了。这个村没有多少土地、柴山纠纷，加上难度没有那几个村大，干部群众齐心，修路的进度快，谌书记看了很高兴。

后来，他们又到了路线最长、工程量最艰苦的几个村。

私大寨共计十三华里，要砍三道陡坡。第一道是红碑嘴，涂兴双、赵翠柳在那里出过事。他俩出事时，公路修了还不到一米，现在已修了近十米。第二条道，经过飞蛾坪村一社（庄子山），有一道高三十米、宽一百至一百二十米的陡坡。这道陡坡，虽然坡度大，但由于里面全是泡渣石和油石谷子，修起来并不难。第三条是船包嘴，高八十至一百米，宽七十米，长二百米。两个冬天，全村人民经过艰苦奋斗，已经拿下了第二道和第三道，现在只剩下了第一道难度最大的红碑嘴。

动员修公路开工没几天，村上的涂支书、涂主任、涂副主任和驻村乡干部苏干商量，把全村的石匠，强壮劳力全部调来，准备用一个月的时间攻破红碑嘴这道难关。

谌书记、曹乡长到了这里已经是中午十点多了，足有三四十人聚集在这里修路。只见有的抢着大锤握住钢钎打炮眼，有的拿着索杆抬石头，有的拿着箢箕、扁担在挑土。

"大家加把劲啊，乡上的谌书记、曹乡长看我们来了！"一位村民大声地吼道。

"是啊，大家加把油，党委政府的领导看我们来了！"涂支书高兴地对大家说。

"大家辛苦啦！"谌书记向大家慰问道。

"领导辛苦！"村民们回答说。

谌书记、曹乡长和小苏同志被大家这种战天斗地的精神感动了，他们摩拳擦掌，挽起裤脚，脱掉外衣，开始与大家一起劳动。

大家见谌书记、曹乡长也加入劳动的队伍中来，劲头更足了。

涂支书一边干着活儿，一边向谌书记、曹乡长介绍了私大寨村修公路的进展情况。

谌书记、曹乡长听了涂支书的汇报，非常高兴，并肯定了他们的成绩，要他们注意安全，再接再厉，争取早日完工。

这天中午，谌书记、曹乡长和青年干部小苏与大家一起在工地上吃了顿简单的干饭白菜汤。

午饭后，谌书记、曹乡长到了铜鼓岭村，青年干部苏干同志留在了私大寨村。房部长到了飞蛾坪村。几个村比较起来，龙成沟修路的难度较小，其次就是飞蛾坪村。铁潮湾架桥主要是资金问题。毕娜从广州那里要来了十多万元，再加上乡上补助了一万五，已经解决了大问题。不过还不够，经预算需要资金十八万元。不足部分，由受益的飞蛾坪村、铁壶观村的四、五、六三个社的村民来承担。原计划，人均要集资五十多元，现在人均只需集资二十元就可以，这大大减轻了村民的负担。预计一年后通车。

铜鼓岭村修公路的难度仅次于私大寨村。从塘清河大桥到铜鼓岭，再到望垭镇的东溪沟足足五公里。荆望路，不同于其他村道，其他村道修四点五至五米宽就行了，荆望路是乡道，宽要修七到八米。全村一千二百三十三人，劳动力八百六十四个，平均每个劳动力要摊八十四个工。私大寨村，七百六十八人，劳动力五百一十二个，平均每个劳动力要摊九十六个工，其他村劳动力摊工，最多四五十个。

铜鼓岭村有两道坎。一是七社与私大寨村分路的许家嘴，在红碑嘴的正对面。许家嘴要砍高二十多米、宽七米、长二百米硬得像团磨石坚硬的陡坡，砍山难度仅次于红碑嘴。第二道是七社与三社交界处的青杠树坡，要砍高十二米、宽六七米、长四百米的山岩。

铜鼓岭村的荆望公路段，两个冬天毛坯路已经完成了百分之六七十了，有望今年的十一月底完工。

谌书记、曹乡长到了七社的许家嘴。他们到了那里，看到公路的坡度、宽度已经砍够了，公路的轮廓也大体呈现出来了。

"陈主任，你们辛苦啦！"谌书记见村主任、社长抬着石头，问候道。

"我们不辛苦，谌书记、曹乡长你们才辛苦哩！"陈主任放下石头说。

谌书记、曹乡长向七社群众打了招呼，与陈主任继续向荆望路走去。

他们来到青杠树坡。从荫洞边堰下来到青杠树坡有一段高二十一米、宽七米、长一百五十米的石岩，其中有五十米长的一段难度极大。陈主任说，这段路是三社在修。好的是这个社人多，劳动力多，全社二百零八人，就有七十多个劳动力，二十多个石匠。为攻难关，全村从各个社中又调来了三十多个石匠。因此这段路每天上路的民工都在一百人以上，现在也攻克下来了。

谌书记、曹乡长问候了大家，陈主任给他们打了气，他们又向其他社走去。陈支书在五、六社负责修路。六社，离望垭镇的东溪沟只隔几十米远的距离。望垭镇的东溪沟村前两年就通车了。荆望路，只要铜鼓岭村路一通，与望垭镇的东溪沟一接拢，塘清河大桥修好了，荆子乡到望垭镇的公路就疏通了。

荆子到望垭镇，如果乘车，从荆子出发，经烽火台，到狮子乡与鹤峰乡交界的石曲子，再到护垭乡，然后才到望垭镇，路程二十五公里。荆望路一通，只需六公里，仅是以前路程的四分之一。

陈支书见谌书记、曹乡长来了，连忙打招呼说："谌书记、曹乡长，你们一路辛苦了！看了我们村的公路后，你们觉得如何？"

"大家才辛苦！你们搞得不错，群众修路的热情很高。我们从私大寨村过来，一路看了你们几个社修的路，进展得快！"谌书记说。

"哪里，哪里，比起其他村，我们还有距离！"陈支书谦虚地说。

谌书记鼓励说："六月底争取完工，十二月上旬，我们要举行塘清河大桥的通车典礼，到时候，护垭乡政府和望垭镇政府，开小车来路过你们村，你们能不能办得到？"

"十二月上旬，依我看是没问题的！"陈支书嘴上虽然这么说，但心里直打鼓，看了一眼陈主任，说，"其他社的公路没多大问题，就看七社？"

"七社老百姓多占了他们的土地和山林，他们的意见很大，我在那里做了些解释，你们村上再做些工作，我看也是没多大问题的！"曹乡长说。

谌书记、曹乡长告别了陈支书、陈主任，就回乡上去了。

第二天，谌书记、曹乡长与麻石垭村的驻村干部到了该村。

这个村也有几处难点：一是从袁家大院子屋前到屋后一直上柴山嘴，高要砍七米、宽八点五米、长六百米的陡坡；二是从四社的山嘴与三社分路处到锣盘山，要砍高九米、宽七点五米、长四百米如团磨石般硬的麻碎石；三是从锣盘山到村委会连续要砍高六米、宽七米、长三百七十米的陡坡。去年冬天，就把路基砍出来了，现在正在铺片石。

几个村的公路路基大体出来了，目前需要解决的是去年修场镇，征用了铁壶观村一社十来亩土地的问题。其中，修场镇用了八亩多，现在还剩下三亩七。这三亩七，只能由麻石垭村、铜鼓岭村和私大寨村三个受益村来承担。

塘清河大桥竣工了，只等四十天的养护期过了就可以通车，几个村的公路，除私大寨村红碑嘴、铜鼓岭村许家嘴还没有完工外，全乡所有村的毛路都砍好了，就只等铺片石、碎石了。

十一月十九日，上午十点多，谌书记、曹乡长把麻石垭村、铜鼓岭村和私大寨村三个村的村社干部，铁壶观村一社社长、党员代表以及四个村的驻村干部召集在一起在乡礼堂开会。谌书记讲："今天，把你们找来，主要是落实三个受益村修公路占用铁壶观村一社土地问题。塘清河大桥已经修起了，到时市交通局要来验收，验收合格后，还要带十万元的现金来。麻石垭村的毛路已经砍出来了，正在铺碎片石。铜鼓岭村也只有许家嘴没有拿下，估计还需要一个星期就会完工，也需大面积铺碎片石。只有私大寨村，大约二十天左右才能完工，他们最近把全村的石匠、精壮劳动力，全部集中在红碑嘴。"讲到这里，他看了一下私大寨村涂支书、涂主任和涂副主任，又看了看铁壶观村的林支书、王主任，铜鼓岭村陈支书、陈主任，再看了一下麻石垭村蒲支书、黄主任，见他们个个都消瘦了，十分动情地说："你们都瘦了！私大寨村、铜鼓岭村和麻石垭村的人民真了不起呀，在此，我代表党委向村里的干部和村民们表示深深的感谢！"

谌书记站起来深深地鞠了一躬。下面响起了热烈的掌声。掌声过后，他把这三个村的修路情况作了全面介绍。

"同志们，私大寨村、铜鼓岭村和麻石垭村人民付出了艰辛的劳动，苦战了三个冬天、三个夏天，终于把公路修通了！"

下面又响起了雷鸣般的掌声。掌声过后，他讲起了塘清河大桥，会上他还表扬了付老板，他万分感慨地说："为修塘清河大桥，付老板在拉钢筋中死了两个亲戚，他自己也受了重伤，他付出的代价最大！就是在最困难的时候，他也没有放弃修荆望桥！他带着极大的悲伤，葬埋了亲戚的尸体，自己的伤还没有痊愈，为了早日完工，又带领着工人日夜奋战！"谌书记讲到这里，眼睛湿润了，喉咙有些哽咽，眼泪掉了下来。他揩了一下泪，又对着被征用土地的铁壶观村林支书、王主任以及一社的党员代表，无限感慨地说："当然，铁壶观村一社也付出了很多，中华人民共和国成立以来，建修各单位占了你们不少的土地，去年改造场镇、修几个村的公路又征用了你们十多亩土地。在征地的过程中，虽然有少部分人为了自己的利益，设了种种障碍，搞了些破坏，但是通过乡党委政府和铁壶观村"两委"的努力，十多亩土地总算还是征用了。这十多亩土地，当时是以政府的名义征用过来的。场镇建设用地占了八亩多，现在还剩下了三亩七……"

谌书记讲到这里，大家都长时间地沉默了，特别是两个通公路的村社干部，见谌书记讲到付老板落泪时，两个村的书记、主任和绝大多数的社长眼睛都湿润了，尤其是私大寨村的涂支书，甚至伤心地哭了起来。他们不仅仅是为付老板修荆望桥付出惨重的代价而落泪，更是为他们自己在这三年修路中遇到的各种困难，最后一个一个地战胜所付出的努力和艰辛而落泪！他们认为，这个泪是伤心之泪，也是成功之泪、幸福之泪，这个眼泪流得值！

"这三亩七，是政府每亩以一万二千五百元的价格征过来的，现在照原价拿出来，由受益的三个村承担，把钱支付给铁壶观村一社。铁壶观村一社将这卖土地的钱，存入基金会，年利息六厘。利息结给一社农户，用来买口粮。"谌书记接着说。

当初，铁壶观村一社代表不同意，他们要求把现金分给老百姓，不存基金会。谌书记、曹乡长做了大量工作，一社代表才勉强同意。

　　铁壶观村一社的问题解决了，谌书记叫铁壶观的村社干部、一社的党员代表散会，铜鼓岭村、私大寨村和麻石垭村村社干部和三个村的驻村乡干部留下，分摊三亩七的土地。

　　经过反复磋商讨论，麻石垭村的公路、塘清河大桥、荆望路、私大寨通车问题算是彻底解决了。

第四十一章

谌书记、曹乡长把两个村三个社的土地摆平后，总算放心了。

当天下午，麻石垭村和铜鼓岭村书记、主任就通知村民带着工具到铁壶观村一社来。村民们在各自村放好的线内用锄头、钢钎、二锤、钻子、手锤、夹背、冤箢，争先恐后地在坡上找石头立界、铺路、打沟。总共还不到两个小时，一条宽七米、长约五六百米的公路形状就出来了。

接连几天，谌书记、曹乡长等领导，先后又到了烽火台场、业乐场。

烽火台场自从今年六月份规划后，现在已有近十家在这里修房，周长武再也没有给村社、附近的农户找麻烦了。下场的保坎，由于资金、人力等原因，砌了只有三分之一，进度比较缓慢。虽然业乐场是后来才规划的，但由于群众的积极性高，现已有近二十家农户在此建新居。从大柏山村的七社，到马桑坪村的四社，足有一里路。这里一半农户的新居还没有修起，一旦连接起来，一条街的规模就出来了。谌书记、曹乡长要求大柏山村和马桑坪村的书记、主任加快民居建设速度，街道用碎石铺好，争取早日兴场。

荆子乡场镇建设进展得比原来预料的还快，已经有三十七户在此修建新居。除吕老板承包了十多户人家外，还有千佛、望垭、仪陇等建筑工在这里做工。

政府投资的四十五万元的街道硬化资金很快到位，吕老板不分昼夜地加班加点，提前一个多月就完成了。

通车典礼定于十二月十日，比原计提前了八天。

新街到塘清河大桥的这段路，已经用压路机碾平并铺上了片碎石。

麻石垭村的公路修好了，铜鼓岭村的公路也修好了，就连路线最长、工程最艰巨的私大寨村的公路也已完工。

乡里除了曹乡长、孙副乡长在市上学习以外，谌书记、吴老书记、副书记王直松同志、纪委余书记、谭副乡长、房部长等，或坐吉普车或骑摩托车，从荆子乡政府出发到了铜鼓岭。

陈支书、陈主任和老支书陈朝居以及各位社长早就在那里等候了。乡上的领导来了，他们搭上几个乡干部的摩托车，一同到了望垭镇的东溪沟。

"你们辛苦了！路修得很好，宽度、坡度都达到了要求，谢谢你们！"到了铜鼓岭村六社与望垭镇东溪沟村分界石时，谌书记等一行人从车上下来，对陈书记、陈主任和老支书陈朝居以及各位社长说。

"这是我们应该的，要说辛苦，还是谌书记您辛苦！"老支书陈朝居乐呵呵地走到谌书记面前说。

"谌书记，还记得三年前您第一次来我们村上，中午在酒席上我俩碰杯时您说的话吗？"

"记得！如果五个村不通公路，我就不当这个党委书记！"

"好！"陈支书紧紧握住谌书记的手说，"您为荆子乡人民做了一件大好事呀！"

他们到了铜鼓岭把路看了，又转回了私大寨村。

私大寨村的男女老少早在那里等候谌书记他们了。

"乡亲们好！你们早哇，你们修路辛苦啦！"谌书记见那么多人在那里等候，激动地说。

人群中鸦雀无声，当谌书记刚把话说完，只见涂支书从人群中挤出来，激动地握住谌书记、曹乡长的手说："今天终于通车了，太不容易了！太不容易了！"

"路通了，看来我要扩大种植规模了！"养蚕大户莫玉挤出人群激动地对谌书记说。

是啊，私大寨人民太不容易了，全村七百四十二人，二百六十五户，三百六十七个劳动力，经过三冬、三春和三个夏天的艰苦奋战，砍掉了红碑嘴，拿下了飞蛾坪一社那里的陡坡、五社窑嘴，从此结束了私大寨不通公路的历史。

涂支书激动地哭出声来。谌书记一时不知怎么了，眼泪也流了下来，连声说着："这下好了，终于通车了！"

谌书记他们在私大寨村吃了午饭后，又赶往飞蛾坪村。毕支书、熊主任知道谌书记要来，老早就到铁潮湾桥头去迎接。谌书记对毕支书、熊主任说："你们辛苦了！"

毕支书、熊主任异口同声地说："不辛苦，谌书记才辛苦！"

谌书记又热情地对毕娜支书说："你为飞蛾坪人民做了一件大好事，我谌某向你这位美丽的书记道谢了！"

谌书记第一次握了毕娜的手。

毕娜红着脸对谌书记说："谌书记，飞蛾坪人民感谢您的关心！"

他们一路到了飞蛾坪村委会。飞蛾坪小学组织了一个欢迎会，是由常老师主持的。常老师双眼失明后，她不甘寂寞，她对康校长说，她不能教学生们的语文、数学，她可以教学生们的音乐。于是康校长同意了。常老师听说飞蛾坪要通车，便对毕支书、熊主任说，通车那天，她要组织学生去欢迎！毕支书、熊主任同志听了很受感动。谌书记他们到了村上，常老师组织着学生早就在那里等候了。学生们统一着装，脸上带着甜美的笑容，敲锣打鼓、载歌载舞欢迎着谌书记他们的到来。

谌书记走到常老师跟前，向她问好。常老师见是谌书记，动情地说："谌书记，你们辛苦了！"

谌书记笑着说："我们不辛苦，常老师，您才辛苦！"

谌书记向毕支书、熊主任和常老师打了招呼就与乡里的人走了。

第二天他们又到了麻石垭村。

村上的蒲支书、黄主任和九个社的社长以及果树大户黎老板到村口来迎接。

"你们辛苦了！"谌书记对麻石垭村全体村干部说。

这时只见果树大户黎永富走到谌书记面前笑着说："谌书记，说辛苦，您比我们在场的哪个人都辛苦，自从您到了这里，荆子乡就发生了翻天覆地的变化。荆子场的建设，是您的功劳；烽火台、业乐的场镇建设和兴场，这也是您的功劳；私大寨村公路通了，铜鼓岭村的公路通了，这还是您的功劳！"

"不，要说功劳，是全乡干部群众共同的功劳！"谌书记对大家说。

　　黎老板从村会议室提出了早已准备好的一大筐雪梨，一人一个。

　　谌书记要去看一下何焕先父子俩。

　　瘫坐在椅子上的何焕先看见乡上的谌书记、村上的蒲书记来了，枯黄的脸上露出了笑容。

　　"老何，你好呀，你们村通公路了你知道吗？"谌书记走到椅子前对他说。

　　"知道了，这是听我家儿媳妇说的！修了公路好哇，我们再也不用到很远的地方去买肥料了，再也不用走十多里路去交公粮了，我们今后卖肥猪也不用抬很远的路了！"

　　"是啊，这公路通了，一切都便利了！"谌书记对他说。

　　他们正说着，只见黄主任等人把何林从屋里扶了出来。

　　"谌书记，你们在百忙之中来看我们，我们实在过意不去！"何林说。

　　"今天你们村路通了，今后的生产、生活方便多了！"谌书记对他父子说，"你们要好好地生活下去，日子会一天天好起来的！"

　　谌书记说到这里，何焕先老人突然呜呜地哭了起来。他边哭边说："谌书记呀，要是我们麻石垭村的公路早修三年，我儿子也不会残废了，今天路修通了好呀！"

　　谌书记他们在这一家待了一个多小时，就回乡里了。

　　没几天，他又专程到龙成沟村探望了残疾人刘远平。

　　刘远平听说谌书记要来，他做了一朵筛子般大的红花。敬老院孙院长听说谌书记他们要来，他带着二十多个五保户，个个穿着干净整洁的衣服，敲锣打鼓来村口迎接。

他们准备着十二月十日塘清河大桥的通车典礼。

十二月十日这天，天气突然起了变化，早上一起来，就下着小雨，还不时地刮着呼呼的寒风。早饭过后，风更大了，现在下的不是雨，而是雪了。

真是天公不作美呀！雪越下越大。近十点多了，除麻石垭村、私大寨村、铜鼓岭村几个村社干部和驻村干部，以及场上一些居民外，其他地方一个人影也没有看到。

乡办公室杨主任接到市交通局的通知，说是他们在来荆子的途中出了交通事故。由于路滑在拐弯处给一辆大货车让路，翻到了一个十多米高的岩下，造成驾驶员重伤，局长轻伤，今天的通车典礼不来了。

谌书记、曹乡长听了都为他们感到难过。到了中午十二点钟，雪下得更大了。谌书记、曹乡长他们简单地举行了一下仪式，就草草地收场了。

雪整整下了三天三夜。在大雪后的第七天，业乐兴场了。

后 记

　　这部小说是根据李成林同志的真实事迹来写的。我从二〇〇四年动笔，断断续续写了三年时间，二〇〇七年才写完。这是我所有小说中写得时间最长也是最艰难的一部，写写停停，停停写写，几次弃稿又几次捡起。时隔多年，不少曾经在一起工作的乡村干部相继离世。虽然他们走了，但他们的音容笑貌、言谈举止时常浮现在我脑海里，有时甚至在梦中还与他们在一起侃天侃地，醒来已是热泪盈眶。二〇一九年夏天，我把十多年前写的稿子重新拿起来读，不禁感慨万千。真实的东西，不管放多少年都是有生命力的，读起来总是那么打动人心。我横下心来，用了大半年时间重新将稿子修改了一遍。

　　此小说谨献给那些曾经在乡村工作的同志们！